로메리고
주식회사

로메리고 주식회사

제7회 수림문학상 수상작
ⓒ 최영 2019

초판 1쇄 발행 | 2019년 11월 7일

지은이 | 최영

발행인 | 조성부
편집인 | 김진형
주 간 | 송병승
기 획 | 권혁창·김민기

발행처 | 연합뉴스
주 소 | 03143 서울시 종로구 율곡로2길 25
        www.yonhapnews.co.kr/munhak

인 쇄 | 평화당인쇄(02-735-4009)

정 가 | 13,000원
구입문의 | 02-398-3591, 3593~4

ISBN 978-89-7433-132-0 03810

• 이 책은 수림문화재단의 지원으로 출간되었습니다.
• 광화문글방은 연합뉴스의 출판 전용 브랜드입니다.

제7회 수림문학상 수상작

ROMERIGO

최영 장편소설

로메리고
주식회사

광화문글방

차례

"미생물과 우리 몸을 움직이는 원리와
우주 및 자연을 움직이는 원리는 하나이며,
그 원리를 찾아내려는 거대한 프로젝트가 바로
복잡성 이론(Complexity Theory)이다."

– 스튜어트 카우프만(Stuart A. Kauffman)

1
/
수
소

"자네 등산 좋아하나?"

"싫어하는 건 아니지만 취미가 있는 것도 아닙니다."

대답을 하고 나니 그냥 좋아한다고 말할 걸, 하는 후회가 들었다. 깨달음은 출근길의 버스와도 같아서 일찍 오는 법이 없다.

"그래도 싫어하는 건 아니라고 하니 다행이네. 한 20일 있으면 우리 회사 창립 기념일이야. 직원들 다 같이 산행을 할 거니까 미리 준비를 좀 해. 준비할 게 따로 있는 건 아니고, 공부만 오래 했다니까 체력 때문에 혹시나 해서 하는 얘기지."

나에게서 아무런 호응이 없자 사장은 위로의 말도 덧붙였다.

"그리고 젊을 때는 실패의 경험도 다 약이 되는 거야. 요즘에는 의사, 변호사들도 옛날 같지 않다고 하잖아? 자기가 어떻게 하느냐에 달린 거지, 자격증 같은 간판으로 편하게 살 수 있는 세상이 아니라고. 아무튼 우리 식구가 됐으니 잘해 보세."

사장은 '식구'라는 단어에 힘을 주어 말했다. 나도 그쯤은 안다. 고용주가 대가 없이 직원들에게 노력과 시간을 얻어 내는 수단이 된 말이라는 것을. 그러나 식구라는 단어는 어쨌든 심정적인 울타리가 되어 나에게 약간의 안도감을 주었다.

사장과의 면담 후 곧바로 경영지원실 김기준 실장과의 면담이 이어졌다. 경영지원실이라고 해야 실장 밑에 인사과장, 총무과장, 경리과장이 파트장이 되어 직원 두 명씩을 데리고 일을 하는 구조였다.

"정우 씨, 사장님이 정우 씨를 엄청 마음에 들어 하시네. 학벌도 좋고, 인물도 좋고, 성실할 것 같다면서 어떡하든 정우 씨 원하는 대로 조건을 맞춰 줘서 붙잡으라고 하셔."

"네, 감사합니다."

"그런데 회사는 엄연한 내부 규정이 있는 조직이잖아? 또 다른 직원들과의 형평성 문제도 있고. 그러니까 일단 출발은 똑같이 하자고. 남보다 일을 더 잘해서 실력을 증명해 보이면, 그땐 싫다고 해도 회사가 알아서 챙겨 주지. 내가 약속할게."

김 실장이 내 눈앞에 연봉 테이블이 인쇄된 종이를 내밀었다. 내가 엑셀로 작성된 듯한 문서를 이리저리 살피자 김 실장이 검지로 사원 1호봉란을 가리켰다. 그 속에는 푸념을 예비한 숫자가 적혀 있었다. 크게 기대한 바는 없었지만, 또 어느 정도 예상은 하고 있었지만 막상 숫자를 보니 서운한 마음이 들었는데 서운한 대상이 누구인지 딱히 떠오르는 사람이 없었다. 내가 아주 잠깐 망설였던 그 순간 김 실장과 눈이 마주쳤다.

싫으면 딴 데 알아보든가.

김 실장은 복화술을 뛰어넘어 눈빛으로도 말을 할 수 있었다. 확신에 찬 눈빛. 영화 〈대부〉에서처럼 '거부할 수 없는 제안'을 했다는 확신. 그 확신에 이끌려서 나는 근로계약서의 '갑'란에 서명을 했다. 만년필은 사각거리는 소리를 낸다던데, 매끈한 종이 때문인지 펜촉이 내가 제어하고자 한 지점보다 조금 더 미끄러진 채 멈추었다. 나는 만년필 뚜껑을 닫고, 종이 위에 만년필을 가지런히 놓은 뒤 김 실장에게로 근로계약서를 살포시 밀었다.

"열심히 하겠습니다."

이 말은 진심이었다. 김 실장은 싱긋 웃더니 나에게 손을 내밀었고, 그와 악수를 했다. "식구가 된 거 축하해."라는 말과 함께 그는 나를 데리고 회의실을 나온 뒤 임원들과 각 부서의 장들에게 '새 식구'를 소개했다. 나는 열심히 하겠다는 말을 똑같이 반복했고, 이런 인사를 받는 일이 그들에게는 일상에 불과한 것인지 그 사람들은 나와 악수할 때 하나같이 따뜻한 표정과 말을 건넸지만, 내 이름조차 자세히 알려 하지 않았다. 맨 마지막으로 내가 배치 받은 팀으로 가서 팀원들과 인사를 했고, 깔끔하게 정리된 자리에 내가 앉는 순간 김 실장도 자기 일을 다했다고 생각했는지 노래를 흥얼거리며 자기 자리로 돌아갔다. "이렇게 좋은 날엔, 이렇게 좋은 날엔⋯⋯." 나야말로 입사 첫날이니 '이렇게 좋은 날'일 텐데, 꽃밭에 선 느낌은 아니었다.

"얼마 받기로 했냐? 직급은?"

나를 회사에 소개, 아니 추천해 준 선배가 내 자리 근처에 와서 물었다. 그는 이제 내 팀장이기도 했다.

"다른 사람하고 똑같죠, 뭐. 회사가 정해 놓은 연봉 테이블이 있던데요?"

"그럼, 사원 1호봉?"

"네."

선배의 표정이 어두워졌고, 비뚤어진 입술 사이로 불쾌감이 삐져나왔다.

"아니, 내가 틀림없이 대리 직급으로 맞춰 준다는 확답을 받고, 너를 오라고 한 건데⋯⋯."

"됐어요. 이 나이에 취업한 것만 해도 어디예요?"

내가 회사 입장을 두둔해 보았지만, 그는 크게 한숨을 내쉬었다. 사무실이 워낙 조용해서 본차이나 커피 잔이 깨지듯 한숨 소리가 내 귓전을 때렸다.

"네가 한 공부, 다 우리 업무하고 관련이 있거든. 그런 게 다 경력이지, 회사 다닌 경력만 경력인가? 그리고 내가 너 변호사 사무장 일도 했다고 뼁까지 좀 쳐 놨는데……. 너 사원 1호봉 주라고 사장이 컨트롤한 건지, 김 실장이 자기 멋대로 정한 건지 모르겠지만, 아무튼 내가 정리하고 올게."

"선배, 가지 마요."

내가 난감한 표정을 지으며 말렸지만, 선배는 이미 김 실장 자리로 뚜벅뚜벅 걸어가고 있었다. 그리고 딱 5분 후, 나는 사원 3호봉에 직급은 대외용 대리가 되었다. 호칭만 대리였으나 호봉 때문에 급여도 조금 올랐고, 선배에게는 상관없다고 말했지만, 나이와 직급 사이의 상관관계라는 굴레를 완전히 벗어나지는 못했기에 형식상으로나마 대리가 된 사실이 다행스럽게 느껴졌다.

명함은 그로부터 3일 후에 내 책상에 당도했다.

    – 로메리고 손해사정 주식회사 화재특종부 손해배상 1팀 대리
     이정우

이렇게 '사회'라는 곳에 첫발을 내디뎠다. 이제껏 나는 사회가 아닌 어떤 곳에 있었던 것일까?

2 / 헬륨

회사에 출근한 지 일주일이 지났다.

일주일 동안 업무를 배운다는 이유로 아무 일도 하지 않았다. 밥을 축내는 게 이런 거구나, 하는 생각까지 들었다. 선배는 나보고 아무 일도 하지 않고 분위기를 익히는 것 또한 교육의 일환이니까 전혀 부담을 가질 필요가 없다고 했지만, 부담을 갖지 않기에는 3호봉이라는 것이, 또 명목상의 직급이라고 해도 대리라는 직급이 마음에 걸렸다. 신입사원들은 복사라도 열심히 하면서 자신의 존재가치를 알린다던데, 나는 신입사원도 진짜 경력사원도 아닌 애매한 위치에 있었다. 그래서 꿔다 놓은 보릿자루가 되지 않으려고 나보다 직급이 낮은 직원들에게 밥을 사줘 가며 업무를 배웠다. 처음에는 데면데면했던 직원들도 밥을 몇 차례 같이 먹다 보니 확연히 거리감이 사라지기 시작했다. 그래서 식구인가 보다.

"이 대리."

"네, 팀장님."

선배와 나는 공과 사를 구분하기로 했다. 하지만 '눈 가리고 아웅'이란 사실은 사무실 사람들이 다 알고 있었다. 다정하게 성을 빼고 이름만을 불러도 결국 공과 사를 구분하는 곳이 서방 세계라면, 격식을 차리며 직책을 불러도 끝내 공과 사를 구분하지 않는 곳이 이곳 동방 세계이다.

"몇 번 다른 직원들 따라 나가 봤으니까 업무 프로세스는 대강 이해하겠지?"

"네, 그럼요."

"너무 부담 가질 필요는 없어. 하나씩 배우면서 차근차근 하면 돼. 일단 이 사건을 이 대리한테 배당할 테니까, 우 과장한테 물어보면서 진행해. 이 대리 첫 배당이다. 우 과장, 이 대리 진행 건 자네가 좀 챙겨. 문제 생기거나 하면 곧바로 나한테 말하고."

"네."

우 과장이 심드렁하게 대답했다. 나이는 나하고 동갑인데, 이쪽 업계에 일찍 들어와서 실무상의 잔뼈도 굵었고, 일도 잘한다고 소문난 친구였다. 다른 업체에서 항상 스카우트 제의를 받다 보니 회사에서도 다른 직원들한테는 비밀로 하고 호봉 적용을 달리한다는, 그러니까 몰래 호봉을 더 높여 준다는 소문까지 돌았다. 물론 당사자는 그런 사실을 부인했다.

"가만 보자. 공원에서 어떤 아저씨가 자전거 타다가 넘어졌는데, 넘어져서 부상당한 이유가 공원 측의 보도블록 관리 부실이라고 주장한다는 거네요. 비슷한 사건, 다른 직원이 조사하는 거보셨죠?"

직급은 나보다 높아도 내가 늦은 나이에 입사한데다, 또 동갑이다 보니 우 과장은 나에게 꼬박꼬박 존대를 했다.

"네, 봤습니다. 명 주임이 진행하는 사건을 참관한 적 있습니다."

"그럼 됐네요. 핵심은 간단해요. 일단 인적·물적 피해가 있는지, 그 피해가 시설 관리 부실로 발생한 건지, 그리고 시설 관리 부실이 법적으로 책임질 만한 것인지를 조사하면 되죠. 공원에 가서 현장 사진 많이 찍어 오시고요. 사고 당시 상황이 혹시 CCTV로 녹화되어 있으면 공원 측한테 CCTV 파일도 복사해 달라고 하세요. 그리고 피해자한테는 일단 조사해 본 다음에 연락하겠다고 하고 기초 서류 받고, 명함만 주고 오세요."

"네, 그럼 다녀오겠습니다."

팀장이 싱긋 웃으며 잘 다녀오라고 손을 흔들었다. 사무실을 나와 지하철역으로 가려는데 명 주임이 나를 불렀다. 경상도 사투리가 강하게 남은 억양이다.

"대리님, 외근 나가시는 거예요?"

"응."

"이야, 첫 배당이시구나. 앞으로 골치 많이 아프실 겁니다. 어디 가시는데요? 방향 맞으면 제가 근처까지 태워 드릴게요."

"○○구 ○○동 근처에 있는 공원인데, 괜히 둘러서 갈 필요는 없어. 지하철 타고 가면 되니까."

"아니에요. 저도 부천으로 나가 봐야 하니까 같이 가시죠. 그리고 공원 관리사무소가 따로 있는지, 구청에서 직접 관리하는지 먼저 확인해 보세요. 담당자하고 시간 약속을 확실히 해 놓아야 시간 누수가 없어요."

"그래야겠다. 명 주임 안 만났으면 큰일 날 뻔했네."

우리는 서로 웃으며 주차장으로 내려가 명 주임 차를 탔다. 차 안에서 공원 측에 연락을 해 보니 공원 관리사무소가 따로 있다고 했고, 30분 정도면 도착할 거라고 얘기했더니 담당자가 기다리고 있겠다고 쾌활한 목소리로 말했다.

통화가 끝나고 나서 다시 한번 더 명 주임에게 고맙다고 인사를 건네자, "대리님, 저한테까지 너무 예의 차리지는 마세요. 안 그래도 공부만 하시다가 갑자기 직장 생활 시작하려니까 힘드실 텐데요."라고 내 걱정을 해 주었다. 조금의 휨도 없는 말이었으나 악의나 건방짐 따위가 전혀 느껴지지 않았다.

"응."

나의 짧은 대답도 그에게 그렇게 들렸으면 좋겠다고 생각했다.

차가 막히지 않아서 공원 정문까지 금방 도착했다.

남들이 다들 일하고 있을 평일 오후에 공원이라는 공간에 나오니까 기분이 묘했다. 묘한 기분을 잠시 즐기려는 찰나, 내 또래쯤 되는 남자 하나가 운동복 차림, 정확히는 스페인 프로축구 구단인 레알 마드리드의 레플리카를 입고서 나를 스쳐 지나갔다. 무심코 '네 팔자도 참 편해 보인다'라는 말이 입 밖으로 나올 뻔했다. 하지만 얼마 전까지의 내 모습도 그러했을 테니 누군가는 나를 보면서 비슷한 말을 속으로 흘리고 있었을지 모르겠다. 고작 일주일이 지났을 뿐인데, 내 정체성이 이렇게 빨리 '직장인'으로 바뀌다니, 또 생각의 틀마저 바뀌다니 스스로에게 깜짝 놀랐다. 사람은 적응하기 마련이다. 너무 쉽게.

"저기요, 말씀 좀 묻겠습니다."

운동복의 사내는 나를 힐끔 보고선 가던 걸음을 멈추었다. 180센티미터 정도의 큰 키에 호리호리한 체격이었다. 갸름한 얼굴에 적당한 두께의 눈썹, 쌍꺼풀이 있는 듯 없는 듯한 맑고 시원한 눈매가 눈에 확 들어왔다. 다만, 전체적인 표정은 어두웠고, 뭐랄까, 수심이 가득해 보였다. 그런데 나는 자꾸 얼마 전까지의 내 표정도 저랬을까, 지금은 좀 달라졌을까, 하면서 과거의 나와 비교하는 질문을 스스로에게 던지고 있었다. 미련은 꼬리가 길다. 그 꼬리를 잘라 내려는 듯, 나는 사내에게 목소리 톤을 높여서 물었다.

"공원 관리사무소가 어디 있는지 혹시 아세요?"

사내는 오른손을 들어 잔디 운동장 너머에 있는 건물을 가리켰다. 붉은 벽돌의 단층이었고 뒤편에는 상록수가 자그마한 숲을 이루고 있었다.

"감사합⋯⋯."

내가 인사를 다 끝내지도 못한 사이 사내는 정문을 빠져나갔다. 그의 태도에 순간 화가 났으나, 그 화는 5초도 유지되지 못하고 이내 가라앉았다. 고등학교 때 정치경제 과목을 담당했던 선생님이 한 말이 생각났기 때문이다. 졸업을 앞두고 우리에게 마지막으로 가르쳐 주고픈 일종의 당부 같은 말씀이었다. 선생님은 자동차를 운전할 때, 자기 앞 차량이 신호가 바뀌었는데도 빨리 가지 않는다고 해서 곧바로 경적을 울리지는 않는다고, 또 급한 속력으로 위태하게 자신을 추월한 차량에 대해서도 신경질적으로 경적을 울리지 않는다고 했다. 앞의 경우에는 어떤 청년이 정말 인생의 중요한 순간을 고민하고 있을지도 모르니까. 뒤의 경우에는 젊은 부부가 몸이 불덩이 같은 아이를 병원에 데려가고 있는지도 모르니까. 사실 그 당시에는 선생님의 윤리적인 말이 작위적이라는 느낌을 받았다. 선한 삶에 대한 강박 같은 것이랄까. 하지만 그때의 그 말이 "참된 것, 바른 것을 가르쳐야 하는데 대학 들어가는 기술만 가르치는 것 같아 미안하다."고 평소 선생님이 말하던 모습과 오버랩 되며 나는 수심 가득한 표정의 사내를 조금 더 이해하기로 했다.

3
/
리튬

공원은 한적했다. 운동을 하는 사람들보다는 반려견을 산책시
키러 나온 사람들이 더 많아 보였다. 가만히 서서 주변을 둘러보
고 있는데 뒤로 걸으며 운동을 하는 60대 전후의 여자와 부딪쳤
다. "거 좀 조심해요!" 여자는 잔뜩 찌푸린 얼굴을 하고는 다시
뒷걸음쳐 갔다. 나는 발을 밟히는 바람에 구두에 묻은 흙을 털어
냈다. 그리고 예전 정치경제 선생님의 말씀을 다시 되뇌었다. 그
래, 저 아주머니는 불치병에 걸렸을지도 몰라.

그렇게 마음을 스스로 풀고 보행로를 따라 걸어갔다. 얼마 지
나지 않아 벤치에 고1이나 중3쯤 돼 보이는 학생들 다섯이 모여
있는 걸 보았다. 요즘에는 학교 수업이 일찍 끝나나 보다고 생각
했다. 교복을 입고 있는 것으로 보아 가출한 아이들 같지는 않았

다. 여학생 둘에 남학생 셋이었는데, 남학생들은 스마트폰으로 게임을 하며 연신 바닥에 침을 뱉고 있었고, 여학생들은 어설프게 화장을 한 눈썹을 잔뜩 추켜세우고 "그거 존나 재밌어."라며 깔깔댔다.

남학생 중 하나가 나를 힐끗 보더니 주머니에서 담배를 꺼내 유유히 불을 붙였다. 그러고는 하늘을 향해 연기를 잔뜩 뿜은 뒤, 여학생들을 째려보며 말했다.

"야, 씹할. 좆도 없는 것들이 뭐가 존나 재밌어?"

여학생 하나가 씹던 껌을 '후' 하고 뱉으며 대답했다.

"신경 꺼. 니미 시방새, 마더퍼커."

나는 그들의 대화를 전혀 이해하지 못했다. 저들의 표현에는 어떤 메시지가 담겨 있는 것일까. 어쩌면 그들이 서로 대화한 것이 아니라 나, 혹은 나를 포함한 어른이라 불리는 사람들에게 말을 붙여 본 것 같기도 했다. 결국 남학생의 담배 연기도, 여학생의 신경 끄라는 말도 모두 기성세대를 대표하는 나를 향한 것이라는 생각이 들자 마음이 언짢았으나, 중2 다음으로 무섭다는 고1일지도 모른다는 두려움과 귀찮음이 섞인 감정 때문에 무표정하게 가던 길을 재촉했다. 그 아이들은 나를 보고 쿨한 어른이라 생각했을까, 아니면 비겁한 어른이라 생각했을까? 그 아이들이 그 나이대 아이들이 아니라, 성인이었어도 마음이 불편하고 자존심이 상했을까? 내 마음이 불편한 것은 그들에게 훈계하지 못해서였을까? 나이가 많다는 이유로 누구를 훈계할 권리가 생기는 것일까?

공원 관리사무소 입구에 다다른 다음 반쯤 열린 문을 통해 안을 들여다보았다. 'ㄱ' 자로 사무용 책상이 배치되어 있었고, 사무실 가운데에는 여덟 명이 앉을 수 있는 회의용 테이블이 있었다. 테이블 위에는 조화 해바라기가 태양과 90도쯤 어긋난 방향으로 고개를 돌리고 있었다. 나와 눈이 마주친 직원 한 사람이 "어떻게 오셨어요?" 하고 물었다.

"자전거 사고 보험 접수하신 것 때문에 왔습니다. 아까 장 과장님이라는 분과 통화도 했는데요."

안쪽 자리에 앉은 직원이 얼른 일어나더니 안으로 들어오라는 손짓을 했다.

"아, 저하고 통화하신 분이구나. 안녕하세요. 보험회사에서 나오신 거죠?"

"아닙니다. 보험회사는 아니고요, 보험회사한테서 사고처리 관련해서 조사를 위임받은 손해사정법인에서 나왔습니다."

"보험회사가 아니에요?"

"네, 저희는 손해사정회사입니다. 사고가 왜 났는지, 사고책임이 누구한테 있는지, 지급해야 하는 보험금이 얼마인지 등을 조사하는 회사죠."

"사고조사 외주업체 같은 거네요?"

"그렇죠. 보험회사가 직접 처리하기에는 이런 종류의 사고가 발생 빈도가 적어서요. 그때그때 사고 발생할 때마다 거의 저희 같은 전문회사에 맡깁니다. 자동차 제조회사도 브레이크, 타이어 등은 다 전문회사한테 맡기잖아요."

"아, 그렇구나. 일단 차라도……."

"커피 마시겠습니다."

사무실 들어올 때 눈이 마주쳤던 직원이 일어나 커피믹스를 뜯어 종이컵에 부은 다음 정수기에서 따뜻한 물을 받았다. 순간 달콤한 향이 코끝에 전해졌다가 이내 사라졌다.

"제가 뭘 해 드리면 되나요?"

"아, 여기 기초서류 우선 작성해 주시고요. 사고경위서도 같이 쓰시면서 저한테 어떻게 사고가 났는지 말씀해 주시면 됩니다."

"아휴! 서류가 왜 이리 많아요?"

"보험 업무란 게 서류로 일하는 거니까요."

공원 관리사무소 장 과장은 열심히 보험금 청구 관련 기초서류를 작성하고, 사무실에 비치된 직인을 찍었다.

"사고 내용은 제가 CCTV를 보여 드리면서 설명할게요. 그게 이해가 빠르실 거야."

"잘됐네요. CCTV 파일도 복사하신 다음 제 명함에 있는 메일로 좀 보내 주세요."

"그래요, 보내 드리지. 그런데 이 대리님은 이 일 오래 하셨어요?"

"한 5년 됐습니다."

이상하게도 자연스럽게 거짓말이 나왔다.

"아, 그럼 딱 보면 아시겠네. 이 아저씨가 떼쓰는 거예요."

커피를 타 준 직원의 PC 모니터에 CCTV 화면이 재생되고 있었다.

"여기 공원 내, 특히 보행로에서는 자전거를 못 타게 되어 있어요. 킥보드도 안 되고요. 보행자 안전 때문에요. 반려견 데리고 산책 나오시는 분들도 많고, 걸음마 한창 배우는 애기들도 아장아장 돌아다니고. 자전거 전용 도로가 공원 둘레에 따로 조성돼 있거든요."

"그럼 표지판 같은 걸로 출입제한 안내를 해 놓으셨나요?"

"당연히 다 해 놨죠. 출입제한 안내판도 제가 알려드릴 테니 사진 찍어 가세요. 증거물로다가."

그때 화면에서 자전거를 타고 가는 피해자의 모습이 나왔다.

"야, 다시 뒤로 좀 돌려 봐라. 그래, 거기서부터. 이 대리님, 잘 보세요. 지금 이 사람이 좌회전하는 게 보이시죠? 그다음에 직진을 합니다. 그러다가 앞으로 고꾸라졌거든요. 그런데 이 사람은 보도블록 이음새가 평탄하지 않아서 거기에 앞바퀴가 걸려 넘어졌다는 거예요."

"다시 한번 느린 화면으로 볼 수 있을까요?"

직원이 화면을 되감은 다음 배속을 느리게 설정했다. 자전거는 보행자 한 명을 빠른 속도로 지나친 다음 잔디로 된 운동장 모퉁이에서 회전을 했고, 그다음 별 이상 없이 직진을 하다가 갑자기 자전거와 함께 공중에 뜬 다음 앞으로 고꾸라졌다. 다친 사람의 말이 어쩌면 맞겠다는 생각도 들었다.

"현장을 가 봐야 알겠는데요."

장 과장과 둘이서 자전거가 넘어진 장소로 갔다. 보도블록은 매끈하게 잘 깔려 있었고, 이음새가 튀어나오지도 않았다. 나는 스마트폰으로 현장 사진을 찍으며, 장 과장에게 의아하다는 듯이 말했다.

"여기가 맞는 거죠?"

"그럼요. CCTV 보셨잖아요. 이 자리예요."

"그 사이 보도블록 정비하신 건 없고요? 아무 이상이 없는데
……."

"그 상태 그대롭니다. 그 양반이 혹시 브레이크를 급하게 잡아서 사고가 난 게 아닌가 싶기도 하고요."

"아, 그럴 수도 있겠군요."

내가 맞장구를 쳤지만, 오히려 장 과장은 미심쩍은 듯한 목소리로 나에게 물었다.

"전문가가 보시기엔 어떤 것 같나요?"

내가 전문가가 아니란 걸 눈치 챈 걸까. 순간 아차 싶었지만, 이럴 때 넘어가는 요령은 이미 교육받은 뒤였다.

"지금 당장 판단하기는 어렵고요. 사무실 가서 CCTV하고 다른 정황들을 좀 살펴봐야 할 것 같아요."

"전문가가 봐도 좀 애매한가 보죠. 그럼 다친 사람은 어떡하죠? 계속 치료비하고 피해보상 해 달라고 연락이 와서요. 보험 접수를 했으니까 연락이 갈 거라고 했거든요. 저희가 민간 기업이 아니고 공공단체잖아요. 그리고 다친 사람도 인근 주민이다 보니까 우리 입장이 난감하긴 해요. 원만하게 잘 처리되면 좋겠습니다."

"그런데 보험의 손해배상 약관이란 게 배상할 법적인 책임이 있어야 되거든요. 공원 측에서 시설 관리상의 어떤 잘못도 없다면 법적인 배상책임이 없어서 보험금 지급이 안 돼요."

장 과장은 약간 답답하다는 듯이 날 쳐다봤다.

"그러니까 그런 말도 다친 사람한테 가서 해 주세요. 그 양반은 언제 만나실 거죠?"

먹이사슬과도 같은 갑을병정 관계였다. 자전거 타다가 넘어져 다친 사람이 공원 관리사무소 입장에서는 상급기관에 민원을 넣을 수 있는 '갑'이라면, 공원 관리사무소는 '을', 공원 관리사무소로부터 해마다 보험을 갱신하고 보험료를 받아야 하는 보험회사는 '병', 보험회사로부터 사건을 수임해야 하는 보험사고 조사업체는 '정'이었다. 그리고 '을'이 '정'에게 '갑'을 만나서 일을 원만하게 처리해 달라는 부탁, 아니 요청, 아니 지시를 하고 있었다.

"현장조사 마치는 대로 연락할 겁니다."

다시 장 과장의 표정이 밝아졌다.

"아무튼 최대한 부드럽게 처리해 주세요."

어떻게 해야 '공원 측에는 아무런 법적 책임이 없으니 손해배상과 관련한 보험금을 지급할 수 없다'고 다친 사람에게 통지하면서 부드러운 반응을 이끌어 낼 수 있을까? 피해자의 연락처를 받고 나서 장 과장과 헤어졌다. 업무가 익숙한 사람이라면 큰 어려움 없이 전화를 했을 것이다. 노골적이든 암묵적이든 적의를 품고 있는 사람에게 아무렇지 않게 전화를 하고, 적대적인 반응을 아무렇지 않게 받아넘기는, 그리고 마음에도 담아 두지 않는 감정노동의 달인들. 나는 달인은커녕 첫 배당을 받은 초짜였기에 쉽게 전화를 하지도 못했고, 막상 전화를 한 다음에는 적대적인 반응에 불쾌했으며, 퇴근한 이후에도 언짢은 기분으로 잠자리에 들었다. 통화 내용은 길지 않았다.

"황도광 선생님이시죠?"

"어디요?"

억센 말투, 그리고 반말도 아니고 높임말도 아닌 묘한 이 세 음절의 말에 기선을 제압당했다.

"공원에서 자전거 타시다가 다치셨다고 해서요. 보험 처리 관계 때문에 연락드렸습니다."

"아, 공원에서 보험 처리 한다더니 접수했나 보네요."

말투가 부드러워졌다.

"사고 관련해서 제가 직접 만나 뵙고 여쭤볼 게 있는데요. 오늘은 제가 시간이 어렵고, 내일 어떠신가요?"

"내일요? 사고 난 지가 언젠데…… . 내일 일찍 오쇼."

말투가 다시 억세졌다.

"네. 그럼, 내일 뵙겠습…… ."

전화가 일방적으로 끊겼다. 뭐가 그리 기분이 나쁜 것일까. 내가 자기를 다치게라도 한 것일까. 어쩌면 나의 자신감 없는 목소리에서 '이놈은 내 밥이다' 하는 먹잇감의 냄새라도 맡은 것일까. 아드레날린이 솟구쳤다. 그러나 할 수 있는 게 없었다.

사무실로 향하는 지하철 안에서 희주에게 SNS 메시지를 보냈다.

– 바빠?

– 조금. 오빠는 뭐 하고 있는데?

– 현장 조사하고 들어가는 길이야.

– 혼자서?

– 응. 오늘 첫 사건배당을 받았거든.

– 벌써? 할 만해?

– 응.

– 힘든가 보네. 오늘 뭐 안 좋은 일이라도 있어?

여자의 직감은 4킬로미터 밖에 있는 물체도 식별한다는 타조
와 비슷하다. 남자는 좀처럼 그 시야에서 벗어나기 힘들다.

- 짜증나는 사람이 하나 걸렸어. 그건 그렇고, 사고 현장이 네
  가 사는 오피스텔 근처 공원이야.
- 공원? 아, 그 잔디밭 있는……. 거기서 무슨 사고가 났어?
- 아저씨 하나가 자전거를 타다 자기 혼자 넘어졌는데, 공원
  잘못이라고 떼쓰는 중이야.
- 나는 잘 모르겠다.
- 뭐가?
- 오빠가 사람 상대하는 일을 직업으로 선택한 게 과연 잘한
  일인가.
- 이미 정한 일인데, 그 얘긴 그만하자. 이따 퇴근해서 전화할게.
- 조심해서 들어가.

희주는 모 대기업 총무부에서 부속실 비서직으로 근무하고 있
었다. 대표이사 비서 업무인데 다른 여직원 한 명과 사장실 업무
를 나눠서 담당했다. 그 직원은 희주보다 입사 4년 선배로 결혼
을 했다고 한다. 대표이사가 워낙 대외활동이 많은 데다 아침형
인간으로 새벽 여섯 시 반이면 사무실로 출근하는 패턴이어서
수행비서인 차장급 직원도 힘들다며 푸념을 자주 늘어놓는다고

했다. 희주와 희주의 선배 직원은 한 주씩 번갈아 가며 새벽에 출근했다. 새벽에 출근한 날은 조금 일찍 퇴근할 수 있었다. 그들 세계에서 조금 일찍 퇴근한다는 말은 저녁 일곱 시 무렵에는 퇴근할 수 있다는 말이었다.

또 희주가 다니는 회사는 예전부터 회식이 잦았다. 그녀 말로는 대표이사가 한턱낸다고 해서, 총무부 회식 때문에, 또는 비서끼리 임원들 흉을 보느라 저녁을 먹고 술을 마시는 일이 자주 생긴다고 했다. 그리고 입사 연차가 늘어날수록 업무량도 많아져서 야근도 일주일에 세 번은 했다. 회사 일 자체가 대표이사나 고위 임원들과 관련이 있다 보니 업무 시간 중에 사적인 전화를 받는 일은 거의 불가능했고, SNS 메시지도 곧바로 확인하지 못하는 경우가 더 많았다.

희주는 외모만 보면 사람들이 보통 편견을 가지고 생각하는 비서의 이미지와 잘 들어맞는데, 성격은 그렇지가 않았다. 자기중심적이었다. 이렇게 단도직입적으로 말해도 될 만큼 자기주장을 꺾는 일이 드물었고, 더러는 도회적이고 이지적인 얼굴에서 어떻게 그런 말이 나올까 싶은 거친 욕이나 상스런 말도 자주 하곤 했다. 남의 비위를 잘 맞추지 못하는 성격의 사람이 상사의 심기까지 고려해야 하는 예민한 업무를 맡아서 갈수록 짜증이 늘어만 갔다. 휴일에도 스마트폰으로 업무 전화를 자주 받았다. 하지만 회사 중역들 전화가 많아서인지 회사 사람과 통화할 때는 자세마저 공손해지고 목소리는 정말 나긋해서 나로 하여금 묘한 감정이 들게 했다.

늦은 오후의 사무실은 부산했다. "외근 다녀왔습니다."라는 인사에 배 팀장이 손짓으로 날 불렀다.

"수고했어. 그런데 오늘 배당받은 사건 말인데, 피해자하고 안 좋게 통화를 했어?"

"아니요. 왜요?"

"보험사 담당자가 항의성 전화 받았다고 투덜대더라고. 환자한테 몸 어떠냐고 안부도 안 묻고, 자기 할 말만 하고 끊었다고 피해자가 공원에다 항의를 했나 봐. 공원 측은 다시 보험사에다 항의를 하고."

어이가 없었다.

"실제로 네가 그랬겠냐마는 어쨌든 피해자하고 부드럽게 얘기해. 다퉈 봐야 우리만 손해야. 내일 만나기로 했다면서?"

"네. 그런데 이거 면책 사고일 확률이 커요."

"왜? 지 혼자 넘어진 거야?"

"그것도 아닌 것 같아요."

"그럼?"

"솔직히 잘 모르겠어요. 메일 좀 확인하고요. 공원 측에서 CCTV 파일 보내 준다고 했거든요."

전자메일을 확인해 보니 파일이 도착해 있었다. 팀장 자리에서 파일을 구동시켰다. 유심히 동영상을 보던 팀장이 우 과장을 불렀고, 우 과장이 귀찮다는 표정을 살짝 지으며 팀장의 뒷자리로 와서 선 채로 동영상을 같이 되돌려 보았다.

"이상하지 않아?"

팀장이 우 과장에게 물었다.

"그러네요. 공중에 붕 뜬 걸로 봐서는 혼자 미끄러진 상황은 아닌 것 같고, 그렇다고 어디 장애물에 걸린 것도 아닌 것 같아요. 만약 장애물에 걸렸으면 자전거는 살짝 멈췄다가 넘어지고, 사람은 관성 때문에 앞으로 쏠리게 되는데, 화면만 보면 사람하고 자전거하고 동시에 공중에 뜨잖아요."

"브레이크를 잡았는데 가속이 붙어서 같이 떴을까?"

"에이, 저 속도에선 아니죠. 하지만 자전거 묘기를 부리려고 했을 순 있겠네요. 다 큰 어른이 자전거 묘기나 부리려다 다친 사고 같네요."

"아! 그랬을 수도 있겠다. 가만 보니까 점프 동작을 하다가 중심을 잃고 넘어진 거네."

전문가 두 사람이 그렇게 결론을 냈다. 확실히 설득력이 있었다. 나는 왜 그 생각을 못했을까. 이렇게 자책하고 있는데, 팀장이 내 서류를 훑어보다 "이게 다야?" 하고 물었다.

"네. 기초서류 다 받았는데요."

"목격자 진술서라도 받지 그랬어? 주변에 사고 당시 상황 본 사람이 없대?"

"안 물어봤는데요."

"그걸 물어봐서 알아 와야지."

우 과장이 모니터 한쪽 끝을 가리켰다.

"저기 목격자 하나 있네요. 체조하는 사람."

"어디? 어, 그래 있네. 태극권 하는 건가? 아무튼 요 사람. 기마 자세로 체조하는 사람 찾아봐. 자전거가 잔디밭을 좌회전하기 전에 이 사람을 지나쳐 왔으니까 사고 나는 상황을 봤겠지. 지금 자전거가 갑자기 자신을 지나치니까 이 사람이 깜짝 놀라잖아. 그러고 얼마 있다가 자전거가 넘어졌고, 이 사람 몸 각도를 봤을 때 자전거 넘어지는 순간을 충분히 봤겠네. 지금 보면 자전거가 넘어진 다음 우측 편으로 걸어가서 화면에서 사라지잖아. 한번 찾아봐. 옷이, 가만 보자……. 레알 마드리드 레플리카 같은데?"

아까 공원 입구에서 만났던 내 또래의 사내가 떠올랐다. 그 사람인가? 내일 그 시간에 가면 또 만날 수 있겠지? 이런 생각과 함께 퇴근을 해서 집으로 향했다. 그리고 내일 오전 일찍 피해자가 입원해 있는 병원으로 가야 한다는 사실이 저녁을 먹는 순간에도, 예능 TV 프로그램을 보는 순간에도, 양치질을 하는 순간에도, 잠자리에 들어서도 날 불편하게 했다.

4 / 베릴륨

밤은 야하다. 밤이니까.

그래서 꿈을 꾼다. 꿈속에서 나의 무의식이 발가벗겨져 야한 상상이 밤새 펼쳐진다. 실제로 기억되는 꿈의 내용은 불분명하고, 왜곡되고, 편집된 허위의 기억이지만 이야기의 대부분은 결국 야한 것과 관련이 있다. 인간의 가장 심연에 야한 것이 있고 밤이 되면 화산에서 용암이 분출하듯 그 야한 것이 시뻘겋게 터져 나와 머릿속을 헤집고 다닌다. 그런데 시험을 접은 후부터 꾸는 꿈은 바퀴벌레 같은 벌레나 쥐, 원숭이, 호랑이 같은 동물들이 나오는 이상한 세계였다. 하나같이 덫에 걸린 이미지들. 끈끈이나 덫, 올무 등에 걸려 빠져나오려고 발버둥치고 꿈틀대는 모습이었다. 웃긴 건 내가 바로 그 꿈틀대는 생명체라는 사실이다. 외양은 내 모습이 아니었지만 나는 알았다. 꿈틀대는 벌레나 동물들이 사실은 나라는 것을. 그 기괴한 현실, 그러니까 꿈속의 현실에 짜증이 나서 뒤척거리다 눈을 뜨면 어느덧 새벽을 알리는 알람이 울렸다.

사무실로 출근하지 않고 곧바로 피해자가 입원해 있는 곳으로 갔다. 팀장에게도 미리 말을 해 두었다. 동네 정형외과였지만, 진료실이나 검사실, 물리치료실 외에도 입원실만 2개 층을 사용하는 규모 있는 의원이었다. 자전거를 타다가 다친 피해자의 이름이 506호 문에 적혀 있었다. 6인실 문을 열고 들어가니 환자가 베드에 네 명 누워 있었고, 간호하거나 병문안하러 온 사람들은 보이지 않았다. 내가 너무 일찍 왔나 싶은 생각도 들었다.

"황도광 선생님?"

창가 자리에 비스듬히 기대어 있던 환자가 손을 살짝 들었다. 다른 팔은 캐스트를 하고 있었다. "안녕하세요."라고 인사하며 환자에게 명함을 건넸다. 환자는 명함을 뚫어져라 쳐다보더니 표정이 굳어졌다.

"보험회사가 아니네요?"

"네. 보험회사한테 사고조사 관련해서 위임을 받고 왔습니다."

"조사? 야이, 씹할! 나가, 이 새끼야!"

황도광이 갑자기 수액을 고정시키는 철제 거치대 윗부분을 뽑아 들었다. 옆에 있던 환자가 황도광의 팔을 잡더니 "이거 왜 이래? 말로 해, 말로."라고 말하며 진정시키려 했다. 하지만 황도광은 "안 꺼져? 이 새끼야!"라고 소리를 지르며 철제 거치대를 휘둘렀다. 나는 순간 놀라서 자리에서 물러나 병실 한가운데로 비켜섰다. 그때 병실로 목발은 짚지 않았지만 다리를 절뚝거리는 머리가 하얗게 센 다른 환자가 하나 들어왔다.

"왜 이리 소란이야?"

환자가 절뚝거리며 황도광이 있는 침대 구석으로 걸터앉았다. 그러고는 황도광의 손에서 철제 거치대를 넘겨받은 다음 다시 원형 홈에 집어넣어 고정시켰다.

"무슨 일인데?"

"보험사에서 보험사기 조사한다고 저 새끼를 보낸 것 같아요. 망할 놈의 새끼들."

백발의 환자가 나를 아래위로 훑어봤다.

"보험사기 조사하러 왔수?"

"아니요. 사고가 어떻게 났는지, 어떻게 부상을 입었는지 물어보러 온 겁니다. 양쪽 얘기를 다 들어봐야 하니까요."

내가 더듬더듬 대답하자 남자는 다시 고개를 돌려 황도광에게 물었다.

"자네 의료보험 환자 아니야? 자전거 타다가 넘어졌다며?"

"제 잘못으로 넘어진 게 아니라 공원 잘못으로 넘어진 거예요.

보도블록에 걸려가지고."

"아, 이제 알겠다. 젊은 양반은 손해사정회사에서 나왔겠구먼?"

"네, 맞습니다."

내가 짧게 답했다.

"손해사정회사에서 보험금 얼마 지급할지 조사하러 오신 거네. 잘 대답해 드려. 그래야 보험 처리도 잘해 주지."

"아니, 다른 환자들을 보니까 보험회사가 직접 와서 합의금도 주고, 병원비도 주고 알아서 처리해 주더구먼, 왜 나한테는 보험회사가 코빼기도 안 보이고 보험사기 조사하는 사람을 불러다가 ……."

"보험사가 직접 오는 건 교통 환자들 얘기야. 자네하곤 상관 없어. 자네가 당한 사고는 다 손해사정회사 직원들이 와서 처리해."

백발의 노신사가 중재해 준 덕분에 어느 정도 얘기는 더 할 수 있었지만, 황도광은 면담 내내 구시렁대며, 울뚝불뚝 성질을 부렸다. 그도 사고 내용은 정확히 알지 못했다. 갑자기 뭐에 걸린 것처럼 자전거가 공중으로 붕 뜬 뒤 앞으로 고꾸라졌다고 했다. 넘어진 이유도 정확히 모르면서 왜 보도블록에 이상이 있다고 단정하느냐고 물으니 자기 또한 보도블록이 잘못된 게 아닌가, 추측만 할 뿐이고 정확한 사고 원인은 모르겠지만, 사고 정황상

보도블록이든 돌멩이든 도로를 제대로 관리하지 못한 공원 잘못이라고 강하게 주장했다.

"거기 자전거 운행 못 하는 곳인 건 알고 계셨어요?"

"당연히 몰랐지. 자전거 못 타는 곳이면 내가 안 탔지. 평소에 내가 자전거 타는 것을 공원 직원들이 봐도 아무런 말이 없었어."

"출입금지 입간판도 있던데요."

"입간판? 전혀 못 봤어. 아무튼, 내가 자전거 타는 것 때문에 문제가 있었으면 공원 관계자들이 진즉 타지 말라고 얘길 했겠지."

면담은 별 소득 없이 끝났다. 보험 처리가 되지 않을 수도 있다고 언질이라도 주고 왔어야 했는데, 황도광이 워낙 드세다 보니 그 말은 꺼내 보지도 못했다. 괜히 보험 처리가 되어 보험금을 받게 되리라는 기대심리만 높아진 게 아닐까 걱정하며 정형외과를 나섰다.

이제 목격자를 찾아야 했다.

목격자가 오후 늦게나 나타날 것 같아서 시간도 보낼 겸 지하철역과 연결된 대형 쇼핑몰 1층에 있는 서점에 갔다. 사건 배당을 많이 받는 다른 직원들은 정신없이 일하고 있겠지만, 달랑 한 건만 배당받은 내 경우에는 시간이 남아돌았다. 팀장에게 전화를 해서 사무실에 들어갈까 하고 물었더니, "들어와서 할 일 있어? 그냥 여유 있을 때 쉬어. 나중에 배당 많아지면 야근도 해야 하니까 지금이 좋은 때다, 하고 쉬엄쉬엄 해."라는 다정한 대답이 돌아왔다. 그래도 왠지 공밥을 먹는 것 같아 마음이 불편했다.

그곳 서점은 신림동 고시전문 서점과는 전혀 다른 분위기였다. 내 발걸음이 무심코 수험 및 법률서적 코너에서 멈추는 바람에 당황했다. 귀가 빨개지는 게 느껴졌다. 누구한테 부끄러운 것일까.

– 찰칵

50대쯤으로 보이는 남자 한 명이 책을 바닥에 펼친 다음 사진을 찍고 있었다. '찰칵' 하는 소리가 다섯 번쯤 들리자 직원이 그에게 다가왔다.

"사진 촬영은 안 됩니다."

남자는 "네."라고 말했지만, 얼마 지나지 않아 다시 '찰칵' 하는 소리가 들려왔다. 그 남자에게는 부끄러움이 없는 걸까. 아니면 누구의 말처럼 부득이한 사정이 있는 것일까. 화가 나기도 했고, 부럽기도 했다. 그는 누구에게 부끄러웠던 적이 있을까.

가성비가 좋다고 입소문이 난 쇼핑몰 내 수제 햄버거 가게에서 점심을 먹었다. 그래도 시간이 한참 남았다. 다시 서점으로 가서 문고판 책을 한 권 샀다. 문체가 세련되고 아름답다는 광고 띠지가 붙은 소설이었다. 그리고 공원으로 향했다.

공원은 어제보다 더 한적했다. 벤치에 앉아서 책을 펼쳤다. 그러나 책을 다 읽을 때까지 레알 마드리드 레플리카는 나타나지 않았다. 어제 보았던 청소년들이 영역을 지키려는 사바나의 사자처럼 무리를 지어 벤치로 다가왔다. 나는 영리한 가젤이 되어 자리를 떴다.

가을이라 금방 어두워졌다. 희주에게 메시지를 보내 보았다.

– 바빠?
– 아니, 괜찮아. 왜?
– 나 지금 너 사는 오피스텔 근처라서, 혹시 일찍 퇴근하면 같
   이 저녁 먹을까 해서.
– 그러지, 뭐.
– 몇 시쯤 오니?
– 여덟 시쯤 도착할 것 같아.
– 그럼, 도착해서 전화해. 근처 카페에 있을게.
– 비번 5785야. 들어가 있어도 돼.
– 아니, 그냥 카페에서 기다릴게.
– ㅎㅎ 나는 오빠의 그 점은 참 맘에 들어. 여자친구 혼자 산다
   고 절대 무작정 찾아오지도 않고, 항상 미리 약속 정하는 거.

- 그런 거라도 잘해야지.

- 이따 봐.

- 응.

희주가 살고 있는 오피스텔 근처 카페로 들어갔다. 카페라테를 한 잔 주문했다. 카운터의 한쪽 끝에 있는 음료 나오는 곳에서 커다란 머그컵에 담긴 라테를 받은 뒤 2층으로 올라갔다. 마침 창가 자리의 손님 두 사람이 일어나기에 그리로 가서 앉았다. 2층에서 바라보는 전망은 어둑한 거리를 밝히기 시작한 가로등 불빛 때문에 안온했다.

저녁이 되어 싸늘해지자 사람들이 움츠린 어깨로 귀가를 서둘렀다. 적당히 고된 하루를 따뜻한 가정에서 마무리하는 일은 행복이고 은총이다. 그러고 보니 오늘은 현장출근에다 현장퇴근까지 하는 바람에 사무실에는 나가 보지도 않았구나, 하는 생각과 가족과 떨어진 채 혼자 마무리하는 하루구나, 하는 감상이 교차했다. 카페라테는 쓰고 달았다.

"어린 친구들은 내가 현장출근이나 현장퇴근 못하게 하는데, 너야 네가 알아서 잘하리라 믿으니까. 현장출근이나 현장퇴근에 크게 부담 갖지 말고 언제든 나한테 얘기를 해. 내가 형이 돼서 그 정도 못 챙겨 주겠냐."

배무송 팀장, 그러니까 고등학교 선배인 무송이 형은 원래 화가가 꿈이었던 사람이다. 하지만 고등학교를 정상적으로 마치지 못하고 검정고시를 본 뒤, 대입 수능을 쳐서 고향인 무진 근처의 대학에 진학했다. 미대는 아니었고, 국문과였나 영문과였나, 아무튼 어문 계열이었다. 고등학교를 중퇴한 사유는 아무도 정확히는 모르지만, 소문에는 미술 선생님과 맺어선 안 되는 관계를 맺은 것이 문제가 되었다고 했다. 미술 선생님의 약혼자가 학교로 찾아와 교무실에서 난리를 치고 갔다는 말도 나돌았다. 하지만 학년이 다른 관계로 나 또한 자세히는 알지 못했다.

한 살 터울이지만 고등학교 선배이다 보니 약간 어려운 면이 있었다. 나하고는 미술반 활동을 하면서 알게 됐는데, 내가 서울에서 대학 다닐 때 우연히 혜화역 앞에서 만난 적이 있었다. 그때는 대학을 중퇴하고 연극을 한다고 그랬는데, 얼마 지나지 않아서는 부동산 영업을 한다면서 나에게 코팅지 때문에 손으로는 찢어지지도 않는, 게다가 글자 하나하나마다 금박을 입힌 명함을 건네기도 했다. 나는 지금이 첫 직장인데, 선배는 다섯 번째? 여섯 번째? 그는 좋게 말하면 유연성과 순발력이 뛰어난 사람이고, 나쁘게 말하면 듬직하게 한 우물을 파지 못하는 사람이었다. 어쨌든, 어떤 인연인지는 모르지만 고향이 무진인 두 사람이 서울 마포의 한 사무실에서 같이 일하게 되었다. 자석의 N극과 S극도 만나는 일이 있는가 보다.

희주를 기다리며 스마트폰으로 동영상을 보고 있었다. VOD

서비스로 맛집을 찾아다니는 프로그램 하나, 그리고 연예인들의 신변잡기를 재미있게 풀어낸 프로그램 하나 이렇게 두 개의 프로그램을 다운받아서 다 볼 때까지 희주에게서는 아무런 연락이 없었다. 시계를 보니 여덟 시 반이었다.

– 어디쯤이야?

메시지를 보냈지만 20분이 넘도록 메시지를 확인하지 않았다는 표시가 그대로 남아 있었다. 무슨 일이라도 생겼나? 직접 전화를 걸었다.

– 어, 미안. 연락한다는 걸 깜박했어.

희주는 전화를 받자마자 다급함이 잔뜩 묻어나는 목소리로 말했다. 그 목소리를 듣는 순간 희주에게 별 일 없다는 안도감과 함께 메시지 하나 날려 줄 여유도 없었나, 하는 서운함이 교차했다.

– 무슨 일인데?
– 회사 일이지. 미안. 오늘 못 볼 것 같아. 아직 사무실이거든.
– 아직 퇴근 못했어?
– 응. 갑자기 사장님 출장 일정이 잡혀서 그거 준비해야 해.

– 그렇구나. 근데 사무실이야? 물 떨어지는 소리가 나네.

– 어? 아니, 화장실이야. 사무실에서 전화 못 받아서.

– 아, 그렇지. 그럼 다음에 보지, 뭐. 너무 무리하지 말고.

– 응, 미안. 조심해서 들어가.

희주를 처음 만난 건 운전면허 학원에서였다. 내가 스물아홉 살이던 여름이었다. 그때 나는 그해 시험에도 합격하지 못한다면 시험공부를 접겠다고 공개적으로 다짐을 했다. 그런데 내가 다니던 사법시험 학원 강사가 콕 집어 준 파트에서 시험문제가 나왔다. 수험생들이 잔뜩 가입해 있는 인터넷 카페에선 불시에 타격을 입었다는 뜻의 수험계 용어인 '불의타'라는 단어가 한가득이었다. 절망을 표시하는 사람들이 '기쁘게도' 정말 많았다. 합격할 것만 같았다. 합격자 발표를 기다리는 동안 다른 친구들이 불합격을 기정사실화하고 내년 시험을 대비할 때, 나는 운전면허를 땄다. 스물아홉 살이 되어서야 운전면허를 땄으니 딱 그만큼 내 또래의 남자들보다 뒤처졌다고 생각했다. 20대의 나를 충동질했던 것, 그것이 도전이든, 방황이든, 욕심이든 간에 30대로까지 이어 가지는 않겠다고 가족들에게, 친구들에게 선언했다. 하지만 그 선언은 지켜지지 못하고 3년간 유예되었다. 그리고 이제 희주가 그 당시의 내 나이가 되었다. 희주는 나와의 관계를 자신의 30대까지 이어 가고 싶어 할까? 이제 올해도 100일이 채 남지 않았다. 카페라테를 담았던 머그컵, 그리고 결론이 나지 않는 생각들을 트레이에 옮겨 담은 뒤 자리에서 일어났다.

창밖을 힐끗 보는데 레알 마드리드 레플리카를 입은 사람의 뒷모습이 보였다. 혹시 그 목격자일까? 나는 얼른 내가 들고 있던 트레이를 테이블을 정리 중이던 카페 직원에게 건넨 뒤 1층으로 내려가 카페 밖으로 나왔다. 방향이 순간 헷갈렸다. 좌측, 우측 번갈아가며 레플리카를 입은 사람을 찾았다. 우측 편, 한 블록 반쯤 떨어진 곳에서 'RONALDO'라는 이름과 '7'이라는 백넘버가 적힌 레플리카의 뒷모습을 볼 수 있었다. 나는 빠른 걸음으로 그를 뒤쫓아 갔다. 거리가 좁혀질수록 어제 만났던 그 사람이라는 확신이 들었다. 그와의 거리가 열 걸음 정도 남았을 때 갑자기 그 사람이 상가 건물로 들어갔다. 내가 서둘러 뒤따라 들어갔을 때 그는 사라지고 없었다.

낭패였다. 목격자가 사고 당시의 상황을 제대로 봤을 수도 있고, 못 봤을 수도 있다. 그리고 목격자 진술이 이 사건에서는 절대적인 것도 아니다. 참고사항일 뿐이다. 하지만 현재로서는 목격자의 진술이 가장 강력한 정황증거가 될 수 있고, 또 무엇보다 목격자 조사 하나 없이 보험사에 보고서를 제출하면, 조사가 부실하다고 보험사가 나에게, 또는 팀장에게 싫은 소리를 할 수도 있었다. 그래서 팀장은 나보고 제대로 사고 내용을 보지 못한 목격자라도 좋으니 일단 사고 당시 근처에 있었던 사람을 찾아서 간단한 진술이라도 받아 오라고 신신당부를 했다. 특히, 사고 당사자인 황도광의 성향을 생각할 때, 보험 처리가 안 된다는 사실을 그냥 곱게 인정하고 넘어갈 리가 없으므로 객관성을 확보해 줄 목격자가 더욱 필요했다.

그 중요한 목격자를 눈앞에서 놓치다니. 사실 내일 또다시 공원에 나가 무작정 목격자를 기다리고 찾으면 그만이다. 하지만 오늘 만나서 진술을 받게 되면 반나절의 여유, 나만의 자유시간이 생길 수 있었다.

상가 건물 복도를 이리저리 배회하다 엘리베이터를 발견했다. 엘리베이터의 현재 층수를 나타내는 숫자 버튼이 한 칸, 한 칸 위로 올라가고 있었다. 그리고 맨 꼭대기 층인 14층에서 그 숫자는 멈추었다. 14층에 내린 사람은 호날두의 이름이 새겨진 레플리카일까? 일단 엘리베이터를 타고 올라가 보기로 했다. 아마 그 레플리카의 사내가 아닐 것이다. 나는 마음속으로 미리 포기를 했다.

포기하면 사람이 담대해진다.

복도 가운데에 자리한 엘리베이터 앞에는 사람이 많았지만, 건물의 양 끝에 있는 엘리베이터는 이용하는 사람들이 거의 없었다. 나는 건물 정면을 등졌을 때 좌측 방향 끝으로 가서 엘리베이터를 탔다. 14층까지 올라가는 동안 엘리베이터에는 나 혼자만 덩그러니 서 있었고, 중간에 멈추는 일도 없었다. 엘리베이터에서 내리자 기다란 복도가 적막을 드러냈고, 복도 조명은 꺼져 있었다. 점포 내부에서 흘러나오는 은은한 불빛 때문에 어둡지는 않았으나 옅은 보라색 조명이라 희붐한 느낌이 들었다. 복도 우측면은 대형 피트니스 센터가 자리 잡고 있었고, 좌측면으로는 벽이 길게 이어져 있었다. 중앙 엘리베이터 양 옆으로 나 있는 출입문을 통해 발코니로 나가면 복도식 아파트의 통로처럼 가림막 없이 외부와 연결되어 담배도 피울 수 있었다. 나는 복도 끝을 향해 계속 앞으로 걸어갔으나 레플리카를 입은 사내는 보이지 않았다. 열린 문 사이로 피트니트 센터 내부를 봤지만 여성 전용 센터라 남자가 있을 리는 만무했다. 복도 끝까지 갔다가 사내를 찾지 못하고 다시 중앙 엘리베이터까지 되돌아온 뒤 내려가는 버튼을 눌렀다. 그러다 혹시나 해서 좌측 편에 있는 출입문을 열고 발코니로 나가 보았다. 흰색 레알 마드리드 레플리카가 눈에 확 들어왔다. 출입문에서 가장 멀리 떨어진 안쪽 구석에 서 있어서 나하고의 거리는 서른 발자국 이상이었다. 어두웠지만 달빛 때문인지 아니면 주변 건물들의 불빛 때문인지 대충의 윤곽으로도 어제 공원 정문에서 만났던 바로 그 사람임을 알 수 있었다. 그는 반대편에 있는 오피스텔을 뚫어지게 쳐다보고 있었다. 희주가 살고 있는 오피스텔은 14층 높이로 희주는 12층에 살고 있었다. 양 건물 상가와 이어진 보행자 통행로와 그 사이를 통과하는 왕복 2차선의 이면도로 때문에 일정한 거리가 있어 반대편 오피스텔이 자세히 보이지는 않았지만, 적어도 밤에는 불빛의 대비 때문에, 그러니까 상가 건물 쪽은 어둡고 오피스텔 내부는 밝았기 때문에 오피스텔에 거주하는 사람들이 돌아다니는 모습, 그리고 무슨 일을 하는지까지도 판별할 수 있었다. 어떤 집은 서른 남짓한 여성이 TV를 시청하고 있었는데 자막의 내용까지는 알 수 없었으나, 무슨 프로그램인지, 또 클로즈업된 출연자가 탤런트 누구인지까지도 알 수 있었다.

저 사내는 담배도 안 피우고 있는데 왜 발코니에 나와 있을까? 남의 사생활을 염탐하기라도 하는 걸까? 희주보고도 밤에는 버티컬로 외부 차단을 확실히 하라고 해야겠군. 그런데 저 친구에게 뭐라고 말을 걸어야 할까? 일단 인사부터 하고, 명함을 줘야겠다. 이런 생각을 하고 있는데, 그가 갑자기 태권도를 할 때 품새의 시작점이 되는 기마자세를 취했다. 간혹 별종인 사람들이 있긴 하다. 달밤에 체조를 하려는 걸까? 이럴 때 내가 말을 걸면 서로 무안하겠지? 그때 사내가 하체는 기마자세를 그대로 유지한 채 앞으로 양팔을 쭉 내밀었다. 그리고 1초쯤 지났을까, 무슨 소리가 크게 들렸다.

처음에는 소리의 정체를 가늠할 수 없었다. 소리가 나는 쪽으로 고개를 돌려보니 오피스텔 맨 꼭대기 층에 있는 한 세대의 창문 유리창이 완전히 깨져 있었다. 그리고 방 안에선 어떤 남자가 쓰러진 채 꿈틀대고 있었다. 어깨를 감싼 양손 사이로 보이는 액체는 피가 분명했다. 전등 불빛 아래로 비치는 벌거벗은 남자의 나신과 그 나신을 타고 내리흐르는 피가 비현실적으로 느껴졌다.

사내는 어느새 기마자세를 풀고 바지 주머니에 손을 집어넣고 선 애벌레처럼 꿈틀대는 건너편 남자의 모습을 가만히 지켜보고 있었다. 건너편 남자는 비틀거리며 일어났고, 오피스텔 주방을 지나 현관 쪽으로 사라졌다. 오피스텔 창문은 전면유리 구조라서 상당히 컸는데, 유리 파편이 모두 오피스텔 안쪽으로 들어간 것 같았다. 지상의 보행자들은 아무 일도 없다는 듯이 유유히 지나다니고 있었고, 오피스텔의 몇몇 세대에서 유리창이 깨지는 소리에 놀랐는지 창문을 열고 위쪽을, 또 아래쪽을 쳐다보긴 했으나 그들이 발견할 수 있는 것은 공허한 공간뿐이었다. 나는 다시 레플리카를 입은 사내의 모습을 쳐다보았다. 그는 나를 전혀 인식하지 못하고 있는 듯했다.

나는 본능적으로 위험을 감지한 한 마리 짐승이 되었다. 그러나 서치라이트에 갇힌 사슴마냥 어찌할 바를 모른 채 그 자리에 멈춰 서 있었다. 발코니를 빠져나오려 했으나 발이 떨어지지 않았다. 낭패감이 들었다. 그런데 탈출을 포기하는 그 순간, 다리의 근육이 움찔하면서 지면에서 발이 떨어졌다. 난 뺨을 잔뜩 부풀린 다음 숨을 살며시 길게 내쉬었다. 발을 옮기려 애를 쓰는 와중에도 사내가 나를 발견하면 어쩌나 하며 그의 동태를 살폈으나 그는 있던 자리에서 미동도 하지 않은 채 중학교 해부 실습 시간의 개구리를 관찰하듯 건너편 오피스텔, 조금 전까지 사람이 버둥거리던 공간을 지켜보았다. 그렇게 더딘 시간이 약 1분쯤 지나자 내 다리의 근육도 완전히 원래의 상태로 돌아와서 나는 엉거주춤한 자세여서 모양은 좀 빠졌겠지만, 아무런 소리를 내지 않고 발코니 출입문을 빠져 나올 수 있었다. 건물 중앙 엘리베이터의 현재 위치를 보니 지하 3층에 있었다. 비상계단을 통해 12층까지 걸어 내려간 뒤 중앙 엘리베이터 대신 건물 끝으로 가서 다른 엘리베이터를 탔다. 1층에 도착하여 문이 열리자마자 얼른 건물 밖으로 뛰쳐나왔다. 대로변에 사람이 여럿 지나다니는 것을 보고 나서야 나는 마음을 놓을 수 있었다.

지하철을 타고 신림동 원룸으로 가면서 조금 전의 상황을 정리해 보았다. 믿기지 않는 얘기지만 그건 분명 (너무나 말도 되지 않지만,) '장풍'이었다. 무협지에서나 나오는 그 손바람! 아니면 지독한 우연일까? 그가 달밤에 발코니에서 기마자세로 체조를 하는데 마침 마주보고 있던 창문이 산산조각 난 것일까? 그가 눈속임과 같은 마술을 부린 것일까? 누가 볼 줄 알고 그런 해괴한 마술을 부리는 것일까? 그것도 아니면 사내가 미리 창문이 깨지는 장치를 해 놓은 다음 스위치라도 누른 것일까? 그렇다면 14층의 사내를 그는 왜 해코지하려 한 것일까?

나는 흥분을 가라앉히려 했지만 그럴 수 없었다. 장풍도 충격이었지만, 그보다도 벌거벗은 사람의 몸을 타고 어깨로, 등으로, 옆구리로 내려오던 새빨간 피가 선명하게 떠올라서 진저리가 쳐졌다.

원룸에 들어간 뒤 잠금장치가 잘되어 있는지 확인을 했다. 그리고 창문의 커튼을 쳤다. 커튼 때문에라도 유리 파편이 튀진 않겠지. 내가 무슨 생각을 하고 있나? 설마 진짜 장풍이었을까? 나는 눈으로 보고도 믿기지 않는 그날 밤의 묘한 사건 때문에 새벽 두 시가 넘어서야 잠이 들었다. 그날도 나는 꿈속에서 이상한 생명체가 되어 끼끼대고 있었다. 알람이 울렸고, 나는 어제 일이 혹시 꿈이었나 하는 생각이 들었다. 마치 장자의 나비가 된 듯했다.

5
/
붕
소

출근길에 스마트폰으로 뉴스를 검색하는데 기사 하나가 눈에
들어왔다.

– 오피스텔 유리창이 깨지면서 파편에 피해자 중태

오피스텔에 거주하던 한 남성이 오피스텔 유리창 파편에 찔려 크
게 다친 사건을 두고 경찰이 조사에 나섰다.
○○경찰서는 어제 오후 서울시 ○○구 ○○동 한 오피스텔 건
물에서 유리창이 깨지면서 그 파편이 거주하고 있던 주민의 등과
어깨 등을 찔러 주민이 중태에 빠진 사건을 조사하고 있다고 밝혔
다.

경찰에 따르면 A씨(39)는 여행사 직원으로 사건 당시 부인과 별거 중인 상태였으며, 경찰은 이번 사건이 사고로 발생한 것인지 고의에 의한 것인지를 밝히기 위해 관련자 진술을 확보함과 동시에 탐문을 통해 원한관계 등도 함께 조사하고 있다고 전했다.

인근 주민들에 따르면 유리창이 깨지는 소리는 들었으나 파편이 오피스텔 외부로 튀지는 않아 사건 발생 자체를 인지하지는 못했고, 중상자 A씨는 평소 인근 주민들과 별다른 왕래가 없었던 것으로 알려지고 있다.

한편, 경찰은 이르면 다음 주 중으로 국과수 감식 결과가 나올 것으로 예상하고 있다.

어제 내가 본 것은 꿈이나 환영이 아니었다. 희주 생각이 나서 SNS에 해당 기사를 링크해서 보냈다.

- 여기 네가 사는 오피스텔 아니니?
- 글쎄. 아, 맞는가 보다. 아침에 기자들하고 방송국 차량하고 오피스텔 현관에 잔뜩 있더니. 경찰들도 많이 돌아다니고.
- 별일 없지?
- 별일 없지. 그런데 오빠는 이 기사만 보고 내 오피스텔인지 어떻게 알았어?
- 그냥 느낌에.

- 대단한 촉인데? 어쨌든 무섭다. 설마 누가 고의로 일으킨 사건이겠어? 집에서 캠핑 식으로 요리 같은 거 하다가 휴대용 부탄가스가 펑 터졌겠지.
- 안에서 터지면 유리 파편이 바깥으로 튀어야지.
- 그런가? 몰라. 아무튼 나는 바빠서 실례.

사람이 하나 크게 다쳤다. 혹여 죽을지도 모른다. 흘러내린 피의 양이 상당했다. 그래도 세상은 아무렇지 않았다. 우리나라의 1년 사망자 숫자가 대략 24만 명이라고 하니 하루에 657명, 한 시간에 27명이 죽고 있다. 그중 자살자는 하루 37명이다. 주식 투자자들이 HTS 호가 창의 숫자들을 무심히 지켜보듯이 통계 속에 파묻힌 목숨들은 특별한 주목을 받지 못한다. 숫자화된 돈의 사연이 궁금하지 않듯이 숫자화된 죽음 또한 사연이 궁금하지 않다. 나 또한 어제의 장면을 직접 목격하지 않았다면 오늘 이 기사가 아무렇지도 않았을 것이다. 어쩌면 그런 종류의 뉴스는 읽어 보지도 않고 그냥 지나쳤을지 모른다.

사무실 또한 평온했다.
오전의 분주함이 가시고 외근을 나가지 않은 직원들끼리 모여 점심을 먹을 때에도 어느 누구 하나 언론에 보도된 어제 사건을 입에 담지 않았다. 그런 사건이 있는 줄 몰랐을 수도 있고, 설령

알았다고 해도 고작 이름 없는 사람이 한 명 크게 다친 사건은 잡
담거리도 되기 힘들었을 것이다.

"목격자는 찾았어?"

팀장이 나에게 물었다. 팀장은 오전에 보험사로 업무 협의차
들어갔다가 볼일을 마친 뒤 사무실로 가지 않고 곧바로 점심시
간에 맞춰 식당으로 온 참이었다.

"어제 공원에 가봤는데 아무리 기다려도 안 나타나서요. 오늘
다시 가보려고요."

"오늘까지 찾아보고 못 만나면, 공원에 있는 다른 사람들 진술
을 받아. 그 당시 사건을 목격했으면 좋지만, 보지 못했다고 하
더라도 일단 '못 보았다'는, 아니면 '그런 얘기를 들었다'는 진술
이라도 받아서 보험사에 조사보고서를 보내. 너무 지연되면 뭐
라고 하니까. 일한 시늉이라도 해서 보내 놓고, 보험사에서 검토
결과 회신 올 때까지 다시 한번 더 찾아봐."

"네."

나는 짧은 대답으로 거짓말을 마무리 지었다. 마음은 이미 정
해져 있었다. 목격자를 만나지 않을 것이다. 공원에서 기다리지
도 않을 것이다. 레플리카를 입은 사내가 공원에 없을 시간에 일
부러 찾아가서 주변의 아무나 붙잡고 성의 없는 진술서를 받을
계획이었다.

"왜? 입맛이 없어? 너 원래 선짓국밥 좋아했잖아. 혹시 황도광

인가 그 진상 때문에 신경 쓰여서 그래?"

팀장이 탱탱한 선지를 젓가락으로 잘라 고추기름이 들어간 양념장에 살짝 담근 후 자신의 입에 가져가다 말고 나에게 물었다.

"아니에요. 어제 잠을 설쳐서 약간 피곤하네요. 속도 좀 불편하고요. 몸살 같기도 하고. 저 먼저 외근 나갈게요. 가다가 약국에 들러서 약 좀 사서 먹어야겠어요."

팀장은 말없이 고개를 끄덕였다. 두부같이 물컹한 핏덩어리를 젓가락으로 정교하게 집어 입 속으로 집어넣는 모습이 마치 아홉 시 뉴스에 자주 나오는 반도체 생산 공정의 한 장면 같았다. 나는 선짓국밥을 거의 뜨지도 않고 그대로 남긴 채 일어섰다.

"오늘은 현장퇴근하지 말고, 사무실로 일단 들어와. 일도 없으면서 현장퇴근 시켰다고 김 실장이 나보고 뭐라고 하더라고. 양아치 새끼가 지 처신이나 똑바로 할 것이지."

"네, 일찍 들어올게요."

"'일찍'까지는 필요 없고 다섯 시 전에만 들어와."

나는 왜 팀장이 경영지원실 김 실장을 보고 양아치라고 하는지 궁금했지만 선지 냄새를 더 이상 참을 수 없어서 이유를 물어보지 않고 그냥 나왔다. 약국에 들어가 두통약과 소화제를 산 뒤그 자리에서 드링크제와 함께 복용했다. 그리고 약국을 나와 지하철역으로 걸어갔다. 갑자기 뒤에서 자동차 경적 소리가 나서돌아보니 명 주임의 차였다. 명 주임이 차에 타라고 손짓을 했다. 차문을 열고 조수석에 앉는데 딸기향 방향제 냄새가 코끝에 살짝 느껴졌다.

"거기 공원 앞에 내려드리면 되죠?"

"응, 그래 주면 나야 좋지. 오늘도 부천 쪽으로 가는 거야?"

"아니요, 오늘은 화성 쪽입니다."

"멀리 가네."

"화성, 수원까지는 괜찮죠."

"그런데 아까 팀장은 왜 김 실장보고 양아치라고 그러는 거야?"

"아, 모르시겠구나. 우리 회사 경리직원 작년에 자살한 건 알고 계세요?"

"아니, 처음 듣는 얘긴데. 자살했어?"

"네. 조윤희 과장 아시죠?"

"응. 경리과장이잖아."

"그 전임자가 있었는데요."

"그 전임자가 자살한 거야?"

"아니요, 그 밑에 있던 직원이 자살했어요. 이야기가 조금 복잡한데, 전임 경리과장이 회삿돈을 횡령한 거죠. 상당히 오랜 기간 동안요. 금액도 커요. 2억인가 그랬거든요."

"그렇게 많이?"

"네. 조금씩, 조금씩 해서 빼먹은 거죠. 문제는 그 밑에 있던 막

내 경리직원이 우연히 알게 된 거예요. 걔가 곧바로 회사에 알렸어야 하는데, 전임 경리과장이 평소에 자기한테 잘해 주고 그러다 보니까 애가 마음이 약해져 가지고, '언니, 이러면 안 돼요'라고 경고성 말만 하고 자기는 못 본 척, 모르는 척한 거죠. 경리과장이 비밀 지켜줘서 고맙다고 명품 가방 사 주고, 해외여행 데려가고, 휴가나 크리스마스 때 선물이나 용돈 챙겨 주고 하면서 그만 공범이 되고 만 슬픈 이야기랍니다."

"그래서 어떻게 됐어?"

"부사장한테 딱 걸렸어요."

"여자 부사장?"

"네, 박정혜 부사장요. 그 여자가 사장님 처제예요. 우리 회사의 최고 실세죠. 나이도 어린 게."

"나이가 어려?"

"물론 우리들보다는 한참 많죠. 부사장 하기에는 나이가 어리다는 얘기죠, 우리나라 정서상. 그런데 부사장이 많이 똑똑하긴 해요. 예쁘고."

처제였구나. 나도 명 주임처럼 부사장이 너무 젊다는 생각을 하긴 했다. 편견을 가진다는 건 세상을 편리하게 재단한다는 말이다. 편견이 없으면 세상살이가 불편해진다. 그 불편함을 극복하는 일에는 어느 정도의 용기가 필요하다. 불편함을 감수하는 용기.

"부사장은 여자니까 직감 같은 게 발달한 건지, 아무튼 뭔가 이상하다 싶었던 거죠. 저 비싼 가방을 쟤네들이 어떻게 샀을까. 급여가 많지도 않은데 어떻게 때마다 해외여행을, 그것도 모리셔스나 쿠바같이 비싼 곳만 골라 다닐까? 의심이 돼서 회계장부를 다 까본 거예요."

"경영지원실 김 실장은 전혀 몰랐고?"

"낌새도 못 챘죠. 그 사람은 업무는 안 하고 맨날 정치만 해요. 아부와 갈굼의 달인이잖아요. 자전거를 그렇게 잘 탄대요."

"자전거를?"

"위에다가는 고개를 숙이고, 아래에다가는 막 밟고."

"하하."

명 주임은 경상도 특유의 무뚝뚝하고 투박한 억양이지만 언어 감각이 뛰어났다. 투박함이 그 감각을 더 빛나게 해 주었다.

"김 실장은 경리과장 남자친구가 엄청 부잣집 아들이라고 생각했대요. 남자친구 패션도 장난 아니고, 차도 고급 외제차 몰고 하니까요. 여행도 남자친구가 돈을 대서 가는가 보다라고 생각한 거죠. 그런데 그게 다 회삿돈이었어요."

"경찰에 신고하고 그랬겠네."

"아니요. 전임 경리과장은 잠복해 버렸고, 막내 직원만 남은 거예요. 물론 경찰에 신고하게 되면 둘 다 형사처벌 받는 거죠. 그리고 횡령한 금액에 대한 변제는 변제대로 해야 하고요."

"막내 직원이 그래서 다 덮어 쓴 거야?"

"그건 아니고요. 회사에선 일단 금전사고 났다고 외부에 알려지면 이미지가 깎여서 보험사 물량 수주하기 나쁘니까 형사 건으로는 만들지 말자, 총 3억 원 중에서 경리과장이 기존에 혼자 해 먹은 건 2억 정도고, 나머지 1억이 막내하고 같이 해 먹은 거니까, 1억에 대해서만 막내가 연대책임을 져라, 이렇게 정리된 거예요. 만약에 1억 변제를 못하면 경찰에 신고도 하고 집에도 알린다는 식으로요."

"그래서 돈 때문에 자살한 거야?"

"돈 때문은 돈 때문인데, 일이 더럽게 진행됐어요."

"더럽게?"

소리는 스스로 의미를 갖기도 한다. 명 주임의 입에서 '더럽게'라는 말을 듣는 순간 내 귀에는 어떤 질척거림이 느껴졌고, 난 의아한 표정으로 되물으면서도 이미 결론을 짐작이라도 한 듯이 미간을 살짝 찌푸렸다. 물론 그 일에 대해서 아는 바는 전혀 없었다.

"김 실장이 자기 관리 책임도 있으니까 5천만 원인가를 회사에 물어줬거든요. 나머지 1억 5천만 원은 회사하고 오너 측에서 손실을 떠안기로 한 거죠. 그렇게 2억은 정리됐고요. 나머지 1억이 문제인데, 막내 경리직원이 1억을 변제하려면 그게 쉽지 않잖아요. 그걸 약점 잡아서 김 실장이 성상납을 받았어요. 한 번에

백만 원인가?"

"진짜로?"

나는 정말 놀라서 경기를 일으키듯 되물어본 것이지만, 차 밖의 다른 누군가가 내 표정을 보았다면 과장된 연기를 한다고 생각했을 수도 있었으리라.

"네. 작년에 경리직원 자살하고 나서 얼마 후에 인사과장 밑에 김미진 대리라고 있었는데 관뒀거든요. 결혼한다고 관뒀는데, 김미진 대리가 환송 회식 다 끝나고 친한 직원들 몇 명만 있을 때 다 말해 줬어요."

"성폭행 때문에 자살한 거네."

나는 어린 나이에 죽었다는 경리직원의 편에 서서 서둘러 결론을 내렸다.

"실제로는 성폭행에 가까운데 형식적으로는 성상납인 거죠. 김미진 대리가 막내 경리직원보고 그냥 형사처벌 받는 게 낫겠다고 했는데, 그 애가 자기 집에 알려지는 걸 정말 싫어했다고 하더라고요. 그리고 형사처벌 받는다고 민사적으로 변제할 금액이 없어지는 것도 아니고요. 형사는 형사고, 민사는 민사잖아요."

"막장 드라마다."

"개막장이죠."

개는 전생에 어떤 잘못을 했던 것일까?

"막내 직원, 막내 직원 하는 거 보니까 이름은 잘 모르는가 보네."

"이름도 알아요. 그냥 안 좋게 죽은 사람이라서 제가 이름은 가능하면 말 안 하려고 한 거죠. 이름이 윤기주였어요. 고향이 강릉인가 속초인가, 아무튼 강원도 해안가 쪽이었고요. 애가 참하고 성격 좋고 예뻤는데 그렇게 됐네요."

참하고 성격 좋고 예쁘다 보니 그렇게 됐는지도 모르겠다. 아프리카의 사자나 악어는 제일 힘 약하고 어리고 건강해 보이는 가젤이나 얼룩말을 노린다. 사냥하기 쉽고 식감도 좋으며 신선하기 때문이다. 운명은 대체로 힘의 문제이지 착하고 나쁘고의 문제가 아니다. 착하고 나쁘고의 문제는 운명을 넘어서는 지점에 있다. 사람은 가혹한 운명에서도 선량할 수 있고, 풍족한 운명에서도 비윤리적일 수 있다. 결국 착하고 나쁘고는 운명의 문제라기보다 선택의 문제이다.

"걔가 죽고 나서 걔 부모님이 사무실을 찾아왔었어요. 그런데 '내 딸 살려내라' 이런 것 없이, 그냥 기존의 변제해야 하는 금액을 회사에서 포기하는 걸로 끝냈다고 하더라고요."

"어차피 상속 포기하면 사고 친 돈 변제할 필요도 없을 텐데."

"부모님이 순진무구, 개착한 분들이더라고요. 딸이 잘못한 게 있으니까 회사에 미안하다. 다만 회사에는 미안해도 김 실장은 가만 못 놔둔다."

"그렇지. 김 실장은 가만 놔두면 안 되지."

"그런데 부모님들이 김 실장을 형사 고발하기도 뭐했던 것이 상식적으로는 강압에 의한 것이긴 한데, 성인들끼리의 일이라 법적으로는 웬만해서는 강압으로 인정되기 힘들다고 하더라고요. 아무튼 의외로 조용히 마무리됐죠."

현실의 이야기는 대개 결말을 이런 식으로 맺는다. 흥행 참패다. 설령 진실이 아니더라도 권선징악, 정의 구현, 사랑의 실현 같은 판타지가 영화나 소설의 이야기 구조로 사랑받는 이유가 있다. 물론 사람들의 취향은 다 다르지만, 적어도 '대중'으로 대변되는 인간 다수의 심정에는 판도라 상자에서 미처 빠져나오지 못한 '헛된 희망'이 자리 잡고 있는 것이다.

"김 실장은 안 잘리고 회사 잘 다니고 있네."

"당연하죠. 부사장의 핵심 측근이잖아요. 부사장을 마치 사극에서 환관이 중전마마 모시듯 모시니까 부사장이 김 실장을 자기 수족처럼 생각하는 거죠. 완전히 입안의 혀예요. 나이는 김 실장이 한참 더 많은데……. 웃긴 거죠. 권력이라는 것이."

"회사 생활에서 나이가 중요하겠냐. 직급이 중요하지."

내가 말해 놓고도 약간 우스운 생각이 들었다. 왜냐하면 처음 직장생활 해 보는 내가 어느 정도 연차가 있는 명 주임을 가르치려 드는 꼴이었기 때문이다.

"다 자기 유리한 대로 해석하는 거죠. 직급이 높을 땐 직급을 앞세우고, 나이가 많을 땐 나이를 내세우고."

공원 입구에 다다를 때쯤 명 주임이 뭔가 생각났다는 듯이 말을 덧붙였다.

"아, 맞다. 걔 오빠라는 사람이 부모님이 회사하고 합의하고 난 다음 이틀인가 있다가 사무실로 찾아왔어요. 씩씩거리면서 캐비닛 발로 걷어차고, 아무튼 행패를 막 부리다가 김 실장 나오라고 해서 한판 붙었죠."

"치고받고?"

"네. 그런데 30초도 안 돼서 끝났어요. 30초가 뭐야, 10초도 안 됐죠. 김 실장이 학생 때 유도를 좀 했나 보더라고요. 거기다가 덩치도 산만 하잖아요. 바로 제압돼서 걔 오빠가 질질 끌려 나갔죠. 복도로 끌려 나간 다음에 김 실장이 사람을 패는데, 와 무섭더라고요. 우리 윗세대가 학교 다닐 때는 학생들이 담배 피우다가 걸리면 학생주임이 학생을 완전히 조폭처럼 팼다고 하잖아요. 그렇게 패더라니까요. 뺨 때리고, 엎어진 사람 발로 밟고 ……. 옛날에는 학생들이 교사한테 그렇게 처 맞고 학교를 어떻게 다녔나 모르겠어요. 그죠? 요즘에 그랬으면 난리 났을 텐데."

"사회는 변하기 마련이니까. 아무튼 회사가 참 어수선했겠다. 나 여기 횡단보도 앞에서 내려 주라. 땡큐."

명 주임은 부드럽게 차를 정차시켰고, 나는 한 번 더 고마움을 표시하며 차에서 내렸다.

6
/
탄
소

공원으로 들어서니 공기가 확실히 달랐다. 도심 공원이라 깊은 산속에서 나는 깊은 수풀 향까지는 아니지만, 탁 트인 바람길을 따라 맑은 공기가 흐르고 있었다. 점심시간이 얼마 지나지 않은 시각이어서인지 저번에 보았던 학생들은 공원에 없고, 나이가 좀 있는 동네 주민들이 운동과 산책을 하고 있었다. 군데군데 흩어진 섬처럼 공원 여기저기 흩뿌려진 사람들의 외양을 살피면서 누가 제일 목격자 진술서를 친절하고 성의 있게 작성해 줄까, 가늠해 보았다. 그중 인상이 푸근해 보이는 중년 여성을 목표로 삼고 천천히 다가갔다.

"안녕하세요."라는 인사에 아주머니는 바로 경계하는 눈빛으로 나를 쳐다보았다. 그리고 내가 건넨 명함을 자세히 보더니

"무슨 일인데요?" 하고 물었다. 자초지종을 설명했지만, 내 말이 끝나기 무섭게 "죄송한데, 제가 지금 집에 들어가 봐야 해서요." 라는 말만 남기고 서둘러 자리를 떠났다.

　나는 벤치로 가서 잠시 숨고르기를 한 뒤 새로운 사냥감을 찾아 나섰다. 아프리카의 대형 고양잇과 동물들도 사냥 성공 확률이 그리 높지 않다는 사실에 위안을 삼았다. 하지만 문제는 내가 육식동물치고는 먹이를 움켜쥐는 악력이나 턱의 힘이 강하지 않다는 데 있었다. 사람들에게 접근해서 몇 마디 붙여 보았지만 모두들 내 손아귀에서 벗어나 버렸다. 며칠 굶은 사자처럼 터덜터덜 공원을 배회하고 있는데, "이 대리님!" 하고 외치는 소리가 들렸다. 공원 관리사무소의 장 과장이었다.

　"여기서 뭐 하시는 거예요?"

　"아, 안녕하세요. 목격자 진술서를 좀 받으려고요."

　"에이, 가까이서 본 사람이 없다니까요. 그리고 이렇게 아무나 붙잡고 뭐 써 달라고 하면 사람들이 써 주나? 안 그래도 공원에 이상한 사람이 들어와서 뭐 적어 달라고 한다고 신고가 들어왔어요."

　장 과장의 말에는 짜증이 약간 묻어 있었다. 보험 접수만 하면 자기는 이제 신경 안 써도 되는 줄 알았는데, 계속 신경 쓸 일이 생기니 불만이 생긴 것 같았다. 나는 미안하다고 사과를 하고 공원을 빠져나왔다.

사무실로 들어갈까 하다가 괜히 일찍 들어가서 할 일 없이 빈둥거리면 그것도 스트레스일 것 같아 오후 다섯 시까지 시간 맞춰서 들어가야겠다는 생각을 하고 어제 갔던 카페로 갔다.

점심을 제대로 먹지 않아서인지 배가 고팠고, 스트레스 때문인지 포도당을 섭취하라는 뇌의 명령이 계속되고 있었다. 아메리카노에 샷을 하나 더 추가했고, 같이 먹을 치즈 케이크도 한 조각 주문했다. 주문한 커피와 케이크를 받아들고 2층으로 올라갔다. 평일 낮 시간이라 어제보다 더 한산했다. 마침 비어 있는 창가 자리로 가서 앉았다. 커피를 한 모금 마시고 치즈 케이크를 포크로 살짝 잘라 입안에 넣었다. 쓴 커피 향 때문에 치즈의 풍미가 더 진하게 올라왔다. 그때 스마트폰 진동이 울렸다. 모르는 번호였다.

– 여보세요?
– 어떻게 됐어요?
– 네?
– 나 황도광이요. 어떻게 됐냐고요?

이 무슨 반가운 음성일까. 실제로 눈물을 흘린 건 아니지만, 정말 눈물이 왈칵 쏟아질 것 같은 기분이 들었다. 나는 목소리를 가다듬고 되물었다.

– 뭐가 어떻게 됐냐는 말씀이시죠?

– 아니, 이 사람이. 합의금 말이요, 합의금. 합의금 언제 줄 거냐고?

나는 호흡을 다시 가다듬었다.

– 선생님, 지금 합의금으로 지급할 보험금이 얼마다 이렇게 말씀드릴 수는 없고요. 현재 보험금 지급 가능 여부도 미결정 상태니까 더 기다려 주세요.

– (한숨) 그럼, 나 허리가 아파서 MRI를 찍어 봐야 한다니까 병원에다 지불보증이나 해요.

– 선생님, 그때 면담 당시에 다른 환자분께서도 설명하셨지만, 교통사고처럼 지불보증 제도가 있는 게 아니라서요. 일단 먼저 치료비를 지급하신 다음, 만약 보험 처리가 되면 그때 정산 받으셔야 해요.

'만약'이라는 말에 힘을 주었다.

– 아니, 억울하게 다쳐서 뼈 부러진 것도 억울한데, 치료비까지 내가 내야 해요? 이 사람 안 되겠네. 일단 병원으로 지금 와 봐요!

이제 대화가 자존심의 문제로 전환되었다.

- 선생님, 제가 지금 다른 분과 면담 중이어서 찾아뵐 수가 없습니다.
- 그건 내가 알 바 아니고, 지금 빨리 와요.
- 제가 못 간다고 말씀드리잖습니까.
- 빨리 오라고!

갑자기 숨이 턱 막혔다.

- 못 갑니다.
- 뭐?

그러고 나는 그냥 전화를 끊었다. 혹시 다시 전화가 걸려오지 않을까 했는데 휴대폰은 그대로 침묵을 지켰다. 공원이나 보험사로 또다시 항의전화를 하겠지. 커피를 마시려고 잔을 들었더니 그새 뜨겁던 커피가 미지근해져 있었다. 아메리카노가 아니라 오히려 치즈 케이크에서 쓴맛이 났다. 다시 황도광에게 전화를 할까, 망설였으나 이미 엎질러진 물이었다.

한참을 멍하니 창밖만 바라보았다. 만약 커피숍의 손님 중에 고교 때의 정치경제 선생님과 같은 사람이 있었다면, 내 멍한 표정과 처량한 모습을 이해했겠지. 적어도 이해하려고 애를 썼겠지. 성마른 경적 소리를 내지 않고, 내가 창에서 눈을 뗄 때까지 기다려 주었겠지. 코끝이 찡했고, 눈물이 살짝 뺨을 타고 흐르는 게 느껴졌다. 눈물은 고작 진상인 사람 한 명 만났다고, 그 때문에 힘들어서 나온 것은 아니었다. 앞으로 겪게 될 팍팍한 세상살이에 대한 한탄 때문도 아니었다. 외로움이랄까? 그런 기분이 들었다. 자다가 깨 보니 아무도 없이 빈 집에 홀로 있다는 사실을 뒤늦게 깨달은 다섯 살 아이와 같은 심정.

눈물이 마를 때쯤 미지근하던 커피도 차갑게 식어 버렸다. 치즈 케이크는 사람이 아니라 쥐가 파먹은 듯, 한 귀퉁이만 약간 사라진 거의 온전한 형태를 유지하고 있었다. 외로움 따위는 접어 두고, 현실을 일구는 직업에 대해 생각해 보기로 했다. 희주 말이 맞다. 몸에 맞지 않는 옷. 나는 이 일과 맞지 않다. 그래도 참아야지. 몸에 맞는 옷을 걸치고 세상살이를 하는 사람이 몇이나 되겠어. 이런 자기 위안을 하고 있는데 창밖에서 자전거 사고의 목격자이자 어제 벌어진 이상한 사건의 용의자가 내 눈에 들어왔다. 물론 경찰이 특정한 용의자는 아니고 내 마음속의 용의자일 뿐이긴 했다. 그 용의자는 이번에는 레알 마드리드 레플리카가 아니라 유벤투스 레플리카를 입고 있었다. 축구를 좋아하나? 아니면 흰색 바탕의 운동복을 좋아하는 것일까? 아니면 둘 다일까? 잠시 머뭇거리는 사이에 그가 시야에서 사라졌다. 아마 공원

으로 운동을 나가는 길인 듯했다. 공원으로 가 볼까 하다가 오늘
은 다섯 시 전까지 들어오라는 팀장의 말이 생각나서 카페에서
나와 지하철역 쪽으로 발걸음을 옮겼다.

7 / 질소

사무실로 복귀한 뒤 내 자리로 가서 가방을 놔둔 다음 팀장에게로 갔다.

"어! 일찍 왔네. 수고했어."

팀장이 반갑게 나를 맞았다. 하지만 나에게서 황도광과의 설전 아닌 설전 이야길 듣고 나서는 표정이 많이 어두워졌다.

"그래도 전화를 그렇게 일방적으로 끊으면 안 되는데……. 금융감독원에 민원이라도 들어가면 정말 난리 나거든. 제일 무섭고 피곤한 게 금감원 민원이야. 일단 우 과장보고 처리를 하라고 할게. 우 과장!"

우 과장이 약간 귀찮은 표정과 함께 고개를 돌려 팀장을 쳐다보았다.

"이거 이 대리 진행 건인데, 우 과장이 피해자 면담을 좀 해 줘야겠어. 잘못하다가 민원 발생할 것 같아."

서류를 찬찬히 훑어보던 우 과장이 황도광에게 전화를 걸었다.

  – 황도광 선생님이시죠? 로메리고 손해사정의 우재우 과장이라고 합니다. 몸은 좀 어떠신가요? …… 아, 예. 무슨 말씀인지 알겠습니다. 일단 제가 서류를 본 다음에 말씀드려야 할 것 같아요. 내일 오전 열한 시 정도에 제가 찾아뵈면 괜찮으실까요? …… 더 일찍은 제가 좀 힘듭니다. …… 네, 그럼 내일 뵙겠습니다.

통화는 의외로 간단히 끝났다.

사람들은 왜 개들이 개장수를 두려워하는지 궁금해 한다. 맹견들도 개장수 앞에서는 꼬리를 내리고 얌전해지니 말이다. 그 이유는 확실치 않다. 개장수의 강력한 기운을 감지하기 때문이라는 얘기도 있고, 피 냄새 때문이라는 얘기도 있다. 하지만 도살을 하지 않는 개장수나 조련사들에게도 개들이 꼼짝 못 하는 걸 보면 피 냄새 때문은 아닌 것 같고, 또 눈빛을 마주하지 않은 채 개장수 체취만 맡고도 조용해지는 걸 보면 눈빛이나 기세 때문만도 아닌 것 같다. 가장 강력한 주장은 개장수의 피부 깊숙이 켜켜이 쌓인 다른 개들의 냄새가 개들의 예민한 후각을 통해 압도적인 느낌을 갖게 한다는 설이다. 개장수가 아무리 매일 비누칠과 함께 샤워를 한다고 해도 냄새 입자가 모두 다 사라지는 게 아니다. 담배를 오래 피운 사람의 손가락 사이에서 담배 냄새가 나듯이 오래된 습관의 흔적은 지우기가 어렵다.

사람도 냄새를 맡는다. 그리고 상대가 갑인지 을인지 무의식적으로 분석해 낸다. 황도광은 나에게서 을의 냄새를 맡았다. 반면에 우 과장에게서는 다른 냄새가 났던 거다. 우 과장이 다루었던 무수한 사고 당사자들의 냄새가 수화기를 타고 황도광에게 전해졌고, 그 복잡한 냄새를 맡은 황도광은 짖을 수 없었다.

"이 대리, 목격자 진술은 받았어?"

"아니요, 못 받았어요."

팀장의 표정이 또 한번 살짝 일그러졌다.

"그럼, 오늘 뭐 했냐?"

예비 장인한테서 "자네는 꿈이 뭔가?"라는 질문을 받은 예비 사위마냥 그 질문은 나를 곤혹스럽게 했다. 내가 오늘 한 일은 무엇일까? 결론부터 말하자면 일단 일의 성과는 아무것도 없었다. 목격자 진술은 받지 못했고, 피해자와도 전화로 다투어서 문제의 소지를 낳았다. 그렇지만 마음 편하게 아무일도 하지 않고 논 것도 아니다. 그럼 나는 도대체 하루 종일 뭘 한 것일까?

감정노동.

그렇다. 나는 하루 종일 감정으로 노동하고 있었다. 하기 어려운 말을 꺼내야 했고, 듣기 싫은 말을 들어야 했다. 내가 아무 대답 없이 가만히 있자, 팀장이 내 얼굴을 힐끗 쳐다보았다. 기운이 완전히 빠져 있는 내가 안되어 보였는지 조용하고 나긋한 목소리로 말했다.

"일단 내일은 우 과장하고 같이 외근 다니면서 업무를 더 배워. 목격자 진술서도 우 과장이 어떻게 받는지 잘 보고."

나는 아무 대답 없이 자리로 가서 앉았다. 사무실 문을 열고 명주임이 들어오는 것이 보였다.

"다녀왔습니다."

지친 목소리였지만, 뭔가 해 낸 사람의 목소리다.

"뭔 일 있어요?"

"왜?"

우 과장이 명 주임의 질문에 질문으로 대답했다.

"아니, 사무실 분위기가 처져 있는 것 같네요."

"그래? 그럼, 오늘 팀 회식 할까?"

팀장의 제안에 팀원들이 약속이라도 한 듯 모두 내 얼굴을 응시했다.

"전 오늘 선약이 있어서요."

그 말을 남기고 나는 자리에서 일어났다. 내 주변으로 무거운 침묵이 흘렀다. 나는 무심한 척, 그러나 무거운 마음으로 사무실 출입문을 향해 걸어갔다. 부사장과 김 실장이 사무실의 묘한 분위기를 감지했는지 회의실 문 앞에 서서 사무실을 나서는 나를 찬찬히 바라보고 있었다. 나와 부사장의 눈이 살짝 마주쳤고 나는 가볍게 묵례를 했다. 부사장도 같이 묵례를 했다. 단발머리가 어울리는 여자다. 무릎에 살짝 못 미치는 길이의 짙은 청색 정장 스커트와 흰색 블라우스, 허리를 동여매고 있는 가느다란 가죽 벨트, 검은색 스타킹, 스타킹보다 조금 더 짙은 검은색에 특이하게도 밑바닥만 빨간 하이힐. 그녀는 옷으로도 타인에게 말을 걸고 있었다.

8 / 산소

사무실을 나와 지하철역으로 걸어갔다. 신림동 원룸으로 바로 들어갈까 하다가, 일단 희주에게 메시지를 보내 보았다.

- 오늘 퇴근 언제 할 것 같아?
- 퇴근은 방금 했어. 집에 들어가는 길이야.
- 같이 저녁 먹을까?
- 나 피곤한데.

나를 피하려는 것일까. 아니면 나의 자격지심 때문에 그런 생각이 드는 것일까.

- 그럼 밖에 나가지 말고 안에서 먹지, 뭐.

- 할 말 있어?

- 특별히 할 말 있어야 만나는 건 아니잖아. 못 본 지도 좀 됐고.

- 그럼 이따 즉석밥 두 개만 사 와. 햄 구워서 먹자. 요즘엔 라면도 물리네.

- 배달시켜 먹을까?

- 됐어. 배달도 오늘은 안 땡겨. 내가 집에 도착하면 톡 보낼게.

- 응, 이따 봐.

사랑의 유효기간은 길어야 3년이라고 했다. 과학자들에 따르면 보고 있으면 기쁘고, 보지 못하면 괴로운, 함께 있는 것으로 행복한 그 열정의 시간은 결국 복잡한 호르몬 작용의 부산물이라고 한다. 결국 번식의 문제다. 동물의 발정기 대신 인간이라는 종은 사랑을 선택했다는 이야기다. 그런 논리의 연장선에서 보면 희주는 발정기가 적어도 나에 대해서만은 거의 다 끝나가는 무렵이었고, 나는 여전히 희주 앞에서 헐떡거리고 있었다. 다른 놈들이 희주에게 헉헉대면 어쩌지 하는 근거 없는 걱정을 하면서 말이다. 하지만 사랑이 결과적으로 발정과 동일한 역할, 즉 번식을 위해 존재한다는 점을 인정하더라도 사랑은 사랑이고 발정기는 발정기라고 믿고 싶다. 동물도 언어를 사용한다지만 동물이 시를 지을까? 동물이 소설을 쓸까? 동물도 노래를 한다지만 동물이 교향곡을 작곡할까? 동물의 발정기가 율동이라면 인간이라는 종이 행하는 사랑은 발레다.

지하철을 타고 희주의 오피스텔과 가까운 역 대신에 사고 발생 공원과 가까운 역에서 내렸다. 한 정거장 차이다. 느릿느릿 오피스텔로 걸어갔다. 걸으면서 생각을 정리해 보려 했으나, 정리되는 것은 아무것도 없었다. 오히려 머릿속을 조금 어지르고 산들 뭐 어떨까, 하는 생각이 들었다. 스스로에게 피곤해지지 말자. 나는 그렇게 마음을 정하고 조금 더 힘차게 걸어 보았다.

희주에게서 오피스텔에 도착했다는 연락이 왔고, 나는 그녀가 시킨 대로 오피스텔 근처 가게에 들러 즉석밥을 두 개 산 뒤 엘리베이터를 타고 올라갔다. 직장인들 퇴근 시간과 맞물려서인지 엘리베이터에 사람이 꽉 찼다. 중간중간 사람들이 내리다 보니 12층까지 올라가는 데 한참이 걸렸다. 물론 그래 봐야 5분도 안 되는 시간이지만.

"술도 좀 사오지. 딱 즉석밥만 두 개 사 오셨네."

희주는 많이 지쳐 보였고, 목소리에 짜증이 그대로 묻어났다. 그 짜증이 굳이 오늘 만나자고 들이댄 나 때문인지, 아니면 회사 일 때문인지 쉽게 분별이 되지 않았다. 어쩌면 둘 다 때문일 수도 있겠다. 남자친구와 직장, 어느 하나도 자기 마음에 들지 않는다는 자각.

그래도 희주가 키우는 고양이인 '나비'가 나를 보면서 "냐옹."
하고 친한 척을 했다. 물론 나비가 강아지처럼 사람을 잘 따르는
것은 아니지만, 그래도 고양이치고는 붙임성이 있는 편이다.

"그럼 햄 굽고 있어. 술하고 안주하고 사 올게. 나비도 같이 먹
게 멸치 안주로 할까? 멸치는 생선이니까 나비도 좋아하겠지?"

나는 희주의 눈치를 보며 일부러 부산한 목소리로 말했다.

"안 돼. 고양이한테 그런 사람용 음식은 너무 짜서 안 좋아. 나
비 간식은 집에 있으니까 나비 음식은 신경 쓰지 마서."

나는 편의점으로 다시 가서 소주 한 병과 맥주 여섯 캔들이 하
나, 오징어 버터구이와 매운 순대볶음을 샀다.

현관문을 여는데 스팸 연기가 아닌 담배 연기가 흘러나왔다.

"밥 말고 그냥 술 먹자."

희주는 만사가 귀찮은 듯했다. 회사에서 많이 시달린 걸까. 소
주 한 병을 둘이서 나눠 마시니 소주는 금방 동이 나 버렸고, 우
리는 맥주를 한 캔씩 쥔 채 서로 아무 말 없이 목을 축이고 있었
다. 오늘 하루는 두 사람 모두에게 길고 힘든 하루였다. 그때 방
안 천장 한쪽 구석에 설치된 스피커에서 안내방송이 나왔다. 화
재경보기와 연동이 되어서인지 스피커에서 나오는 소리가 겉멋
든 스포츠카의 배기음만큼이나 컸다.

─ 관리실에서 안내말씀 드립니다. 당 오피스텔은 국민건강증

진법에 의한 금연빌딩으로 지정되어 있습니다. 실내에서 흡연을 하시면 담배 연기가 환풍구나 창문 등을 통해 위로 올라가 다른 세대에게 피해를 주게 됩니다. 따라서 실내에서는 흡연하지 마시고 실외나 3층 휴게공간에서 흡연을 해 주시기 바랍니다. 이상 관리실에서 말씀드렸습니다. 다시 한 번 안내말씀 드립니다……

"미친 것들. 자기 집에서 자기 담배 피운다는데 왜 지랄인지 모르겠어."

나는 희주의 말을 가만히 듣고만 있었다. 신경이 나비의 발톱만큼이나 날카로워 보여 괜히 입바른 소리를 했다가는 내 마음에 생채기만 남길 것 같았다. 희주가 담배를 다시 하나 빼 물었다. 5분이나 지났을까. 갑자기 천장에서 쿵쿵쿵, 하는 소리가 났다.

나비가 위를 쳐다보며 불안한 듯 냐옹거렸다.

"위층 인간은 담배 냄새가 조금이라도 나면 저래."

희주가 주방 후드 스위치를 올렸다. 그리고는 입을 후드에 가까이 대고 연기를 내뿜었다. 잠시 후 다시 천장에서 쿵쿵쿵 하는 소리가 났다. 희주가 깔깔깔 하고 웃었다. 후드를 끄고 희주와 나는 매운 순대를 안주 삼아 맥주를 한 캔씩 더 비웠다.

- 딩동, 딩동

현관문에서 초인종이 울렸다. 보안카메라 화면이 켜졌다. 곧
이어 다시 신경질적이고 커다란 벨 소리가 좁은 스튜디오형 오
피스텔을 가득 메웠다.

- 딩동, 딩동, 딩동, 딩동, 딩동, 딩동, 딩동

"오늘 마침 오빠 잘 왔네. 저 인간이 여자 혼자 산다고 얕잡아
보고 벨도 막 누르는 거야."

희주가 "누구세요?"라고 묻자, "윗집이에요. 문 열어 봐요."라
는 대답이 크게 들렸다. 희주가 당당하게 문을 열었다. 나는 그
냥 안쪽에서 TV 볼륨을 최대한 낮게 틀어놓고 TV를 보고 있는
척했다.

"공동생활 하면서 다른 사람에게 피해 가게 하면 안 되죠. 실내
에서 담배를 피우면 어떡해요? 저번에도 제가 말씀드렸죠. 주의
하시라고."

"저 담배 안 폈어요."

"지금 문 여니까 담배 냄새 확 나는구먼, 무슨 담배를 안 피워
요?"

"제가 담배를 피우든 말든, 내 집에서 피우는데 무슨 상관이에

요? 집에서 삼겹살도 못 구워 먹겠네요? 냄새 나니까!"

"이해할 수 있는 범위가 있고, 이해할 수 없는 범위가 있잖아요. 도저히 안 되겠네. 이게 마지막 경고예요. 실내에서 담배 피우지 마세요. 내가 분명히 말했어요."

"웃기고 있네. 지금 협박하는 거예요? 뭐, 마지막 경고?"

대화가 너무 과열되어서 폭행사고라도 날 듯한 분위기였다. 나는 자리에서 일어나 현관 쪽으로 걸어갔다. 하지만 고작 세 발자국 걸은 뒤 제자리에 설 수밖에 없었다. 현관에 서 있는 남자, 희주와 다투고 있는 남자가 유벤투스 레플리카를 입고 있었던 것이다. 그리고 레플리카 위로 나타난 얼굴을 보았다. 그놈이었다. 살인 미수자!

나는 속으로는 마치 셰익스피어 연극의 등장인물처럼 "Murderer!"를 외치고 있었지만, 그가 나를 알아보기라도 할까봐 안절부절못했다. 나의 바람과는 달리 내가 잠시 주춤한 사이 그와 눈이 마주치고 말았다. 그런데 이상하게도 그에게서 살기 같은 기운은 전혀 느껴지지 않았다. 맨 처음 공원에서 우연히 마주쳤던 그 모습 그대로였다. 그냥 세상일에 무관심하고 무뚝뚝한 표정. 그는 나를 알아보지 못하는 눈치였다. 나는 그와의 시선을 일부러 피했다. 내 눈은 희주의 헐렁하고 얇은 흰색 면 티셔츠로 향했다. 티셔츠의 어깨선이 한쪽으로 기울어져 희주의 어깨가 하얗게 드러났다. 어깨 정도는 괜찮다. 문제는 따로 있었다. 브래지어 끈의 윤곽이 얇은 셔츠 사이로 살짝 솟아올라야 했는데 없었다. 이런! 나는 그의 시선이 희주의 가슴 쪽으로 가는 건 아닌지 유심히 쳐다보았다. 초능력으로 사람을 해한 남자와 겉은 예쁘고 고상하지만 입과 영혼은 거칠고 상스러운 여자, 그리고 인생이 어정쩡한 남자, 이렇게 세 사람이 좁은 오피스텔에서 개기일식 때의 태양과 지구, 달처럼 일직선으로 서 있었다.

여자 혼자 사는 줄 알았는데, 남자가 같이 있으니 그도 조금은 당황했을 테다. 그도 알고 있겠지. 아무리 약한 여자라도 자식 문제라면 원더우먼이 되는 것처럼 아무리 약한 남자라도 자기 여자 문제라면 슈퍼맨이 된다는 사실을. 그래서 그 맹목이 예기치 않은 폭력으로 번질 수 있다는 가능성을, 그 또한 선험하고 있을 거라 나는 확신했다.

그는 나를 한 번, 희주를 한 번 번갈아가며 쳐다보고는 "분명히 말했어요. 후회하지 마세요."라는 말을 남기고 자리를 떠났다. 사투리를 대놓고 쓰는 건 아니었지만, 미세하게나마 억양에 나에게는 익숙지 않은 음의 고저가 나타났다. 명 주임과도 비슷한 느낌의 억양이었으나, 그보다는 조선족이나 북한 사람의 억양과 더 비슷했다.

희주가 현관문을 쾅 하고 닫았다. 그녀는 백마 탄 왕자가 되지 못한 나를 아무렇지 않게 지나친 다음 이미 다 식어 버린 순대가 남아 있는 식탁으로 가서 앉았다. 딸깍, 하고 맥주 캔 뚜껑이 열리는 소리가 났다. 자녀보고 공부하라고 하는 부모의 잔소리만큼이나 역효과를 내는 것이 이성 친구나 배우자의 처신에 관한 조언이다. 하지만 역효과를 감수하고서도 하는 말이 잔소리 아닌가.

"담배를 밖에서 피우면 안 되나? 아니면 아예 담배를 끊든지."

대화는 갑자기 엉뚱한 방향으로 흘렀다.

"밖에서 담배 피우면 사람들의 이상한 눈총 때문에 거슬려서 담배 맛도 떨어져. 왜 여자가 담배 피우면 그렇게 이상한 눈으로 한번씩 쳐다보며 지나가는지 몰라."

계속 있어 봐야 서로 말싸움만 할 것 같아 대충 정리하고 오피스텔을 나왔다. 예전에는 화장을 하지 않은 맨 얼굴일 때조차도 야구 모자를 푹 눌러 쓰고는 지하철역 개찰구까지 나를 배웅하던 희주였다. 하지만 언제부턴가 엘리베이터 앞까지도 나오지 않는다.

원룸에 도착해서 씻고 누우니 밤 열한 시가 넘었다. 오늘은 일진이 안 좋은 날이었다. 그런데 혹시 인생 전체가 이런 식으로 풀리지 않으면 어쩌나, 하는 걱정이 문득 들었다. 그리고 그러한 걱정이 괜한 걱정이 아닌 것 같아 늦게까지 잠들지 못하고 뒤척였다.

9 / 불소

오전 열한 시가 되기 20분 전에 우 과장과 함께 황도광의 병실
에 도착했다.

황도광은 내가 문을 열고 들어가자 표정이 곧바로 일그러졌다
가 뒤따라 우 과장이 들어오자 누그러진 표정으로 음료수를 건
네며 우리를 맞았다. 대화는 오래 걸리지 않았다. 5분 정도? 내
가 황도광에게 했던 똑같은 얘기를 우 과장이 반복해서 말했다.
그런데 정말 이상하게도 이번에는 황도광이 수긍하는 눈치였다.

맥이 빠지도록 짧은 면담을 마친 후 병실을 나와 병원 주차장
으로 갔다. 우 과장이 시계를 보더니 나에게 말했다.

"제 사건 피해자를 만나고 나서, 그다음에 점심을 먹죠."

우 과장의 말에 내가 동의했다. 한 달에 어떻게 스무 건 가량의

사건을 처리하는지 알 수 있을 것 같았다. 우 과장은 관리에 능숙했다. 시간도, 사람도.

차를 타고 신림동 쪽으로 갔다. 익숙한 거리가 눈에 들어왔다. 너무 익숙해서 슬픈. 카페 건물 주차장에 차를 세우고 카페 안으로 들어가 커피를 두 잔 주문했다. 우 과장이 따로 앉자고 해서 나는 창가 자리로 가서 앉았고, 우 과장은 구석 자리로 갔다. 10분 정도 시간이 흘렀을까, 대학생으로 보이는 젊은 여성이 우 과장이 앉아 있는 테이블로 가서 앉았다. 둘이서 인사를 나누는가 싶더니 둘이 같이 카페 계산대로 가서 커피를 주문했고, 우 과장이 카드를 꺼내 계산을 한 뒤 다시 원래의 구석 자리로 돌아가 앉았다. 그리고 여자는 몇 가지 서류를 작성했고, 우 과장이 이것저것 설명하는 모습이 눈에 들어왔다.

나는 창밖을 보았다. 가을이 깊어지니까 햇빛도 그만큼 옅은 색으로 바뀌는 것 같다. 햇빛도 철이 든다. 마구잡이로 날뛰던 황도광이 오늘 진정세를 보이자 내 마음도 따라서 안정감을 찾았다. 하루 사이의 일이다.

거리는 대부분 청바지를 입은 여대생들의 모습으로 채워졌다. 누구에게는 젊고 누구에게는 성숙한 나이의 사람들, 그 사이에서 정장을 입은 서른 전후의 여성이 눈에 띄었다. 단정하게 쓸어 올린 머리. 얌전하고 이지적으로 생긴 얼굴. 적당한 키에 적당히 마른 몸.

희주가 생각났다. 그리고 어제 있었던 일도 생각났다. 위층에 사는 남자가 내뱉은 '마지막'이라는 경고가 마음에 걸렸다. 혹시 앙심을 품고 또다시 장풍, 웃기는 말이지만 아무튼 초능력 비슷한 것을 써서 희주를 해코지할지도 모른다는 생각이 불현듯 일었다. 하지만, 그런 생각을 했다가도 정말 내가 본 것이 실재하는 일일까, 하는 의심이 더 강력히 피어났다. 스마트폰을 열어 그 사고와 관련된 뉴스 기사를 검색해 보았다.

- 오피스텔 유리창이 깨져 중상자 발생
- 여행사 직원, 의문의 사건
- 단순사고인가, 원한에 의한 사건인가?

최초의 언론 보도 내용과 크게 달라진 것은 없었다. 국과수 감식 결과가 나오기 전이라 언론들도 자세한 내용을 다루지는 않고 있었다. 우연일까? 어쩌면 내가 우연히 레알 마드리드 레플리카를 입은 사내가 달밤에 체조를 하는 장면을 보고 있는데, 마침 맞은편 오피스텔의 유리창이 깨지면서 사람이 크게 다치고, 사내는 바지 주머니에 손을 넣고 유유히 그 장면을 보고 있고……. 우연히.
그때 갑자기 정신이 번쩍 들었다. 황도광 사건도 레플리카를 입은 사내가 체조를 하던 도중에 발생했다. 그때도 CCTV 화면을 보면 태권도 기마자세의 체조였다. 황도광과 자전거가 이유 없이 공중에 붕 뜬 채로 사고를 당했다. 내가 도대체 무슨 생각을 하고 있는 건가? 장풍?

"이 대리님."

"네?"

우 과장이었다.

"무슨 생각을 그렇게 골똘히 하세요. 식사하러 가시죠."

"네, 과장님."

자리에서 일어나 부랴부랴 우 과장을 따라나섰다.

"뭘 먹을까요?"

"그냥 말씀 낮추시죠. 엄연히 회사 내 위계가 있는데요."

"이게 편해요."

우 과장이 빙긋 웃었다. 그리고 손가락으로 건너편에 있는 조그만 일식집을 가리켰다.

"점심 특선 1만 원. 10피스에 우동 소(小)자까지. 저거 괜찮겠네요."

"네, 좋습니다."

점심시간을 약간 지난 시간대라서 다행히 자리가 있었다. 가게 안에는 4인용 테이블 두 개, 2인용 테이블 네 개가 전부였다. 점심 특선 세트 두 개를 주문하고 따뜻한 녹차를 따라 마셨다.

"과장님은 일을 능숙하게 참 잘하시는 것 같습니다."

"오래 했으니까요. 대리님도 오래 하면 능숙해질 거예요. 그런데 제가 조언을 좀 해 드려도 될까요?"

"네, 물론이죠."

"우리 일은 파도타기하고 비슷해요. 서핑 아시죠? 바다에서 판때기 위에 선 다음 파도를 타고 오르내리는 거요."

우 과장이 손으로 파도에 넘실거리는 보드 모양을 만들었다.

"직접 해 보지는 못했지만 뭔지는 압니다."

"파도 속으로 들어가야지 파도를 회피하려 하면 안 돼요. 사람을 어떡하든 만나고 전화 통화하고 해서 그 사람 속으로 들어가야 해요. 사람을 피하면 파도가 서퍼를 삼키듯이 그 사람이 우리 같은 서베이어를 삼켜 버려요."

나는 파도를 타는 서퍼의 모습을 상상하면서 우 과장의 얘기를 귀담아 들었다.

"상대방이 무례하게 나오거나, 전화 해서 뭐라고 땍땍거리는 걸 부담스럽게 생각하면 이 일 오래 못해요. 황도광이 정도는 아무것도 아니에요. 개진상, 개싸이코들도 정말 많아요. 하지만 개진상, 개싸이코들도 결국 돈으로 해결이 돼요. 결국 돈 문제예요. 보험금 책정을 더해 달라는 거죠. 쉬운 말로 돈 더 달라는 얘기거든요. 이쪽 일이 좋은 게 뭔지 아세요?"

"뭔데요?"

"진상을 피우든 점잖게 대화를 하든 어쨌든 비교적 공정하게 보험금이 책정된다는 거에요. 결국 우리 회사가 보험사한테 받는 사고조사 및 보험금 사정 수수료가 지급되는 보험금에 비례하니까 우리로서도 적게 책정할 이유는 없는 거죠. 손해사정 계통에서는 해상항공 파트하고 우리 화재특종 파트 일이 제일 깨끗하고 점잖은 편이에요. 구조가 그래요, 구조가. 그래서 우리 파트에서는 난리 친다고 보험금 더 책정해 주고, 상대방이 사람 좋다고 덜 책정하는 조사자는 하바리예요. 일 못하는 친구죠. 줄 것 주면 돼요. 보험회사도 이쪽 부서 사람들은 보험금 적게 지급하든 많이 지급하든 크게 신경 안 써요. 데이터가 충분치 않아서 평균 지급 보험금을 일률화하기 어렵거든요."

나는 쉽게 이해가 가지 않았다.

"그럼 다른 파트는 구조가 좀 다른가 보네요?"

"다 달라요. 소액 보험금 심사 파트는 정해진 기준대로 주면 그만이니까 크게 난해한 것이 없죠. 대신 업무량이 많으니까 맨날 야근이고요. 인보험 쪽은 삭감률 때문에 피보험자들하고 마찰이 심해서 스트레스가 많아요. 삭감해야 하는 걸 삭감하는 것인데도 보험사가 보험 가입시킬 때는 대강 설명해 놓고선 나중에 다른 소리 한다는 얘기가 많이 나오죠. 일단 보험을 팔고 보자는 생각 때문에 부실하게 안내를 한 뒤 계약을 체결하는 경우도 많아서 분쟁의 씨앗이 잠복하고 있거든요. 또 다른 측면에서 보면 정당하게 삭감하거나 지급하지 않는 건데도 사람 심리가 무조건 보험사 돈은 눈먼 돈이라고 생각하고 받아내려 하는 측면도 있고요."

"그럼 인보험 쪽이 제일 마찰이 심한가 보네요?"

"아니요. 자동차 보상 쪽이 정말 심하죠. 그쪽은 보험사 직원들이 직접 처리해요. 직접 외근도 다니고요. 특히 사람 다친 것 처리하는 대인보상 쪽이 마찰은 정말 짱이죠. 대물보상은 담당자 재량이 그다지 크지 않고 차량은 거짓말을 안 하니까 조금 덜한데 대인보상은 담당자 재량폭도 큰 데다 사람은 차량하고 달라서 나이롱 환자들도 많다 보니 늘 말썽과 분쟁이에요. 거기는 인당보험금이라고, 평균 지급하는 보험금이 담당자 실적하고 연계가 되어 있어서 적게 지급할수록 실적이 좋아지는 구조예요. 그게 직원을 평가하는 핵심 지표거든요. 상해 급수별로 담당자들이 평균적으로 보험금을 얼마씩 지급하고 있나 체크하는 거죠. 하루하루 실적 평가도 받고요. 그러니까 거기서 오래 버티려면 물렁하고 점잖은 사람들한테 보험금을 적게 지급할 수밖에 없죠. 진상들과 나이롱 환자들은 알아서 많이 받아 가니까 그 누수 보험금을 어디선가 담당자들이 메워야 하잖아요. 그쪽이 월급은 상당히 많이 받는데 그런 점이 힘들어요. 도덕적 딜레마랄까. 인사평가 때문에 마음씨 좋은 직원들도 양아치 같은 짓을 하지 않고는 견디기가 쉽지 않거든요. 물론 다 그렇다는 얘기는 아니에요. 제 말은 대리님 같은 성격의 사람은 사람 상대 안 하는 일을 하면 좋긴 한데, 어차피 이 길로 들어선 거니까 그나마 우리 파트가 제일 품위 있게 일하는 곳이라는 점은 알고 있을 필요가 있다는 말씀입니다. 우리 사회 전반이 더티하잖아요."

나는 우 과장이 말한 업계의 전반적 상황이 짧은 시간에 이해하기 힘들기도 했고, 또 우 과장이 다른 업무 파트를 너무 비판적으로 표현했을 수도 있겠다 싶은 생각도 들어서 그냥 흘려들었다. 다만 하나만은 확실히 마음에 와 닿았는데, 우리 사회 전반이 더티하다는 말이었다.

"결혼은 아직 안 하셨죠?"

"네, 아직 안 했습니다. 과장님은요?"

"저는 초특급 장기 미결이 두 건이에요. 딸 하나, 아들 하나. 큰 딸내미는 내년에 초등학교 입학하고요. 아들은 이제 두 살입니다."

"결혼을 빨리 하셨나 보네요."

"네, 속도위반으로요. 대리님은 결혼하실 분이 있으신가요?"

"만나는 사람은 있는데 결혼까지는 잘 모르겠습니다."

"왜요?"

"서로 결혼에 대해 생각할 겨를이 없는 것 같아요. 결혼을 안 하겠다, 그런 건 아닌데 서로 결혼 준비가 안 되어 있어서요."

"죄송합니다. 너무 개인적인 걸 물어봤네요."

"아니요, 그 정도야 얼마든지……."

초밥이 단정한 차림새로 나왔다. 밥이 적었고 생선이 길쭉이 큼지막했다.

"와사비가 톡 쏘는 게 딱 좋네요."

나는 고개를 끄덕여 동의를 표했다. 동갑인 사람과 단둘이서 밥을 먹는 것도 참 오랜만이다. 처음 신림동에 있었을 땐 젊었고, 시간이 흘러 나중엔 늙었다. 물론 젊다는 것, 늙었다는 것 모두 상대적이다. 나는 낙방의 이력이 여러 차례 쌓인, 소위 말하는 장수생 그룹에 속했다. 그리고 하나둘 동갑인 친구들이 사라졌다. 고시 합격을 한 녀석들도 있었고, 그러지 못한 녀석들도 있었다. 지금 이 순간, 대한민국의 어느 식당에서 나를 떠올리며 지금은 어떻게 살고 있을까, 궁금해 하는 사람이 있을 것이다. 나도 궁금하다. 그들은 잘 살고 있나?

초밥에 더해 우동까지 먹는데 30분이면 충분했다. 내가 지갑을 꺼내자 우 과장이 "아직 첫 월급 타려면 보름 넘게 남았잖아요. 월급 타시면 그때 더치페이 하자고요."라고 말하며 자기가 계산을 했다.

나는 계산대 옆에 설치된 커피 자판기에 동전 두 개를 넣고 밀크커피 두 잔을 뽑았다. 우 과장이 엉뚱한 질문을 했다.

"자판기를 보면 고급커피와 일반커피가 있잖아요. 혹시 그 둘의 차이점이 뭔지 아세요?"

"글쎄요. 커피 재료 차이 아닐까요? 고급 원두냐, 일반 원두냐."

"원두의 질보다는 제조 방식이 더 고급이라는 의미예요. 물론 원두 질에서부터 차이가 날 수도 있고요. 그런데 대체로 고급커피는 냉동동결 방식이라 다 안 녹은 알갱이가 일부 있어서 커피 위로 살짝 뜬 채로 녹아요. 일반커피는 미세분말이라 그런 것 없이 완전히 녹죠."

"아, 커피 위에 조금씩 알갱이가 뜬 채로 녹는 게 의외로 좋은 거네요."

"그렇죠. 이제 공원으로 갑시다."

10
/ 네
온

평일 오후 시간이라 공원 주차장에 주차할 자리가 몇 남아 있었다. 차에서 내린 후 사고 발생 지점으로 우 과장을 안내했다. 우 과장이 유심히 보도블록을 살피더니 주위를 한 바퀴 빙 둘러보았다.

"저기, 저 아주머니들이 좋겠네요."

공원 관리사무소에서 멀지 않은 곳에 야외 운동기구가 있는데, 인근 주민으로 보이는 중년 여성 세 명이 운동을 하며 담소를 나누고 있었다. 우 과장이 그쪽으로 앞장 서 걸었다.

넥타이를 매지는 않았지만 세미 정장 차림의 우 과장이 허리 회전 기구에 올라 이리저리 몸을 돌려 보았다.

여성들은 우 과장에게 별로 관심을 두지 않고 자기들이 하던 운동을 계속했다.

"어!"

우 과장이 살짝 미끄러진 듯 중심을 잃었다가 다시 원래의 자세를 찾았다.

"조심하세요. 그러다가 다치겠네. 운동복도 안 입고서는. 불편하게."

여성 하나가 우 과장을 보며 걱정된다는 듯이 말했다.

"갑자기 운동하려니까 안 되네요. 하하. 여기 근처에들 사시나봐요?"

"네, 13단지요."

"아, 그러시구나. 혹시 며칠 전에 아저씨 한 명이 공원에서 자전거 타다가 넘어져서 다친 거 아세요?"

"알아요."

우 과장에게 조심하라고 말했던 여성이 대답했다.

"직접 보신 거예요?"

"네, 직접 봤어요. 근데 왜 물으세요?"

"아, 직접 보셨구나. 저희는 보험 처리 때문에 나왔거든요."

"공원에서 보험 접수했나 보네요? 그 아저씨가 난리를 쳤겠지."

다른 여성이 등을 스트레칭하며 말했다.

"아저씨 성격이 좀 별로였나 보죠?"

"항상 공원 안에서 자전거를 타고 쌩쌩 달리니까 사람들이 싫어하지. 위험하잖아요. 여기는 원래 자전거 들어오는 데도 아닌데 말이에요."

나머지 여성도 황도광에 대한 불평과 함께 대화에 끼어들었다.

"어떻게 넘어졌나요?"

"그냥 꽈당, 하고 넘어졌죠."

"자세히 설명 좀 해 주세요."

"자세히는 못 봤어요. 거리가 있잖아요. 아무튼 돌부리 같은 거에 걸렸는지 자전거하고 사람하고 공중에 붕 떴다가 떨어졌어요."

"맞아, 맞아. 공중에 1미터 정도는 뜬 것 같아요."

우 과장이 고개를 끄덕이며 다시 물었다.

"방금 하신 말씀 간단하게 적어 주실 수 있나요?"

다들 고개를 저었다.

"괜히 남의 일에 끼어들고 싶지는 않은 게 인지상정이죠. 서류 작성한 사람이 누구라고 이름도 적고 서명도 해야 할 거 아니에요?"

우 과장은 싱긋 웃으며 고개를 끄덕였다.

"괜찮습니다. 어쩔 수 없죠, 뭐. 그런데 사고 장소 근처에 운동복 입은 남자가 있었는데 혹시 기억나시나요?"

"젊은 남자가 있었어요. 운동하러 거의 매일 와요. 뭐 하는 사람인지는 모르겠는데 축구선수 복장으로 다니는 사람이 한 명 있어요."

"그 사람은 조용해요. 그래서 마주쳐도 얘기해 본 적이 없어요. 생긴 것도 번듯하던데 취업이 안 되나……. 이 시간에 젊은 사람이 공원에서 운동하는 게 이상하긴 하죠."

한참 얘기를 나누고 있는데, 뒤에서 큰 소리로 나를 부르는 소리가 들렸다.

"이 대리님!"

공원 관리사무소 장 과장이었다. 잔뜩 찌푸린 표정으로 우리 쪽으로 걸어왔다.

"제가 주민분 항의 들어왔다고 말씀드린 것 같은데, 뭐 하시는 겁니까?"

우 과장이 대신 답했다.

"간단하게 여쭤본 건데요. 많이 불편하셨나요?"

여성들에게 지원을 구하는 표정이었다.

"아니요, 불편한 거 없었어요."

장 과장은 그제야 마음이 놓이는 듯 우 과장과 서로 명함을 교환했다.

"사고 처리 관련해서 공원 입장을 제가 조금 더 들어 봐야 할 것 같은데요."

"그럼, 저쪽으로 같이 가시면서 얘기하죠. 제가 급히 처리해야 할 일이 있어서요."

"어디 외부 나가시나 봅니다?"

"아니요, 공원 안에 작은 도서관을 만들려고 공사 중이었는데 어제 사고가 났어요."

"사고요?"

"굴착 현장 근처에서 고등학교 학생들이 놀고 있다가 그 밑으로 떨어져 가지고……."

나는 어떤 학생들인지 짐작이 갔다.

"많이 다쳤나 보죠?"

"총 다섯인데, 그렇게 많이 다친 건 아니에요. 아, 입원은 했다."

장 과장이 내 질문에 답했고, 다시 우 과장이 질문을 했다.

"다섯 명 다요?"

"아니, 아니. 두 명은 단순 뇌진탕이고, 두 명은 타박상. 한 명만 갈비뼈에 금이 갔는데 안정 취하면 조만간 퇴원할 수 있대요. 어제 경찰들하고 학교 관계자들하고, 학부모하고 잔뜩 와서 정신이 하나도 없더라고. 접근금지 간판 위치를 더 잘 보이게 앞쪽으로 빼 놓으라고 해서 지금 가는 길이에요."

공원 외곽 주차장 옆이었다. 경찰이 쳐 놓은 노란색 폴리스 라인이 마치 영화의 한 장면 같았다.

"폴리스 라인 안으로 들어가면 안 되죠?"

"당연히 안 되죠. 그런데 입간판 때문에 어쩔 수 없이 들어가는 거예요. 그런데 어차피 사진 다 찍고 현장조사 다했는데 무슨 상관이 있나 모르겠어요. 누가 죽은 것도 아니고, 애들이 단순히 미끄러진 사고인데 유별나네."

"미처 못 발견한 게 있을 수도 있으니까 그러겠죠. 입간판 옮기는 거 저희가 도와드릴게요."

"그래 줄래요? 그럼 고맙죠. 입간판이 딴 것보다 크고 무거워서."

셋이 조심스럽게 폴리스 라인 안으로 들어가서 공사 중이라 접근을 금지한다는 입간판을 들고 나왔다. 그 와중에 굴착 현장 안쪽을 살짝 보았는데 높이가 5미터는 족히 넘어 보였고, 지반 바깥쪽에는 정리되지 않은 돌무더기가, 한가운데는 흙더미가 널찍하고 높게 자리하고 있었다.

"그런데 다섯 명이나 떨어졌나요?"

우 과장이 고개를 갸웃하며 물었다. 그리고 추정의 말을 덧붙였다.

"옹벽을 따라 완전히 미끄러졌으면 저기 돌무더기 때문에 크게 다쳤을 텐데, 완전히 떨어지지는 않고 중간에 뭐라도 붙잡고 버텼나 보네요."

"아니에요. 이상한 게 옹벽 바로 아래로 떨어지지 않고, 더 안

쪽으로 떨어졌어요. 마치 넓이뛰기를 한 모양처럼 말예요."

"고등학생들이 이 높은 데서 일부러 점프를 했다고요? 다섯 명이 다?"

내가 깜짝 놀라서 질문을 하자 장 과장이 고개를 저으며 대답했다.

"장난삼아 뛴 것 같아요. 왜 있잖아, 얼마나 배짱이 좋나 서로 겨뤄본 거지. 애들 말로는 자기들이 굴착 현장 옹벽 위에 걸터앉아 담배를 피우고 있었는데 갑자기 몸이 붕 떠서 날아갔대."

"네?"

"어른들한테 혼날까 봐 거짓말하는 거지. 말 같지도 않은 변명을 하더라니까. 거짓말을 해도 애들이 창의성이 없어. 엉뚱한 게 다 창의적인 건 아니잖아요? 사리에 맞아야지. 꿈나무들이 이래 가지고 우리나라는 언제 또 노벨상을 받을라나."

대화는 황도광 사고 처리 관련으로 이어졌다. 하지만 나는 그 이후의 대화는 머릿속에 들어오지 않았고, 희주가 사는 오피스텔의 위층 남자, 레플리카를 입은 사내의 얼굴만 떠올랐다.

11 / 나트륨

"무슨 생각을 그렇게 해요?"

사무실로 복귀하는 차 안에서 우 과장이 나에게 물었다.

"그냥, 아까 애들이 떨어져서 다친 사건 얘길 들었더니 이상해서요."

"제가 이 일을 해 보니까 알겠더라고요. 세상에 이상한 일이란 없다."

선글라스를 끼고 전방을 주시하는 우 과장의 입에 살짝 미소가 흘렀다. 자신만만해 보였고, 또 오만해 보이기도 했다. 그 순간 우 과장도 나처럼 결국 목격자 진술서를 받지 못했다는 사실이 떠올랐다.

"그런데 목격자 진술은 끝내 못 받았네요."

이번엔 내 입가에서 살짝 미소가 흘렀다. 우 과장이 힐끗 나를 쳐다보았다.

"다 녹음했어요."

"네?"

"아까 아줌마들하고 말할 때 다 녹음했다고요."

어떤 사람들은 더러 겸손하지 않을 이유가 있다. 나는 미소를 거둬들이고 차창 풍경으로 스치는 사람들과 자동차의 행렬을 보았다. 그리고 어쩌면 세상에 이상한 일이란 없다는 생각도 했다. 혹시 이유 있는 현상을 내가 이상하게 해석하고 있는 건 아닐까.

"안 물어보시네요."

"뭐를요?"

맥락을 알 수 없는 질문이었다.

"신입사원들은 보통 몰래 녹음을 했다고 하면 다 묻거든요. 불법 아니냐고."

우 과장이 내 표정을 살피며 싱긋 웃었다.

"불법은 아니죠. 자기 대화를 녹음한 건데요."

"어떻게 아셨어요? 아, 맞다. 법 공부를 하다가 오셨다고 했지. 대학 전공이 법학이었나요?"

"네, 법대를 다녔습니다."

한동안 침묵이 이어졌다. 나는 한 달도 안 된 시간 동안 완전히 처지가 달라진 내 모습을 실감하려 애썼고, 우 과장은 아마 한번 도 바뀌지 않은 자신의 처지를 실감하고 있었는지도 모르겠다.

　나는 침묵이 어색했지만, 그는 침묵을 어색해 하지 않는 눈치였다. 어떤 일에서건 잔뼈가 굵은 사람들이 갖는 특유의 아우라가 있다. 발터 벤야민은 예술 작품에서도 아우라를 끄집어냈다. 그렇다면 신의 작품이라는 인간인 나에게도 어쩌면 어떤 아우라가 존재하지 않을까. 이제 무용해져 버린 긴 시간이지만 맹세코 성실하지 않았던 시간은 아니기에. 10년 공부를 채우지 못한 간서치(看書癡)에게도 그 특유의 아우라가 있지 않을까. 지금의 침묵이 우 과장이 간서치에게 보내는 존중의 의미는 아닐까.

　교통사고라도 났는지 차들이 거북걸음이었다. 침묵을 깬 건 나였다. 5분 이상 침묵해도 어색하지 않다면 그 두 사람은 매우 가까운 사람이다. 나는 5분은커녕 3분, 아니 1분의 침묵도 참기 힘들었다.

　"과장님은 로메리고에 오래 다니셨나요?"

　"그렇게 오래는 아닙니다."

　'예'나 '아니요'를 요구하는 나의 닫힌 질문에 그가 모범답안을 말했다. 또다시 침묵이 흘렀다. 이번엔 우 과장이 침묵을 깼다.

　"3년 조금 안 됐어요. 다른 업체에 있다가 여기로 옮겼습니다."

　"스카우트되신 건가요?"

　"그런 셈이죠."

"누가……?"

"사장님이요."

"사장님이 직접 연락하신 거예요?"

"네. 원래 여기가 제 첫 직장이에요. 6, 7년 전만 해도 작은 규모였는데, 부사장님이 오면서부터 회사가 엄청 커졌죠. 보험사 영업을 잘해서 수주 물량이 많이 늘었거든요. 회사가 커지니까 사장님이 저한테 연락하셔서 다시 같이 일해 보자고 하시더라고요. 조건도 다른 데보다 좋았고요."

"저는 부사장님이 사장님 처제라서 그냥 부사장이 됐는가 보다 했는데 그게 아니군요."

"아니에요. 부사장님의 영업력으로 회사가 큰 거예요."

"그런데 작년에 안 좋은 일도 있었다면서요?"

"안 좋은 일?"

"네. 직원이 자살했다고……."

나는 조심스럽게 말을 꺼냈다. 하지만 우 과장은 크게 개의치 않는 눈치였다.

"아, 그 사건. 죽은 애 때문에 회사도 회사지만 김 실장님이 힘들었죠. 어쩌다가 꽃뱀한테 물려 가지고, 에그."

"꽃뱀이요?"

"내용을 잘 모르시는구나."

우 과장의 눈에서 광채가 보였다. 이유는 짐작할 수 없었다.

"저는 그냥 직원이 횡령 문제로 자살했다는 정도만 알고 있어요."

"전임 경리과장하고 막내 경리직원하고 둘이서 회사 공금 횡령해서 해외여행 다니고, 명품 가방 사고, 각종 최고급 문화생활을 한 것도 전혀 못 들으셨나요?"

"그건 들었습니다."

"횡령이 드러난 것도 부사장님이 이상한 낌새를 채고 회계장부하고 은행계좌를 대조해 봤기 때문이에요. 들키니까 전임 경리과장은 잠적해 버렸고, 막내만 남은 거죠."

여기까지는 명 주임의 얘기와 일치했다.

"막내 직원이 자기가 벌어서 갚겠다. 형사처벌은 말아 달라. 집에도 비밀로 해 달라고 사정사정한 거예요. 부사장님이 아무래도 여자니까 연대의식 같은 게 생겼는가 보더라고요. 그래서 변제금도 3분의 1로 줄여 주고 차근차근 갚으라고 한 거죠. 나머지는 회사가 손해를 감수하는 걸로요. 형사 문제도 그냥 넘어가기로 사장님을 설득했고요. 그런데 걔가 김 실장을 꼬드겨서 돈 대신에 몸으로 갚으려고 한 거예요. 한 번에 오백만 원이라고 했던가. 아무튼 상당히 큰 액수였어요. 자기가 무슨 연예인이라도 되는 줄 알았나 봐요, 참."

우 과장은 한심하다는 표정과 역겨워하는 표정을 섞어 고개를 저었다.

"그럼 자살은 왜 한 거죠?"

"다른 곳에서 끌어 쓴 사채 문제로 자살했다고 하던데요. 걔 죽고 나서 사정이 딱하다고 회사가 받아야 할 돈도 다 포기했어요. 액수도 꽤 됐는데 말이에요. 걔네 부모님도 고맙다고 인사하러 회사에 왔다갔고요."

마치 영화 〈라쇼몽(羅生門)〉의 한 장면 같았다. 우 과장과 명 주임의 자동차는 나생문이었고 나는 쏟아지는 폭우 속에서 갈피를 잡을 수 없었다.

"제가 듣기로는 오빠라는 사람이 찾아왔다고 하던데요. 회사에서 잘 처리해 준 것이 사실이라면 그렇게 난리를 칠 필요도 없지 않았을까요?"

"아, 맞아요. 걔 오빠가 찾아왔었죠. 하지만 그 오빠라는 사람이 오해한 거예요."

나는 "그렇군요."라고 말하며 창밖만 우두커니 바라보았다.

12
／
마
그
네
슘

아직도 우리는 도로에 묶여 있었다.

견인차와 구급차가 잇달아 정차한 차들을 추월하여 지나가는 것을 보니 교통사고인 것이 확실해 보였다. 우 과장은 "에이, 한참 막히겠네!"라고 짧은 탄식을 뱉더니 라디오를 켰다. 시사 프로그램 진행자의 음성이 흘러나왔다.

— 다음 사건으로 넘어가죠. 청취자 여러분들이 기억하실지 모르겠어요. 며칠 전에 여행사 직원이 자신이 거주하던 오피스텔에서 유리창 파편에 찔려 크게 다친 사건이 있었는데요. 경찰은 아직 국과수 감식 결과가 나오기 전이지만 단순

사고인지 아니면 범죄에 의한 것인지 조사를 벌이고 있다고
합니다. 그런데 이 사건이 묘하게 흘러가고 있다고 하죠?

- 네, 그렇습니다. 당초 여행사 직원으로 알려진 피해자가 사
실은 국정원 직원인 것으로 취재 결과 확인되었는데요.

- 여행사 직원이 국정원 직원이다. 어떻게 된 일이죠?

- 국정원 직원들은 보통 국정원이라고 하지 않고 '회사'라는
표현을 쓰는데요. 실제로 출판사나 여행사로 위장하는 경우
가 많이 있습니다. 이러한 사실은 일반인들 중에서도 첩보
등에 관심이 있는 분들은 이미 많이 알고들 계시는 내용이
고요.

- 저는 처음 듣는 얘기인데요. 영화에서처럼 실제로도 그렇게
위장을 하는가 보군요?

- 네, 맞습니다. 그런데 각종 정부부처나 민간기관에도 국정
원 직원이 상시 출입하는 경우가 많이 있습니다. 언론사의
경우에도 국정원 직원들이 와서 정보를 수집해 가는데요.
국정원 직원인 건 출입처 사람들이 다 알지만, 자기는 극구
국정원 직원이 아닌 것처럼 행세를 하죠. 국정원은 정보기
관이다 보니 기밀 유지 때문에 직원들이 신분을 밝히지 않
는 게 원칙인데요. 이번 사건의 경우에는 본의 아니게 신분
이 노출되고 말았습니다.

- 어떤 경위로 노출이 되었나요?

- 국정원 직원이 부상을 당한 채로 오피스텔 현관을 빠져 나
와 복도에서 쓰러졌는데요. 당시 알몸 상태였다고 합니다.
그 모습을 발견한 인근 거주자의 신고로 119가 와서 이송을
하고, 경찰도 현장에 도착했는데, 경찰이 도착하기 전까지
오피스텔 관리실과 주변의 남성 거주자들이 강도사건인 줄
알고 피해자의 오피스텔에 혹시 강도가 숨어 있나 확인하러
들어갔다가 국정원 관련 자료를 본 것으로 확인되었습니다.
- 국정원 관련 자료라면 어떤 것이죠?
- 국정원에서 나와 목격자들에게 비밀 유지 각서를 받아 가서
구체적인 내용은 확인할 수 없지만, 피해자가 국정원 직원
인 것만큼은 분명해졌습니다. 그리고 사건이 의심스럽게 흘
러가고 있는데요.
- 의심스럽다?
- 제가 봐도 의심스럽습니다. 일단 물리역학 전문가의 말을
들어 보겠습니다.
- 물리역학 전문가: 지금 제가 받은 자료로만 볼 때, 두 가지
경우인 거죠. 유리창을 통째로 안에서 당겼거나 아니면 밖
에서, 그러니까 공중에서 밀었다는 것인데요. 이렇게 유리
가 조각이 날 정도라면 엄청난 힘이 필요합니다. 하지만 오
피스텔 내부의 다른 책장이나 전등은 아무 이상이 없단 말
이에요. 그럼 안에서 당기는 힘보다는 누가 외부에서 유리

창 특정 부위에, 그것도 엄청난 힘으로 밀거나 파동을 줬다는 이야기인데, 사람이 공중에 붕 뜬 채로 유리창을 밀 수는 없는 거죠.

- 전문가의 말을 듣고 보니 이상하긴 이상하네요.

- 그래서 혹시 북한이 개입한 것이 아니냐는 의견도 조심스럽게 나오고 있습니다. 들어 보시죠.

- 북한 전문가: 저희 소식통에 의하면 북한의 특수무기 개발을 전담하는 부서에서 최근 '진공포'라는 무기를 개발했다고 합니다. 이게 일종의 포탄 없는 로켓포라고 생각하시면 되겠습니다. 포탄 대신 파동을 일으키는 원리거든요. 이 무기가 위력적인 이유는 방탄유리도 뚫을 수 있기 때문이죠. 파동을 일으켜서 조각을 내는 겁니다. 요인 암살용으로 개발되었는데 아마 국정원 직원을 대상으로 실제 실험을 해 본 것 같습니다. 일종의 보복작전을 감행한 거죠. 사망한 국정원 직원이 북한 측 고위 인사 탈북에 깊숙이 개입되어 있었다고 전해지고 있거든요.

- 이분은 북한 소행으로 아예 단언을 하고 계시네요. 그런데 피해자가 사망했나요? 크게 다친 것 아닌가요?

- 지금 피해자의 정확한 상태는 확인이 되지 않습니다. 보안 사안이라 알려줄 수 없다는 것이 현재 국정원과 경찰의 입장입니다. 119로 이송되어 최초 치료받은 병원에서 국군병

원으로 다시 이송되었다는 것까지만 확인되고 그 이후 상황
은 알 수가 없습니다.

– 생사 자체를 확인해 주지 않나 보네요?

– 네. 그래서 인터넷상에서는 온갖 루머가 떠돌고 있습니다.
방금 인터뷰에 나온 북한 연루설 및 피해자 사망설이 대표
적이죠.

– 북한 연루에 관한 정부나 경찰, 국정원 입장은 어떻습니까?

– 현재로서는 북한 소행이라는 증거는 없다는 것이 경찰과 국
정원의 입장이긴 합니다만, 그 점도 염두에 두고 조사를 하
겠다고 발표했습니다.

– 과학적인 조사가 필요할 것 같네요. 김 기자, 수고했습니다.
오늘 시사○○는 여기까지입니다. 청취자 여러분, 활기차고
유쾌한 오후 시간 보내시기 바랍니다. 저는 ○○○이었습니
다. 고맙습니다.

라디오에서 음악이 흘러나왔다.

"참, 이상한 일도 다 있어요."

"네, 그러게요."

나는 건성으로 대답했지만 머리는 복잡했다. 그럼 레플리카
를 입은 사내가 북한 공작원이라는 말인가? 하지만 사고 발생 당
일, 상가 건물 발코니에서 봤을 때는 로켓포 같은 것은 없었는데

……. 그리고 어제 발생했다는 고삐리들 사고는 또 어떻게 된 것일까? 그 사내하고 관계가 없는 건가? 하지만 다친 아이들 말로는 몸이 붕 뜬 채로 넘어졌다고 했다. 황도광도 자전거와 함께 몸이 붕 뜬 채로 넘어졌다. 사내가 강력한 용의자다. 적어도 나에게는 그렇다. 하지만 그가 왜 그들을 해코지했을까? 그것은 현재로서는 알기가 힘들다. 그러나 혹시 그가 희주에게까지 무슨 짓을 벌일지 모른다는 생각이 들자 섬뜩했다.

일단 오피스텔의 국정원 직원과 레플리카와의 관계를 알아야 한다.

당면한 상황을 정리하느라 생각에 빠진 사이 우 과장의 차가 교통사고 현장을 지나고 있었다. 대형 화물 트럭이 흰색 중형 승용차를 추돌한 것 같았다. 화물 트럭은 별 이상이 없어 보였는데, 흰색 승용차는 정말 종이가 구겨진 듯이 구겨져 있었다. 또다시 레플리카를 입은 사내의 얼굴이 떠올랐다. 이제 모든 사고가 그와 연관된 게 아닌지 의심스럽다. 그가 북한 공작원일 수도 있다니, 모골이 송연해졌다.

13
알루미늄

"이 대리, 오늘 저녁에 약속 있나?"

사무실에 들어와 보험사에 보낼 사고조사 보고서를 작성하고 있는데 김 실장이 내 자리로 찾아와서 물었다.

"아니요, 특별한 약속은 없는데요."

"잘됐네. 나하고 저녁 먹자."

"저하고 실장님하고 둘이서요?"

"응. 새로 직원이 들어왔으니까 내가 밥 한번 사야지."

팀장이 모니터에서 눈을 떼고 김 실장에게 농담인 듯 아닌 듯 뼈 있는 말을 했다.

"아니, 다른 직원 입사할 때는 안 그러시더니 왜 이 대리만 특별대우를 하시나요?"

"특별대우가 아니라, 이 대리가 늦은 나이에 입사했잖아. 내가 경영지원실 실장으로서 잘 보듬으려고 하는 거지, 딴 게 있겠어?"

서로 적의가 없음을 가식하는 웃음이 둘 사이의 허한 공간을 메웠다.

"이 대리, 그럼 여섯 시 10분까지 주차장으로 나와. 내 차 타고 가게."

"네, 실장님."

김 실장이 우리 팀 공간을 빠져나가고 나서 약간 분위기가 어수선해졌다. 나는 부지런히 조사 보고서를 작성한 뒤 사내 전자결재 시스템에 등재했고, 배 팀장은 찬찬히 보고서를 살펴보더니 전자결재를 했다. 나는 다시 결재 받은 파일을 보험사와 협력업체 간에 공유하는 전자 전송 시스템으로 보험사에 발송했다. 서류 작업이 처음인데다가 전산시스템 이용 절차가 복잡해서 시간이 많이 걸렸다. 그래도 처음 보고서를 작성해 보고, 결재를 받고, 외부 전송까지 하니 사회인으로서의 내 공간이 생긴 것 같아 뿌듯한 감정이 들었다. 그때 팀장이 큰 소리로 팀원들에게 공지사항을 전달했다.

"우리 팀 오늘 회식이다. 어제 이 대리가 먼저 가 버려서 하지 못했는데 일단 우리끼리 1차 할 테니까, 이 대리는 이따 2차에 참석해."

"김 실장님하고 식사가 언제 끝날지 알아서요?"

"저녁만 먹고, 우리 팀 회식 있다고 말하고 오면 되지. 무조건 와!"

팀장의 강압에 가까운 말에 나는 별 다른 대답을 하지 않았다.

"김 실장보고 비싼 거 사달라고 그래. 초밥이나 회 같은 거."

팀장이 나의 침묵에 어색했는지 농담조로 얘길 했다. 그러나 나에게 한 말이라기보다는 팀원들 전체에게 하는 농담처럼 들렸다. 내가 또다시 아무 말이 없자 명 주임이 어색한 분위기를 무마하려고 내 대신 대답을 했다.

"어차피 실장님 개인 돈으로 내진 않겠죠. 법인카드 쓰시겠지."

"그러네. 그럼 더 부담 없이 먹으면 되겠다."

배 팀장이 명 주임의 말에 맞장구를 쳤다. 아무래도 내가 무슨 말이라도 해야 할 분위기였다.

"그럼, 저녁 먹고 이따가 합류할게요."

나의 대답을 일종의 복종이라고 생각했는지 팀장은 잘 다녀오라는 손짓을 했다. 왜 사람들이 직장생활의 인간관계를 그렇게 불편하게 여기는지 나는 서른두 살이 된 지금 처음 느낄 수 있었다. 사소한 강압도 아팠다.

주차장으로 내려갔더니 김 실장이 핸드폰으로 누군가와 통화를 하고 있었다. 나를 보더니 차에 타라고 손짓을 했다. 나는 조수석에 앉아서 통화가 끝나기를 기다렸다. 주차장 출입문에서 남성만 사장이 나왔다. 김 실장은 얼른 통화를 끝내고 남성만 사장 앞으로 가서 허리를 깊게 숙이고 인사를 했다. 나와도 눈이 마주쳐서 내가 사장을 향해 인사를 했더니 두어 번 고개를 끄덕였다. 사장이 자신의 차량이 있는 곳으로 향했고, 김 실장은 사장이 걸어가는 뒷모습을 가만히 지켜보고 있었다. 사장이 시야에서 완전히 사라지고 나서야 김 실장은 차 문을 열고 운전석에 앉았다.

"이 대리!"

"네."

"사장님을 보면 차에서 내려서 인사를 드려야지. 차 안에서 고개만 까닥거리는 게 뭐냐?"

"아, 네."

나는 그래야 하는지 잘 몰랐다. 서른둘이라는 나이가 갑자기 부끄러워졌다.

"운전석 뒷자리하고, 조수석 뒷자리하고 어디가 더 상석인 것 같니?"

김 실장이 주차장을 빠져나오며 50퍼센트 확률의 퀴즈를 냈다.

"운전석 뒷자리지 않나요? 더 안쪽 자리니까요."

나는 약간의 확신을 가지고 말했다.

"책상물림이라서 어쩔 수 없네. 책으로 배우는 지식과 세상 지식은 별개니까 말이야. 조수석 뒷자리가 상석이야."

"그래요? 뜻밖인데요."

"타고 내리기에 어디가 편하냐? 상석이 딴 게 아니야. 높은 사람이 있기 편한 곳이 상석이지."

간명하고 수긍이 가는 이유였다. 차는 광화문을 향해 나아갔다. 집회가 있어서인지 정체가 심했다. 창문을 살짝 여니 구호 소리가 차 안으로까지 들려왔다.

– 국정원 직원 암살한 북한 정권 타도하자!

김 실장이 혀끝을 찼다.

"평일 퇴근시간 집회는 좀 아니지 않나? 이 대리는 어떻게 생각해?"

나는 별다른 어려움 없이 대답했다.

"표현의 자유 같은 기본권과 그에 파생되는 이익, 그리고 집회 때문에 발생하는 사회적 손해, 그러니까 사회적 비용을 비교형량해서 판단할 문제인 것 같습니다. 표현의 자유는 헌법상의 권리이니까 그 중요성을 고려할 때 평일 집회라고 할지라도 불법시위 등으로 번지거나 번질 우려가 있는 등 필요한 경우에 한해 제한적이고 개별적으로 금지해야 한다고 생각합니다."

"누가 법대 출신 아니랄까 봐, 말 참 어렵게 빙빙 돌려가며 한다. 아무튼 결론은 이 대리가 보수우파라는 거네?"

내가 한 말에서 어떻게 이런 엉뚱한 결론을 낼 수 있는지 이해가 되지 않았다. 내가 아무 말이 없자 김 실장이 나를 힐끗 보고는 이렇게 말했다.

"괜찮아. 젊은 사람이라고 다 진보좌파일 수가 있나. 세상에는 다양한 견해가 있는 거지. 안 그래? 그건 그렇고 고향은 어디야?"

"무진입니다."

"무진! 안개로 유명한 고장이잖아?"

"가 보셨나요?"

"가 봤지. 운치 있고 좋더라고."

대학 때부터 서울에 살았는데, 내 고향인 무진에 가 보았다는 사람은 김 실장이 처음이었다. 나도 그의 고향을 물어봐야 할 것 같은 의무감이 들었다.

"실장님은 고향이 어디시죠?"

"나는 서울 토박이야."

차는 집회 때문에 광화문 네거리를 우회해서 시청 방면으로 갔다가 다시 광화문 쪽으로 올라왔다. 빌딩 이면도로로 진입하려는데 앞에서 경찰들과 대열을 이탈한 일부 시위대가 엉켜 차량이 제대로 지나가지 못하고 있었다.

"거 참."

김 실장이 고개를 좌우로 흔들었다.

"실장님."

"왜?"

"그런데 회사 이름이 왜 로메리고인 거죠? 특이한 이름인데요."

"배 팀장이 얘기 안 해 줬어?"

"네. 자기도 잘 모르겠다고 하더라고요. 하하."

"그 인간은 회사에 애정과 관심이 없어요. 요즘에는 팀 실적 관리도 잘 안 되는 것 같고 말이야. 어린 나이에 팀을 맡겼더니 팀장 역할을 잘 못하는 것 같아. 회식만 자주 하면 다 자기 사람이 되나 보다 생각하는 게 완전 구식이지. 걔는 나이만 젊지 마인드가 늙었어. 가만, 배 팀장이 자네 고등학교 선배지? 맞다. 미안해, 선배 욕 해서."

"아닙니다."

"로메리고는 로마와 아메리카의 합성어야. 아메리카라는 이름이 어디에서 유래했는지 알고 있나?"

"아메리고 베스푸치라는 사람 이름에서 유래한 거 아닌가요?"

"맞아. K대 법대 출신이라 확실히 학교 다닐 때 공부 잘한 티가 팍팍 나는구먼. 팍스 로마나와 팍스 아메리카나처럼 업계를 평정하는 회사가 되자는 뜻으로 사장님이 20년 전에 정하신 이름이지."

"인문학적 성찰이 담긴 이름이네요."

나도 직장생활 이후 아부란 걸 처음 해 보았다.

"그렇지. 확실히 배운 사람이 다르다니까. 반면에 배 팀장 같은 놈들은 확실히 인문학적 소양이 부족해. 책을 안 읽어. 그 밑에 있는 놈들도 시간만 나면 스마트폰으로 맨 게임이나 하려고 하고 말이야. 점심시간 때 한번 봐봐. 죄다 고개 처박고 스마트폰으로 게임하고 있다니까."

차가 서울파이낸스센터 건물 뒤편에 도착했다.

"지하에 ○○○라는 일식당이 있어. 거기에 내 이름으로 예약을 해 놓았으니까 들어가면 돼. 그럼 맛있게 먹고, 내일 사무실에서 보자고."

상황이 이해가 가지 않았다.

"저하고 저녁 드시는 거 아니었어요?"

"아, 그게……. 일단 가 보면 알아. 뒤에 차 빵빵거린다. 내려."

나는 경적 소리 때문에 얼른 내렸다. 김 실장의 차는 금방 사라졌다. 빌딩 지하로 내려가니 고급 레스토랑이 특유의 아우라를 내뿜고 있었다. 아무리 찾아도 ○○○라는 일식당이 보이지 않았다. 스마트폰을 꺼내 식당 이름을 검색해 보니 지하 2층에 있었다. 에스컬레이터를 타고 한 층 더 내려갔다. 그곳도 휘황찬란했다.

14
/
규
소

일식당에 들어가자 지배인으로 보이는 남자가 예약했느냐고 물었다. 김 실장의 이름을 말하자 구석의 룸으로 나를 안내했다. 신발을 벗고 안으로 들어가니 뜻밖에 부사장이 앉아 있었다. 나를 보더니 활짝 웃으며 앉으라는 손짓을 했다.

"놀랐죠?"

"네, 약간."

"편안하게 해요. 상의도 벗고."

내가 다시 자리에서 일어나 정장 상의를 벗어 옷걸이에 건 다음 다시 부사장과 마주보고 앉았다.

"내가 나이도 많고 직장 상사이기도 하니까 말 편하게 해도 되겠죠?"라고 말하며 혼자 깔깔 웃었다. 웃는 게 자연스러워서 쾌

활하고 웃음이 많은 사람이라는 생각이 들었다.

"그럼요, 말씀 편하게 하십시오."

가만히 기억을 더듬어 보니 남자 상사들인 사장, 본부장, 김 실
장은 나에게 양해를 구하지도 않고 초면에 다들 말을 놓았다.

"오늘 나 만난 건 비밀로 해 줘요. 괜히 회사 내 파벌을 만드네,
어쩌네 같은 이상한 얘기만 생기니까, 그냥 김 실장 만난 걸로 해
요. 그건 그렇고 몇 살?"

"서른둘입니다."

"그럼 내가 여덟 살 많은 거네. 잠시만!"

스마트폰이 울리자 부사장이 발신자를 확인했다. 약간 눈을
찌푸리더니 전화를 받았다.

"박정혜입니다."

목소리가 여자치고는 약간 낮은 편이었는데, 안정감 있고 또
렷한 음성이었다. 오른쪽 손목의 가느다란 금색 팔찌가 커다란
링 귀걸이와 어울렸다.

"하하. 아닙니다. 오해는 벌써 다 풀렸죠. …… 하하. 제가 얼
마나 지점장님 생각을 많이 하는데요. 그래도 비즈니스란 게 공
과 사가 구분되잖아요. …… 무슨 말씀인지 알겠어요. 저 혼자
결정하는 게 아니라 사장님도 있으시니까. …… 네. …… 일단
알겠고요. 제가 직원하고 식사 중이어서요. …… 네? …… 저는
광화문이에요. 지난달에 뵀었던 일식당요. …… 어, 노노. 찾아

오시지 마세요. 남자 직원이라 오셔도 재미없을 거야. 하하."

여닫이문이 열리고 음식이 들어왔다. 일본식 계란찜인 차왕무시가 제일 먼저였다. 부사장이 전화를 끊고 내게 음식을 권했다.

"술은 뭐로 할까? 이 대리는 주량이 어떻게 돼?"

"소주 반병 정도입니다."

"정치인처럼 말하네. 호호."

부사장의 얼굴을 가까이서 자세히 본 건 처음이었다. 나보다 여덟 살이 많으면 마흔이라는 얘기인데, 마흔은커녕 스물아홉이라고 해도 믿을 만큼 어려 보였다. 사회생활을 시작해서 두 번째 아부를 해 보기로 했다.

"부사장님은 정말 동안이세요. 스물아홉이라고 하셔도 될 것 같아요."

"정말?"

싫지 않은 표정이었다.

"우리 이 대리, 아부 좀 하는데? 아부의 방정식을 알고 있나?"

"네? 아부의 방정식이요?"

"응. 어떤 내용물, 즉 어떤 엑스를 집어넣어야 많은 와이가 나올까 하는 문제지."

"잘 모르겠는데요."

"아부는 진실을 담고 있을 때 그 효과가 배가되지. 하지만 더 중요한 사실은 아부의 내용이 거짓이어도 효과가 있다는 점이야. 그러니까 정리하자면, 엑스는 진실이면 더 좋지만 거짓이어도 상관없어. 몰랐지?"

"네."

부사장이 메뉴판에서 주류 리스트를 꺼내 찬찬히 살폈다.

"매실 들어간 걸로 할까? 음식하고도 잘 어울리겠다."

"네, 좋습니다."

"이 대리, 매실주를 작업주처럼 생각하고 나 술 많이 먹이면 안 돼."

말뜻이 금방 이해되지 않아서 "아, 네."라는 말로 적당히 얼버무렸다. 음식이 차례차례 들어와 상을 가득 메웠다.

"일은 어때? 팀 분위기는 괜찮아?"

"네, 좋습니다. 일도 할 만하고요."

부사장에 관해 알고 있는 거라곤 사장님 처제라는 사실 말고는 없었다. 그렇다고 직장 상사의 신상을 캐묻기도 뭐해서 나는 잠자코 있다가 부사장의 질문에 대답만 하게 되었고, 그 때문인지 고급 음식점의 룸이 마치 취조실처럼 느껴졌다. 부사장은 주량이 소주 반병이라는 내 말은 전혀 개의치 않는다는 듯이 연거푸 술을 따라 주었다. 그녀가 계속 잔을 비우다 보니 그 템포에 맞출 수밖에 없었다. 술잔이 출렁거릴 때마다 부사장은 여자가 되었다가 직장 상사가 되었다가 했다. "여자도 잔을 다 비우는데…….", "다 비워. 이건 상관의 명령이야." 이런 말들이 끊임없이 이어졌고, 내가 취했다는 생각이 이상하게도 '또렷이' 들었다.

"사람 상대하는 거 힘들지 않아?"

"어떤 일이든 다 힘들죠."

"내 밑에서 일해 볼래? 내가 직할 팀을 하나 꾸릴까 하는데."

"직할 팀이요?"

"응. 우리 회사에 기획 실무자가 별도로 없잖아. 인사, 총무, 경리회계 쪽은 김 실장이 관리를 하는데 큰 그림을 그리고, 그에 맞게 계획하고 추진하는 건 나 혼자 하다 보니까 힘이 부쳐. 그래서 과장 하나, 대리 하나, 사원 하나 뽑아서 팀을 만들까 해. 아직 내 머릿속에만 있는 거니까 다른 데 가서 얘기하지 마. 혹시 팀 만들면 나하고 같이 일할래?"

부사장의 입김이 내 얼굴에 닿았다. 두 사람 모두 테이블에 양팔꿈치를 대고 앞으로 기대 앉다 보니 고개를 숙이면 얼굴이 닿을 듯 가까이 있었는데, 술기운에 서로 눈치를 채지 못하고 있었던 것이다.

"불러 주시면 가야죠."

"배 팀장이 서운해 하겠는걸?"

부사장이 몸을 뒤로 젖히며 배시시 웃었다. 하늘색 블라우스의 앞섶이 깊게 파여서 하얀 살갗이 드러났다. 하지만 가슴골까지는 보이지 않았다. 부사장이 앞섶을 살짝 여몄다. 그리고 다시 술을 권했다. 내가 망설이자 "그만 마실래?" 하고 물었다.

내가 대답을 망설일 때 부사장의 전화가 울렸다. 얕은 한숨을 쉬더니 전화를 받았다.

"여보세요. …… 아, 네. …… 오셨어요? 정말로? …… 우리는 지금 청실에 있는데요. …… 네."

부사장이 가방에서 쿠션 파운데이션을 꺼내 순식간에 화장을 고쳤다. 그리고 얼마 후 여닫이문이 열리고 정장을 입은 남자 셋이 들어왔다. 한 사람은 40대 후반으로 보였고, 다른 한 사람은 40대 초중반, 나머지 한 명은 내 또래로 보였다. 회사의 주거래 은행 지점장과 직원들이었다. 서로 명함을 건네며 인사를 했고, 자리에 앉았다.

"왜 오셨어요? 식사 안 하셨으면 식사 하세요. 우리는 거의 다 먹었는데."

"저희도 식사하고 오는 길입니다. 오해 풀 건 풀어야죠."

지점장이 술잔을 들었다. 이상하게 다 같이 건배하는 분위기라 나도 억지로 마셨다.

"다른 은행에서 여러 가지 혜택을 얘기하니까 저희도 좀 생각을 해 보는 거죠. 아직 결정된 건 없고요. 어차피 최종 결정은 사장님이 하시는 거니까 저한테 잘하셔도 아무 소용 없어요."

"에이, 실권을 우리 부사장님이 쥐고 계시단 걸 다 아는데요, 뭐. 사장님도 부사장님하고 얘기 잘해 보라고 하시더라고요. '동생, 나 실권 없어.' 이러시던데요. 하하."

지점장은 '동생'이라는 말에 힘을 주었다. 형, 동생 하는 사이라
는 뜻일까? 부사장과 지점장은 서로 예의를 차리고 친밀한 듯 말
을 주고받았으나 무슨 앙금이라도 있는지 대화는 겉돌았고 서로
눈도 마주치지 않았다.

"일단 나가시죠. 여기서 계속 이러고 있을 순 없잖아요."

부사장의 말에 모두 다 일어섰다.

"계산은 제가 했습니다."

"지점장님이요? 왜요? 그러지 마세요."

부사장과 지점장의 실랑이 끝에 부사장이 계산대로 가서 기존
결제를 취소시키고 새로 결제를 했다. 그리고 "저는 화장 좀 고
치고 나올게요."라고 말하며 나에게 따라오라고 손짓했다. 복도
를 따라 잠깐 걸어가니 화장실이 나왔다. 부사장은 자신의 가방
을 나에게 맡기고 화장실 안으로 들어갔다. 은행원들도 5분 정도
자기들끼리 이런저런 얘기를 하며 복도에 머무르다 다 같이 남
자 화장실로 들어갔다. 남자들이 들어가면서 여자 화장실 문 앞
에 서 있는 나를 힐끔 쳐다보았는데 그 눈빛이 동지를 바라보는
눈빛인지 적군을 바라보는 눈빛인지 애매했다.

복도에 적막이 흘렀다. 어디 앉아 있을 데라도 있으면 좋겠다
는 생각을 했다. 가방에 뭐가 들었는지 듬직한 무게감이 느껴져
서 살짝 들어 올려 보았다. 오렌지색 가죽의 아랫부분이 넓게 퍼
져 있어 전면에서 봤을 때는 반듯한 사각형이지만, 측면에서 보

면 복주머니 모양의 부드러운 삼각형이었다. 토끼의 귀마냥 손잡이가 두 개 달려 있었고, 손잡이 아래 중앙에는 금속 버클이 양쪽 가죽 스트랩을 결속시켜 가방 속의 비밀을 지키고 있었다.

남자들이 들어간 뒤 곧바로 부사장이 여자 화장실에서 나왔다. "다들 어디 갔어?"라고 묻기에 화장실에 갔다고 대답하고, 가방을 부사장에게 건네준 뒤 나도 화장실로 들어갔다.

볼일을 보고 손을 씻는데 지점장 말고 차장이라는 사람이 나에게 말을 걸었다.

"이 대리님은 오늘 어쩐 일로 부사장님과 단둘이 저녁을 드신 거예요?"

"제가 신입사원이다 보니 격려차 저녁을 사 주신 겁니다."

"신입사원이요?"

"네, 직급은 대리지만 첫 직장입니다."

"전에는 뭘 하셨는데요?"

"얼마 전까지 신림동에서 고시공부를 했습니다."

"아, 그러시구나. 혹시 S대?"

"아닙니다. K대 법대 나왔습니다."

"오, 그래요? 저도 학부는 K대 경영학과거든요. 몇 학번이시죠?"

나와 띠 동갑으로 대학 12년 선배였다. 나는 명함지갑을 살짝 꺼내 이름을 다시 확인했다. 이성택이었다.

이 차장이 나와 어깨동무를 하고 나가자 부사장이 당황스러워
했다.

"알고 봤더니 이 친구가 제 대학 후배더군요."

부사장이 쓸쓸한 미소를 지었다. 그때 지점장이 다음 행로를
결정하는 말을 했다.

"저는 오늘 집안에 일이 있어서 가봐야 하겠네요. 나머지 분들
은 즐겁게 놀다 가십시오. 부사장님, 그럼 다음 기회에 또 뵙겠
습니다. 오늘 먼저 가는 거 용서해 주십시오."라고 말하며 90도
로 허리를 굽혀 부사장에게 인사했다.

부사장도 "부담스럽게 지점장님 왜 이러세요."라며 90도로 허
리를 굽혔다. 브래지어 때문에 유두까지는 보이지 않았지만 블
라우스가 벌어지며 가슴골이 훤히 드러났다. 하늘색 블라우스와
검은색 브래지어, 그리고 그 위의 하얀 살결이 파도치듯 흔들렸
다.

어깨동무를 풀지 않고 있던 이 차장이 나에게 귓속말로 얘기
했다. "죽인다."

사실 나도 '죽인다'고 생각했다. 하지만 굳이 그걸 드러내 놓고
나에게 얘기하는 이유는 알 수 없었다. 남자끼리 통하는 본능적
동질감? 어깨동무는 고르디아스의 매듭 같아서 풀고 싶어도 어
떻게 풀어야 할지 난감하기만 했다.

매듭을 단칼에 자른 건 부사장이었다.

"그것 좀 풀어요. 남자들끼리 보기 사납게……."

이 차장이 내 어깨에서 팔을 내리며 부사장의 말을 받았다.

"부사장님, 방금 하신 말은 성차별적인 거예요."

"뭐가요?"

"남자끼리 좋아할 수도 있는 거지. 성 소수자 인권 모르세요?
하하."

"나는 그런 거 몰라요. 나는 이런 게 좋아."

이렇게 말하면서 내 오른팔에 자신의 왼팔을 넣어 팔짱을 꼈
다. 또 다른 매듭이었다. 그렇게 에스컬레이터를 타고 올라가 지
하 1층에서 다시 외부로 나가는 계단을 걸어 올라갔다. 지점장은
이 차장과 남자 직원에게 "잘 모셔."라는 말을 한 뒤 부사장에게
누가 봐도 가식이 느껴지는 함박웃음을 보낸 뒤 먼저 사라졌다.

"어디로 갈까요? 술을 한잔 더 하시죠. 저쪽으로 가면 분위기
좋은 라운지 바가 있습니다."

이 차장의 말에 "아무데나 가요."라고 말하며 부사장이 몸을
나에게로 더 밀착시켰다. 내 팔꿈치에 그녀의 가슴이 뭉클하게
닿았다. 그녀도 분명 느낌이 있을 텐데 표정에는 아무런 변화가
없었다. 옆모습을 보니 반듯하고 오뚝한 콧날이 도드라져 보였
다.

근사한 라운지 바가 있다는 빌딩까지 걸어가는데 일식당에서
부터 말이 많던 부사장이 이상하게 아무 말을 하지 않았다. 앞에

는 조금 떨어져서 이 차장과 직원이 걷고 있었다. 나는 침묵을 견디지 못하고 뭔가 말을 붙여 보려고 가방 얘기를 꺼냈다.

"부사장님 가방 엄청 좋아 보이던데요?"

"여자 가방에 관심 있어? 누구 사 주려고?"

부사장이 말끝을 살짝 올리며 나에게 되물었다. 순간 카페에 비치된 여성 패션 잡지책을 유심히 살피던 희주 얼굴이 떠올랐다. 그때가 희주 생일을 보름 앞둔 6월 초순이었다. 생일 선물을 뭐로 해 주었으면 좋겠냐고 내가 희주에게 물었을 때, 여느 때처럼 합격하고 나면 대출 많이 해 준다니까 그때 가서 좋은 걸로 해 달라고 농담을 했다. 그래도 무언가 해 주고 싶다고 하자 그녀는 시내 면세점으로 날 데려가서 향수를 골랐다.

분홍색 병이 눈에 확 들어왔다. 향수병이 상당히 고급스러워 보였으나, 그래봤자 향수니까 내가 희주에게 준 봉투 속 20만 원이면 충분하다고 생각했다. 하지만 희주가 챙겨온 면세점 할인 쿠폰까지 적용했는데도 약간 모자랐다.

"향수는 왜 이렇게 세금이 많나 몰라. 사치품이 아니라 생필품인데 말이야. 저거 면세점에서 말고 일반 매장에서 사려면 엄두도 안 나는데 이번에 잘 샀다. 아무튼 덕분에 갖고 싶었던 향수 겟했네. 고마워."

생일 당일에는 해외 출장이 잡혀 있었다. 수행비서도 아닌데 웬 해외 출장이냐고 내가 묻자 회사 사정상 그렇게 됐다고 했다.

"이번에 가방 살지도 몰라."

"가방?"

"응. 내가 나에게 주는 생일 선물로 명품백 하나 봐둔 게 있어. 나는 아무리 명품이 탐난다고 해도 가짜 들고 다니는 애들은 이해 못 하겠더라고. 그런 애들은 인생이 가짜 같아."

"갖고는 싶은데 너무 비싸니까 비슷한 거라도 사려는 심정 아닐까?"

"어허, 법률가가 되겠다는 분의 마인드가 영 아닌데? 비슷한 게 아니라 완전 가짜인 거지. 누군가를 속이려는 거라고. 세상 사람들, 오리지널 업체, 그리고 자기 자신까지도. 나는 싸구려를 들었으면 들었지, 절대 가짜는 안 들어."

무엇이 그녀로 하여금 그렇게 단호한 어투를 사용하게 만들었는지 짐작이 가지 않았다.

"애인 사 주려고? 사귀는 사람 있어?"

부사장의 나긋한 목소리가 허락도 받지 않고 자기 마음대로 키스를 해서 잠자는 미녀를 깨운 왕자님의 키스처럼 나를 다시 현실의 대화로 불러들였다.

"네, 있어요. 이런 가방은 많이 비싸죠?"

"이 가방? 얼마나 할 것 같아?"

신문이나 방송에서 '몇 백만 원짜리 명품 가방'이라는 표현을 많이 들었지만 그 가격 범위가 너무 넓다는 생각을 하고는 했다.

"삼백만 원?"

나는 부사장이 '어떻게 알았어?'라고 말할 줄 알았다. 내 상식의 최대치였다.

"삼백만 원이면 꽤 명품이지. 오백이면 거의 최상급이고."

"그럼 오백만 원 정도?"

"하하하. 이건 자기 월급 말고, 자기 연봉 절반 정도야. 명품 중에서도 고가 명품이지."

"네?"

나는 놀랐지만 이어지는 부사장의 말에 더 놀랐다.

"이 모델은 이삼 년 웨이팅도 해야 해. 웃긴 건 웨이팅도 아무나 할 수 없어. 그래서 성격 급한 사람은 중고를 구입하거나 웃돈을 주고 사기도 해. 남자들이 이탈리아 스포츠카 사는 심정과 비슷하다고 보면 되지."

저녁을 지나 밤으로 접어들 무렵이라 또각거리는 부사장의 하이힐 소리가 더 크게 들렸다.

15
/
인

라운지 바에는 손님이 많이 없었다. 아니, 손님이 많이 있었지만 룸처럼 마련된 공간에 가려 보이지 않았는지도 모르겠다.

별천지 같은 공간이었다. 라운지 바 중에서도 아주 고급 바라고 이 차장이 나에게 귀띔했다.

"너 이런 데 안 와 봤지? 여기 나오는 여자 종업원들은 생각 없이 막 만지고 그러면 안 된다. 너희 부사장 없이 우리끼리였으면 더 좋은 데 가는 건데. 그건 다음 기회로 미뤄야겠다."

'좋은 데'에서 '좋다'는 의미를 나는 짐작할 수 있었다.

가운데 넓은 홀에는 대형 바가 원을 그리고 있었고, 출입문 가장 먼 쪽에 그랜드 피아노가 놓여 있었다. 피아노의 리드가 비스듬히 열려 있었다. 당대 최고의 피아니스트였던 리스트가 아름다운 음이 청중에게 더 잘 도달되도록 리드를 처음 열고 연주했다고 한다. 샤넬이 여성의 치마 길이를 잘라냈다면, 리스트는 피아노 뚜껑을 열어젖혔다.

내가 물끄러미 피아노를 보고 있자, 부사장이 내 어깨를 툭 치며 "지금 피아노 보는 거야? 나도 그랜드 피아노를 거실에 놓을 수 있는 집에 한번 살아 봤으면 좋겠다."라고 달콤한 꿈이라도 꾸듯이 말했다.

나는 어색한 미소를 짓고 일행의 뒤를 따라 '숏 바'라고 부르는 구석의 작은 공간으로 들어갔다. 문이 달려 있는 완전한 룸은 아니었으나 노출 시멘트 기둥을 겹치게 배치하여 중앙 홀과 분리하는 벽체로 사용하고 있어서 외부의 시선을 충분히 차단할 수 있었고, 벽난로가 있는 응접실 분위기로 꾸며져 아늑한 느낌이 들었다.

부사장이 소파의 상석이라고 할 수 있는 싱글 소파에 자연스럽게 앉았다. 그 옆에 내가 앉았고, 내 옆자리는 은행 직원인 최창훈 대리 차지였다. 이 차장은 부사장 맞은편의 또 다른 싱글 소파에 앉았다.

잠시 후 바의 매니저와 여종업원이 들어왔다. 여종업원은 여대생이 전공서적을 들고 다니듯 메뉴판을 품 안에 감싸 쥐고 있었다. 이 차장이 매니저를 부사장에게 소개했다. 서로 명함을 교환했고, 의례적인 인사를 했다. 술은 와인으로, 안주는 치즈 플레이트로 주문했다.

나는 양주가 아닌 와인을 주문하기에 부어라, 마셔라 하는 분위기는 아닐 것 같아 안도했다. 하지만 한 시간 반 만에 와인이 네 병째 비자 분위기가 많이 달아올랐다. 부사장과 이 차장이 서로 조금씩 말을 놓기 시작하더니 결국 "정혜야", "오빠" 하는 사이가 돼 버렸다. 그리고 부사장은 그 순간부터 우리들한테도 성을 빼고 이름을 불렀다. 그때마다 우리는 와인을 원샷한 다음 와인 잔을 머리 위에서 거꾸로 털어야 했다.

자리는 이미 바뀌어 있었다. 부사장은 그대로 자기 자리에 앉아 있었고, 부사장 옆자리는 내 대신 이 차장이 차지한 뒤 부사장에게 은행 일로 계속 앓는 소리를 했으며, 나는 그 옆에서 친척들 모임이 얼른 끝나고 집에 돌아가기를 기다리는 초등학생처럼 등을 소파에 기댄 채 반쯤 잠들어 있었다. 그리고 최창훈 대리는 이미 반가사유상이 되어 있었다. 이 차장이 앉았던 싱글 소파에서 등도 제대로 기대지 못한 채 허리를 꼿꼿이 편 뒤 한쪽 턱을 괴고는 해탈해 버렸다.

"이제 겨우 와인 각 일병 했네. 최창훈! 두 병 더 주문해."

이 차장의 혀가 꼬부라진 정도는 아니었지만, 발음은 약간 새고 있었다. 최창훈 대리가 바 사이드로 난 출입구를 통해 소주를 주문하듯 오른손으로 브이 자를 그렸다. 바로 옆의 숏 바에도 새로운 손님들이 왔는지 왁자지껄한 소리가 들렸다가 이내 조용해졌다.

여종업원이 트레이에 와인을 두 병 들고 왔다. 얼굴이 잔뜩 상기된 손님들의 모습을 힐끗 보더니 테이블에 와인을 조심스레 놓았다. 그리고 사람들에게 와인 라벨을 보여 주면서 너무 작아 잘 들리지 않는 목소리로 무언가를 말했다. 이 차장이 귀찮다는 듯이 손짓으로 그만하라는 신호를 보내자 종업원은 말을 멈추고 커터를 이용해 병목의 캡 실을 제거했다. 처음에는 옷차림을 자세히 보지 못했는데, 이제 보니 정장 원피스였다. 다크 초콜릿 빛깔이었는데, 앞섶 절개 라인이 대각선으로 교차되어 있어 단정하지만 호기심을 자극하는 디자인이었다. 몸매를 드러내 보이도록 만든 스타일 때문에 허리와 엉덩이로 이어지는 라인이 고려청자 모양으로 굴곡져 있었다.

20대 후반으로 보이는 도회적이고 차가운 얼굴이었지만, 처음 소개받을 때에 매니저가 한 말로는 스물세 살이고 음악을 전공하는 학생이라고 했다. 종업원은 와인병에서 떨어져 나온 캡 실을 테이블 한쪽으로 치우면서, 처음에는 그랜드 피아노 연주를 하러 왔다가 근무 조건이 좋다 보니 호스티스 일을 하게 됐다는 사연도 털어 놓았다. 믿기지는 않았다.

나와는 달리 부사장은 그런 스토리에 관심이 있는 듯했다. 테이블 쪽으로 몸을 기울여 스크루를 이용해 코르크 마개를 열고 있는 종업원에게 질문을 했다.

"음악은 어떤 걸 전공했어?"

"피아노요."

"그럼 음악가 중에서 쇼팽이나 리스트를 제일 흠모하겠네?"

"아니요, 전 호로비츠를 제일 좋아하고 존경해요."

"그래? 나는 차이코프스키를 제일 사랑하는데, 어떻게 생각해?"

"훌륭한 조합이죠. 호로비츠가 연주하는 차이코프스키의 피아노 협주곡 제1번은 정말 환상이에요. 그런데 차이코프스키를 제일 좋아하는 음악가로 꼽는 사람은 흔치 않은데 취향이 특별하신가 봐요. 열에 아홉은 베토벤이라고 말하죠."

이 차장이 중간에 끼어들었다.

"나도 차이코프스키 좋아해. 백조의 호수. 따 라라라라 라라라 라라 라 라라라라라."

멜로디를 흥얼거리며 자리에서 일어나 발레 모양으로 빙빙 돌기까지 했다. 이 차장의 율동을 본 종업원의 얼굴에서 딱딱한 표정이 잠깐 사라졌고, 함박웃음이 피었다. 입술 사이로 가지런한 치아가 드러났다. 그와 동시에 오른뺨에 보조개가 패었다. 입술 가에 자그맣게 생기는 보조개가 아니라 뺨 가운데에 움푹 들어가는 정말 우물 같은 보조개였다. 소설 「소나기」에서 주인공 소녀의 왼뺨에도 보조개가 있었는데 저랬지 않았을까, 하는 생각이 문득 들었다.

빈 잔에다 종업원이 와인을 따라 주었다. 맨 먼저 자신의 오른편에 있는 최창훈 대리의 잔을 채웠다. 콸콸콸. 와인이 상수도관에서 물이 쏟아지듯 쏟아졌다. 종업원은 최 대리의 잔을 절반쯤 채운 다음 손목을 살짝 꺾어 병을 돌린 후 수건으로 입구 근처를 닦았다.

다음은 내 차례였다. 와인 병이 기울어지자 나는 나도 모르게 잔을 들어 입구로 가져갔다. 종업원이 와인 병을 다시 세운 다음 나를 쳐다보았다. 그리고는 "와인 잔은 테이블에 그대로 두셔야죠."라고 말했다. 날카로웠고, 그 억양에는 내가 무지하고 한심하다는 비난이 누가 들어도 알 수 있게끔 담겨 있었다. 내 귀가 빨갛게 달아오르는 걸 느꼈다.

"야, 대단한데. 손님한테 교육도 시키고 말이야. 하하."

이 차장이 호탕하게 웃었다. 그 웃음이 끝날 때쯤 내 잔에도 절반가량 붉은 와인이 담겼다.

이 차장의 잔에 와인을 따르는데 종업원의 옷이 벌어지면서 가슴 윗부분이 살짝 드러났다. 이 차장이 노골적으로 쳐다보자 종업원도 눈치를 챘는지 와인을 따르지 않는 손으로 옷을 눌러 가렸다.

"손 치워!"

이 차장이 종업원의 눈을 매섭게 바라보며 말했다. 종업원의 눈은 악어를 맞닥뜨린 어린 가젤처럼 흔들렸다. 아니 개장수와 마주친 강아지 같았다. 와인을 따르다 말고 손은 그대로 가슴에 댄 채 어찌할 바를 모르고 있었다. 방금 전에 나를 경멸하던 눈은 어디로 사라진 것일까? 내게는 맹견 같던 그녀가 어째서 이 차장에게는 단 한번 짖지도 못하는 것일까? 이 차장에게서 어떤 체취를 맡은 것일까?

"야, 너 가서 매니저 말고 사장 불러와. 아니면 손을 내리던가."

망설임과 침묵이 뒤섞인, 고향 무진의 안개와 같은 시간이 흐른 후, 종업원은 가슴에 있던 손을 내렸다. 유난히 하얀 가슴이 다크 초콜릿 빛깔의 원피스와 대비되어 더 도드라져 보였다.

"악!"

갑자기 이 차장이 종업원의 벌어진 옷 속으로 손을 집어넣었고 종업원이 놀라서 뒷걸음질 쳤다. 그리고 종업원은 가슴속으로 손을 넣어 오만 원짜리 지폐 두 장을 꺼냈다. 비명 소리를 듣고 매니저가 들어왔다. 그는 이미 모든 상황을 다 알고 있다는 눈빛이었고 얼굴에는 온화한 미소마저 흘렀다.

"애를 왜 울리고 그러세요? 하하."

"귀여워서 팁 좀 주려고 한 건데, 이 친구가 깜짝 놀랐나 봐. 학교 교재비라도 하라고 주는 건데. 우리 딸내미도 이삼 년 지나면 대학 가거든. 그래서 더 애틋해. 학비 버느라 얼마나 고생이겠어. 너는 학비 때문에 알바 하는 거지, 명품 가방 사려고 알바 하는 거 아니지?"

종업원이 아무 대답도 하지 않고 고개를 숙인 채 울고 있다가 부사장이 건네준 티슈로 얼굴을 닦았다. 그리고 훌쩍거리며 고개를 들었고 나와 살짝 눈이 마주쳤다. 그제야 나는 그녀가 스무살이 조금 넘은 학생이라는 사실을, 얼굴선이 처음 봤을 때와 달리 그다지 도회적이지 않다는 사실을, 다크 초콜릿색 원피스가 그녀에게 어색해 보인다는 사실을 깨달았다.

"수지는 이제 나가 봐. 제가 다른 애 불러 드릴게요."

매니저가 종업원에게, 또 이 차장에게 말했다.

"이름이 수지였어? 이름도 예쁘네. 외모도 딱 옛날 최수지다. 수지는 최수지가 누군지 모르지? 토지에서 서희 역할로 인기가 대단했는데……."

이 차장의 말이 끝나기가 무섭게 부사장이 말을 이었다.

"수지! 그냥 있어. 진상들 피한다고 해결되는 거 없어. 진상은 살면서 계속 만나게 돼. 그때마다 울고, 피하고 그럴 거야? 오늘은 그냥 진상들하고 술 마시자."

"정혜야, 이 오빠가 지금 진상이라고 말하는 거야?"

이 차장이 실실 웃으며 물었다.

"진상이지, 개진상. 매니저, 우리 술 바꿔 줘요. 와인 개봉 안한 건 물리고, 양주하고 맥주로 가져다 줘요. 양주는 말아먹기 좋게 부드러운 걸로, 맥주는 톡 쏘는 걸로 주시고요."

16
/
황

매니저가 양주 두 병과 작은 사이즈의 맥주 열두 병을 테이블에 갖다 놓고서는 사라졌다. 수지는 부사장의 말대로 우리 테이블에 남았다. 그리고 다시 20대 후반의 도회적이고 차가운 외모로 돌아가 있었다.

폭탄주가 제조되었고, 각자 한 잔씩 입에 털어 넣었다. 그리고 폭탄의 파편이 엉뚱한 곳으로 튀었다. 반가사유상이 된 최창훈 대리의 반가(半跏)가 부사장의 눈에는 거슬렸던 것 같다.

"우리 창훈이, 다리 꼬고 있으니까 멋있네. 이리 와 봐."

부사장이 입술로만 웃으며 말했다. 최창훈 대리가 잠깐 멈칫거리자 "누나가 부르잖아. 뭐해? 얼른 안 가고?"라며 이 차장이 채근했다.

최 대리가 부사장 앞에 섰다.

"차렷!"

어리둥절해 하는 최 대리에게 다시 부사장이 명령했다.

"너 군대 안 갔다 왔어? 차려 자세 몰라? 차렷 해 봐, 차렷!"

최 대리가 이 차장을 바라보았다. 이 차장이 고개를 끄덕이며 "차렷 해."라고 말했고 그제야 최 대리가 군기가 바짝 든 차려 자세는 아니었지만, 다리를 모으고 양손을 가지런히 바지 옆단에 붙였다. 차려 자세에서 주먹은 원래 자그마한 계란을 부드럽게 말아 쥔 듯 엄지를 살짝 펴야 하는데, 최 대리는 태권도 할 때의 정권마냥 주먹을 꽉 말아 쥐었다.

"차려 자세는 부동자세인 거 알지?"

부사장은 자신의 말이 끝나기가 무섭게 오른손으로 최 대리의 성기 부위를 움켜쥐었다. 최 대리가 놀라서 뒷걸음질 쳤다. 부사장이 게슴츠레한 눈빛으로 이 차장을 바라보며 "오빠, 얘가 차려 자세에서 움직인다. 어떡하지? 오빠가 교육을 좀 시키는 게 어때?"라고 명령 같은 질문을 던졌다.

이 차장이 최 대리를 데리고 홀 쪽으로 나갔다. 그들의 뒷모습을 물끄러미 바라보던 부사장의 눈과 내 눈이 마주쳤다.

"이 대리! 아니, 이정우! 이리 와서 내 어깨 좀 주물러."

나는 자석에 끌린 듯 부사장이 앉아 있던 싱글 소파 뒤편으로 가서 부사장의 어깨를 주물렀다. 어깨를 주무르는 동안 부사장은 고개를 뒤로 젖히고 눈을 감고 있었다. 오뚝한 콧날 밑으로 살짝 벌어진 입술, 하얗고 가느다란 목덜미, 좁쌀 크기의 다이아몬드가 박혀 있는 네모나고 기다란 펜던트가 달린 얇은 금목걸이, 그 밑에 아까 보았던 것과 같은 둥근 가슴. 그러나 이번에는 내 몸이 아무런 반응을 하지 않았다.

수지가 나를 살짝 쳐다보았다. 이번에는 평온한 얼굴이었다. 숏 바 속의 세계는 시간이 정지된 공간이 되었고, 유일한 움직임은 부사장의 어깨를 주무르는 내 양손뿐이었다.

적막을 깬 건 내 호주머니에서 울리는 핸드폰의 진동 소리였다.

"받어."

부사장의 선명하고 간결한 서울 말투가 호주머니의 진동과 함께 짜릿하게 내 귀에 울렸다. 나는 눈을 감고 있는 부사장을 향해 어설프게 묵례를 하고 홀로 나왔다. 홀 중앙의 바에는 두 명씩 세 팀이 자리에 앉아 바텐더와 얘기를 나누고 있었다.

나는 수지와 느낌은 비슷하지만 흰색 블라우스를 입은 다른 여종업원에게 화장실 위치를 물었고 그녀는 친절하게 손끝으로 한쪽 구석을 가리켰다. 화려한 큐빅이 박힌 네일 끝이 향하는 곳으로 걸어갔다. 남자 화장실로 들어가려는데 안에서 말소리가 들렸다. 이 차장과 최 대리였다.

"너 이번에 승진 안 할 거야? 아까 지점장님도 설설 기는 것 못 봤어? 이제 관두고 네 나이에 뭐 할 건데? 이번에 와이프가 임신도 했다며? 가장으로서 책임감을 가져야지."

최창훈 대리가 뭐라고 대답했는데, 목소리가 작아서 잘 들리지 않았다. 다시 이 차장의 목소리가 새어 나왔다.

"뭐가 그렇게 복잡해? 걔가 만져 주면 좋은 거지. 일부러 대딸방 가는 사람들도 있잖아. 그냥 즐겨! 남자답게!"

나는 화장실 입구에서 발길을 돌려 홀로 다시 나왔다. 약간 후미진 곳을 찾아 부재중 전화를 확인했다. 배 팀장이었다. 전화를 걸었다.

– 여보세요. 너구나! 어디야?

– 광화문이요.

– 아직 안 끝났어? 빨리 와, 다들 기다리고 있잖아.

– 금방 갈게요. 거의 끝나가요.

– 빨리 와라. 본부장님도 와 계시다.

– 네.

내가 다시 숏 바 안으로 들어가려는데 이 차장이 나를 뒤에서 껴안았다. 술 냄새가 확 끼쳤다.

"후배님, 사랑합니다."

몸을 빼려고 하는데 워낙 세게 끌어안고 있어서 쉽게 빠지지가 않았다. 그렇다고 몸을 밀치고 빠져나올 수도 없었다.

"선배님, 저도 사랑합니다."

마음에도 없는 말을 하면서, 빨리 자리를 떠야겠다는 생각만 했다.

세 명의 남자가 동시에 들어가자, 부사장이 의아한 듯이 쳐다보더니 벽난로 앞에 우리를 세웠다. 그리고 수지를 보면서 턱짓을 했다.

"수지야, 맘에 드는 놈으로 초이스 해서 네 옆에 앉혀."

"오, 초이스! 우리 정혜가 뭐 좀 아는구나. 야, 똑바로 서. 누님들이 우리를 초이스 한단다."

이 차장은 혼자 싱글벙글이었다.

수지는 입을 손으로 가리며 살며시 웃더니 우리들을 하나하나 찬찬히 쳐다보았다. 그리고는 손가락으로 나를 가리켰다. 내가 가만히 있자, 이 차장이 "뭐해, 빨리 옆에 가서 앉아."라고 내 등을 밀었고, 나는 수지의 왼편, 그리고 부사장과 약간 떨어진 곳에 앉았다. 이제 부사장이 선택할 차례였다. 부사장은 이 차장을 손가락으로 가리켰다. 이 차장이 "정말 나야?"라고 묻자 그 손가락은 부사장 건너편의 싱글 소파를 향했다. 이 차장이 함박웃음을 지으며 "좋다 말았네. 최창훈 부럽다. 잘 모셔라."라고 말하며 부사장의 손끝이 가리킨 소파로 가 털썩 앉았다.

그리고 최창훈 대리가 긴 소파의 수지 오른쪽 옆자리로 앉으려 하자 부사장이 "잠깐!" 하고 최 대리를 세우더니 자기 쪽으로 불렀다. 그리고 자기 오른편에 세워 놓고선 "교육 잘 받고 왔지?"

라고 질문했다. 질문에 답은 정해져 있었다. 최 대리가 기분 나쁘다는 표정으로, 하지만 "네."라는 긍정의 대답을 했다.

이 차장이 "우리 다시 모였으니 다 같이 거국적으로 한 잔 합시다."라고 말하며 맥주에 양주를 탄 정통 폭탄주를 다섯 잔 만들어 분배했다. 그리고 혀가 꼬인 채 뭐라고 알아듣기 힘든 건배사를 했다. 우리는 다 같이 잔을 비웠다.

"최창훈!"

"네."

"아까 너희 지점장이 나한테 쩔쩔 매는 거 봤지? 왜 그런 줄 알아? 그 아저씨가 지난번에 이런 술자리에서 나보고 '쌍년'이라고 욕을 하더라고. 하하. 그간 나한테 쌓인 게 많이 있었나 봐. 아무리 내가 나이 어린 여자라고 해도 '쌍년'이 뭐냐, 그치? 그래서 내가 회사 주거래 은행 바꾸고, 있는 돈 다 빼고, 우리 직원들이 그동안 각종 상품 들어 준 거 다 해지시켜 버린다고 했더니 꼬리를 내리네."

최창훈 대리는 아무 말 없이 듣기만 하고 있었다.

"일단 이 누나를 얼마나 잘 모실 수 있는지 신고식부터 해 보자. 자, 차렷!"

최 대리 표정에 망설이는 빛이 감돌았으나 이내 뭔가를 결심한 듯 눈을 감고 차려 자세를 취했다.

"얘 봐, 눈을 감네. 오빠, 얘가 내 손길을 즐기려는가 봐. 하하."

"정혜야, 영계만 찾지 말고 나한테도 네 손길을 좀 나눠 주라."

이 차장이 흐뭇한 표정으로 부사장에게 윙크를 했다. 하지만 부사장의 손길은 내가, 그리고 아마도 최 대리가 짐작한 방향과는 전혀 다르게 나아갔다. 어쩌면 이 차장도 여기까지는 짐작하지 못했을 것이다. 부사장은 최 대리의 바지 버클을 풀고 지퍼를 내리고 있었다. 최 대리는 어찌할 바를 모른 채 부동자세로 있었다. 내려진 검은색 바지와 하얀색 드레스 셔츠 사이로 파란색 드로즈가 선명하게 드러났다. 부사장은 자신의 가방에서 지갑을 꺼내들고 오만 원 지폐 두 장을 끄집어냈다. 그리고 최 대리의 드로즈 속으로 자신의 손과 함께 집어넣었다.

이상하게 최 대리는 뒷걸음치지도 않았고, 그냥 그 자리에 가만히 있었다. 최 대리가 별 반응이 없자 부사장은 자신의 손을 드로즈에서 뺐냈다. 최 대리는 자신의 드로즈에 손을 집어넣어 지폐 두 장을 빼내어 테이블 위에 던졌다. 그리고 옷을 챙겨 입고는 아무 말 없이 밖으로 걸어 나갔다. 이 차장이 부사장을 향해 "넌 진짜 개쌍년이다."라고 말한 뒤 최 대리를 쫓아갔다. "최 대리, 최 대리!"라는 소리가 메아리처럼 여러 차례 들렸다.

"수지, 가서 계산서 가지고 와. 그리고 이건 팁이 아니라 전리품이라고 생각하고 받아."

부사장이 테이블에 흩어진 지폐 두 장을 바르게 펴서 수지에게 건넸다. 그녀는 잠깐 생각하더니 부사장의 손에서 지폐 한 장만 빼냈다. "전리품은 나눠 가져야죠."라는 그녀의 말에 부사장이 깔깔 웃었다.

나는 그 순간 내가 아군인지 포로인지 헷갈렸다.

부사장과 나는 바를 나와서 을지로 쪽으로 한참을 걸어갔다. 그 사이 아무런 대화도 없었다. 그러나 침묵 속에서도 어색하지 않았다. 지하도를 건넌 후 부사장은 나에게 "조심해서 들어가."라는 말을 남긴 뒤 택시를 타고 용산 방면으로 갔다. 나는 다시 지하도를 건너 마포 쪽 방향으로 택시를 기다리고 있었다. 그때 전화가 왔다. 명 주임이었다.

– 대리님, 안 오셔도 될 것 같아요.
– 왜?
– 회식 마치고 다 헤어졌어요.
– 그래?
– 김 실장하고 할 얘기가 그렇게 많아요?
– 아니, 우리도 이제 헤어졌어.
– 팀장님이 화가 많이 난 것 같은데, 다음 주에 출근해서 잘 애기하세요. 주말 잘 보내시고요.
– 그래, 주말 잘 보내라. 고맙다.

그렇게 서울 한복판에 나 혼자 남았다.

17
/
염
소

　어느 가수가 토요일은 밤이 좋다고 노래했다는데, 선선한 날씨가 외출하기에도 친구나 연인을 만나기에도 좋은 토요일 밤이었다.

　홍대입구역에는 주말 인파가 너무 붐빈다고 해서 홍대입구역으로부터 한 정거장 전인 합정역으로 동생과 약속을 잡았다. 합정역 또한 홍대입구만큼은 아니지만 인파로 가득했다. 그러나 사람들 사이에서 내 쪽으로 걸어오고 있는 동생을 한눈에 발견했다. 사람의 얼굴을 구분하는 것은 야생의 본능이다.

　"형, 보기 좋네. 회사 생활 할 만한가 봐?"

　"응, 괜찮아."

　"그냥 오랜만에 보고 싶어서 부른 거야, 아니면 무슨 일이 있는 거야?"

"어디 들어가서 얘기하자."

우리는 상수역 쪽으로 올라가서 2층에 있는 중국음식점으로 들어갔다. 맛집으로 소문이라도 났는지 사람들로 만원이었다. 별실은 따로 없는 캐주얼한 식당이었고, 테이블도 다닥다닥 좁게 붙여 놓아 대화의 프라이버시가 보장되지는 않아 보였다. 내가 다른 곳으로 가자고 말하려고 했는데, 안쪽에 빈자리가 나자마자 동생이 성큼 걸어가 의자를 얼른 차지하고 앉아 버렸다. 클럽까지는 아니더라도 다른 사람들의 대화 소리로 상당히 시끄러워서 일부러 귀담아 듣지 않으면 옆 테이블의 이야기까지는 들리지 않을 것 같아 나도 그냥 따라 앉았다. 탕수육과 짬뽕을 주문했다. 음식은 빨리 나왔다. 소주를 곁들여 허겁지겁 먹었다.

소주가 세 병째 테이블에 놓이고, 탕수육과 짬뽕이 바닥을 드러내자 내가 종업원에게 메뉴판을 달라고 했다.

"형이 무슨 말을 하는지도 알겠고, 이제 형의 말이 농담이 아니라는 것도 알겠어. 정말 알겠다고. 하지만 형이 착각한 거야."

나는 동생의 말에 대답을 하지 않고, 깐풍기를 추가로 주문했다.

"형 말대로 이 사람이 장풍을 쓰는, 말도 웃기다, 아무튼 장풍 같은 초능력을 쓰는 남파 공작원이라면 왜 자전거 타는 일반 시민이나 학생들을 해코지하겠어? 요인을 암살해야지. 그리고 가능하면 눈에 안 띄게 공작을 벌이겠지. 아무리 희주 씨하고 담배 냄새 문제로 트러블이 있더라도 내가 공작원이라면 그냥 가만히 있지, 뭐 하러 얼굴 드러내고 아래층 사람하고 다투겠냐고?"

그렇다. 아무렴 특수훈련을 받은 공작원이 담배 연기 때문에 짜증난다고 해서 괜한 분란을 일으켜 조금이라도 신분이 드러날 짓을 하지는 않을 테다. 하지만 고정간첩처럼 우리나라에 오래 거주하지는 않지만, 남파 공작원이라고 해도 경우에 따라서는 몇 년씩 걸리는 공작 때문에 장기간 우리나라에 거주하는 사례도 있다고 들었다. 그러면 담배 연기가 정말 스트레스일 것이고, 그 스트레스 때문에 자신의 판단에 지장을 줄까 봐 희주를 제거하려 할 수도 있지 않을까?

"내가 장풍이라고 단정적으로 얘기하는 게 아니잖아. 전문가들이 말하는 로켓형 무기가 아니라 장풍형 무기일 가능성이 높다는 거지."

그리고 조금 전에 했던 생각을 덧붙여 말했다. 그러나 동생은 고개를 가로저을 뿐이었다.

"형, 이렇게 말도 안 되는 이야기를 하려고 날 불러낸 거야? 평소에는 먼저 연락은커녕 내가 하는 연락도 잘 안 받으면서?"

"겸사겸사 얼굴도 보고 사는 이야기도 듣고 그러는 거지. 꼭 이 이야기만 하려고 보자고 했겠냐?"

나와 동생은 소주잔을 부딪쳤다. 내가 생각해도 나의 음모론이 억지스럽게 느껴졌다.

"여기 깐풍기 맛있네. 형, 집에는 언제 내려가 볼 거야? 엄마하고 아버지가 기다리는 눈치던데."

"조만간 가 봐야지."

나는 소주를 들이켰다. 동생의 말대로 깐풍기의 풍미가 뛰어났다.

"회주 씨하고는 결혼을 하는 거야? 아직 이른가?"

"아직 이르지. 회주 나이가 아직 서른도 안 됐어."

"하긴 요즘에는 서른 한참 넘겨야 결혼들을 하니까 그렇긴 한데, 그래도 하려면 얼마든지 할 수 있는 나이 아닌가? 그리고 둘이 만난 지 3년은 되니까 연애 기간도 충분하잖아?"

"3년 됐지. 하지만 결혼이란 게 두 사람이 좋다고 할 수 있는 게 아니니까. 준비할 것도 많고."

"준비라……. 결혼하는 게 왜 이리 힘들어졌을까?"

"글쎄다. 부동산 가격? 사람 욕심? 경쟁에서 뒤처지기 싫어서? 여러 이유가 복합적으로 발현된 거겠지. 혼자 사는 게 편한 시대에 결혼이라는 부담을 짊어질 만한 메리트도 부족하고."

"맞아. 결혼도 선택이잖아. 세상에 그래 왔던 게 있을지는 몰라도 당연한 건 없지. 결혼도 예외는 아니고."

"맞아. 관행은 있지만 당위는 없지. 넌 만나는 사람 없고?"

"없어. 엄마가 결혼은 형이 먼저 해야 한다던데."

나는 그냥 한숨 섞인 웃음을 지었다. 사람이 그토록 무언가에 얽매이게 되는 것은 무엇 때문일까? 사회의 관습? 주변의 눈치? 경쟁 심리? 자기 자신?

세 번째 소주병이 비었다. 깐풍기는 절반이 남아 있었다. 소주병이 세 번 비는 시간 동안 나와 동생의 대화는 계속 겉돌기만 했다. 너무 오랜만에 만나서일까? 연년생이라 서로 통하는 부분이 많을 것 같지만 우리는 어려서부터 통하는 일이 거의 없었다. 동생은 라면에 파를 잔뜩 넣어 먹었지만 나는 항상 파를 건져내고 먹었고, 동생은 군데군데 찢긴 청바지를 즐겨 입었지만, 나는 면바지가 편했다. 동생은 야무졌지만, 나는 생각만 많았다. 한 가지 공통점이 있다면 고향인 무진을 벗어나 서울에서 살고 싶어 했다는 점 정도였다.

"이제 일어나자."

동생의 말에 나는 고개를 끄덕이며 자리에서 나와 계산대로 걸어갔다. 지갑을 꺼내는데 "벌써 계산하셨어요."라고 희주 또래의 여성이 나에게 말하며 눈으로 내 뒤에서 천천히 걸어 나오는 동생을 가리켰다. 나는 지갑을 다시 집어넣고 밖으로 나왔다.

"왜 계산했니?"

"아직 첫 월급도 못 탔잖아."

그랬다. 다시 내 처지가 와 닿았다. 나는 동생에게 심각한 표정으로 물었다.

"너 첫 월급 탔을 때, 부모님 속옷 사다 드렸냐?"

동생이 얼굴을 살짝 찌푸리며 옛일을 생각하려 애썼다. 하지만 기억은 쉽게 부름에 응답하지 않았다.

"기억이 안 나네. 그랬던 것 같긴 한데…… 모르겠다."

동생이 너털웃음을 지었다. 나도 따라 웃었다. 나란히 합정역으로 향했다. 10분 넘는 동안 서로 아무 말도 하지 않았다. 편안했다. 형제니까.

서로 반대 방향 개찰구로 향했다. 그때 동생이 나를 불렀다.

"형!"

"왜?"

내가 갑자기 멈추는 바람에 뒷사람하고 부딪쳤다. 나는 얼른 미안하다고 사과를 했고, 뒷사람은 살짝 고개를 숙여 정중하게 내 사과를 받았다.

"내가 수사경찰은 아니니까 직접 조사하거나 할 수는 없고, 나하고 친한 형사가 있는데 한번 얘기는 해 볼게."

동생은 웃음을 참으려 했으나 참지 못하고 이어서 말했다.

"남파 공작원으로 의심되는 사람이 있는데, 풋, 장풍을 쓴다고. 큭큭."

나도 큭큭대고 웃었다. 나와 동생의 웃음소리가 점점 커져서 지하철역을 지나는 사람들이 다 쳐다보았고, 역에서 근무하는 공익근무요원이 다가올 때쯤 우리는 웃음을 멈추었다.

"그러지 마라. 괜히 너만 경찰서 내에서 이상한 사람 되겠다. 우선 내가 증거를 더 수집해 볼게."

나는 개찰구를 통해 안으로 들어간 뒤 동생에게 손을 흔들었다. 동생은 고개를 절레절레 흔들면서 아래로 내려갔다.

18
아르곤

입사한 뒤 두 번째 맞는 일요일이다.

고시 공부를 시작한 뒤부터 근 9년 동안 나에게 휴일이라는 개념은 없었다. 하루 종일 책 한 장을 보지 못한 날이 그냥 휴일이었다. 쉬고 싶지 않았으나 쉴 수밖에 없었다. 공부는 엉덩이로 한다는 말, 공부는 체력이라는 말들은 천체물리계의 만유인력처럼 고시계의 자명한 진리였다.

직장인이 되고 나니 휴일이 달콤했다. 꿀맛이라는 표현이 하나도 틀리지 않았다. 단맛을 배가시키는 건 쌉쓸함이다. 말차에 극강의 단맛이라는 카스텔라를 튀긴 카스도스를 곁들이는 것이나, 샷을 추가한 다크 아메리카노에 달디단 조각 케이크를 함께 먹는 것도 마찬가지 원리이다. 휴일이 이리 달콤한 이유는 평일이 씁쓸하기 때문이다. 아직 일을 배우기 시작하는 단계라 업무 부담이 크지 않은데도 나에게는 몹시 쓴 날들의 연속이었다.

오전 아홉 시 반에 잠에서 깼다. 희주는 주말 내내 1박 2일 일정으로 워크숍을 간다고 했다. 텔레비전 대신 라디오를 켜 보았다. 주파수를 이리저리 맞추다가 클래식 음악이 나오는 곳에서 멈추었다. 예술가는 경제적으로 여유 있는 사람이 아니겠지만, 예술 애호가는 여유 있는 사람이겠지? 곳간이 차야 예절을 알고, 의식이 족해야 영욕을 안다고 했던 3천 년 전의 사람, 관중은 현인이었다. 물론 곳간이 비어 있고 의식이 부족해도 예절과 영욕을 알면 공자와 같은 성인군자일 것이다.

– 이작 펄만과 베를린 필하모닉이 함께합니다. 차이코프스키 바이올린 협주곡 D장조 작품 35번 중 1악장입니다.

라디오 진행자의 잡음 없이 또렷한 목소리가 마치 엘리베이터의 안내방송처럼 들렸다. 기존 진행자에게서 나오던 약간 고음의, 그리고 정감 있는 음성이 아니었다. 갑자기 진행자에게 무슨 일이라도 생긴 걸까? 일요일의 온전한 안식을 위해 진행자가 아예 교체된 게 아니기를 바랐다.

목소리는 두 가지 문제에 직면한다. 전달력과 호소력. 전달력도 좋으면서 호소력도 짙은 목소리가 제일 좋겠지만, 최고 수준의 호소력을 지닌 목소리는 전달력이 다소 나쁘다. 공천이라고 하는 당내 정치가 중요한 국회의원들의 목소리와 대중정치를 해야 하는 대통령의 목소리는 지향점이 다르다.

답답한 마음에, 그리고 희주가 하도 가 보자고 졸라 대서 작년에 압구정동에 있는 사주카페에 간 적이 있다. 사주뿐만 아니라 관상, 성명학 등도 취급한다고 했다. 거기 도사라는 사람은 내 목소리가 낮고 맑아서 사람을 설득하는 재주는 없다고 말했다.

"최고 수준의 음성은 아나운서 같은 목소리가 아니야. 탁성이야, 탁성! 가수의 허스키 보이스를 소개할 때 왜 하필 호소력 짙은 목소리라고 하겠어? 대통령 되려면 탁성이면 좋고, 그게 안되면 사투리를 쓰거나 약간 어눌한 말투여야 해. 이건 한국이나 미국이나 다 마찬가지야."

그러고 보니 한국의 역대 대통령들 중에서 목욕탕에서 말하듯 울리는 목소리는 없었다. 미국도 그런 것 같다. 그리고 독일의 히틀러까지도.

사주나 관상은 무속이나 점과는 달라서 소위 말하는 '신기'와는 무관하다고 그쪽 분야의 사람들은 주장한다. 그들의 표현으로는 학문이고 통계학이다. 하지만 그때 만난 도사는 명리를 연구하는 학자라기보다는 신이라도 내린 무당 느낌이었다. 안광이 섬뜩하리만큼 강했다.

희주에게는 그런 섬뜩함이 신뢰감을 더해 주는 표시와도 같은지 자신에 대해 이것저것 많이 물어본 뒤 우리가 그곳에 간 이유를 질문에 담았다.

"도사님, 그럼 우리 궁합은 어때요?"

"아주 좋아. 흔치 않은 궁합이야. 천생연분이고 백년해로할 거야. 나중에 청첩장 들고 날 찾아와. 그러면 아기 이름도 내가 미리 지어 줄게. 좋은 이름이 있어."

내가 "감사합니다."라고 말하고 그만 일어나려는데, 희주가 내 팔을 잡으며 다시 앉혔다. 그리고 내가 시험에 합격할 수 있을지 물어보았다.

도사는 자신의 책상 위에 놓인 내 생년월일을 풀어 놓은 종이를 한참 바라보더니 다시 내 얼굴을 유심히 살폈다.

"자네는 시험 합격 못해."

희주가 도사의 확신에 찬 말에 나보다 더 당황스러워했다.

"도사님, 확실한가요? 다시 한번 더 자세히 봐 주세요."

희주의 애타는 말에도 도사는 같은 말을 반복했다.

나는 인정할 수 없었다. 인정해서도 안 되었다. 도사가 제기하는 혐의를 인정하는 순간 종신형을 선고받아 평생 감옥에서 헤어나오지 못할 것만 같았다. 최대한 낮고 침착한 목소리로 왜 못하냐고 따져 물었다.

"안돼. 자네 사주는 인이 있으나 정인이지 편인이 아니야. 고시 공부하기에는 의지력이나 지구력이 부족한 거지. 자네는 관이 하나는 있으니까 그런 대로 자기 성질을 죽일 순 있어. 그러니까 일반적인 직장생활이나 공무원 생활처럼 무난한 조직생활이 자네한테 맞아. 봉록을 받으면서 편안하게 살면 되는 거지, 출세해 봐야 뭐 하나?"

"제가 나이가 있어서 회사생활 할 일은 없을 것 같습니다. 공무원 시험을 뒤늦게 준비할 것 같지도 않고요. 공무원 시험도 도사님 시절과는 달라서 경쟁률이 상상을 초월합니다. 신문 읽어 보시면 잘 아실 텐데요."

나는 사람의 인생을 조언해 준다는 도사라는 사람이 세상물정을 잘 모른다고 에둘러 비난했다.

"나는 사주에 나온 대로만 말할 뿐이지, 뭐. 사는 건 자네가 알아서 사는 거야. 어떤 사람이 어려운 시험에 합격하고 출세하는 줄 아나?"

"능력 있는 사람 아닐까요?"

"역시 백면서생이로구면."

도사는 너털웃음을 지었다.

"그럼 어떤 사람이 어려운 시험에 합격하고 출세하는 겁니까?"

"독해야 하고, 운이 따라야 해. 능력? 능력이 필요하다면 독할 수 있는 능력인 게지. 학문에 독한 것과 시험에 독한 것은 전혀 다른 문제야. 고시에 합격하지 못한 쟁쟁한 법학자들이 얼마

나 많나? 자네 사주는 정인격이야. 바른 인이지. 이해하는 공부
는 잘할지 몰라도 외워야 하는 공부는 힘들어. 독하게 학문을 해
야 할 사람이 출세에 혹해 있으니 안 풀리지. 그래도 혹시 시험
에 합격하거든 검사보다는 판사를 하시게. 하지만 그런 고민을
할 일은 없다고 내가 장담하지."

그때의 그 말이 내 귓전에 맴돌고 있을 때 차이코프스키의 바
이올린 협주곡도 끝났다. 당시에는 도사라는 사람이 충고랍시고
악담을 했다고 사주카페를 나오면서 나는 분개했다. 희주는 다
른 곳에 가서도 물어보자고 했지만, 나는 미신 따위는 믿지 않는
다고, 이런 거 알아보는 시간에 공부를 하는 게 더 낫겠다고, 괜
히 스트레스만 받았다고 희주에게 짜증을 내며 발길을 돌렸다.

다시 한번 찾아가 볼까? 위치가 가물거리고 정확히 생각이 나
지는 않지만 근처에 가면 생각이 날지도 모른다. 물론 희주에게
물어보면 정확한 위치와 연락처를 알 수 있을 것이다. 하지만 희
주 없이 나 혼자 가고 싶었다. 내 운명에 자신이 없었으므로.

19
/
칼륨

실내에 있는 것이 억울할 만큼 날씨가 쾌청한 일요일 오후 세
시였다.

장 폴 사르트르는 오후 세 시가 원하는 일을 하기에는 너무 이
르거나 늦은 시간이라고 했다는데, 돌잔치를 하기에도 애매한
시간이었다. 그 어중간한 시간에 배 팀장은 자신의 둘째 아이 돌
잔치를 열고 있었다. 장소는 강동구에 있는 돌잔치 전문 뷔페 음
식점이었다. 일찍 가서 금방 나오기가 힘들 분위기일 것 같기도
하고, 고향인 무진 사람들도 꽤 있을 텐데 그 사람들을 만나는 것
이 꺼려지기도 해서 다섯 시 조금 넘어서 도착한 뒤 다른 볼일
이 있다고 봉투만 건넨 다음 눈도장 찍고 나오거나 명 주임이라
도 남아 있으면 조금 앉았다가 이른 저녁을 먹어야겠다고 생각

했다. 이러나저러나 불편한 자리인 것은 사실이었다. 우재우 과장이 농담 반 진담 반으로 "첫째도 아니고 둘째는 민폐 아닙니까?"라고 웃으며 말했을 때 배 팀장은 정색을 하면서 "뭐라고? 내가 돈 때문에 돌잔치 하는 걸로 보이냐? 싸가지 없는 새끼. 너는 오지 마!"라고 화를 냈다. 우재우 과장이 농담 한 거라고 몇 번을 사과한 뒤에야 겨우 수습이 되었다.

나는 지하철역에서 내려 희주의 오피스텔로 향했다. 지금쯤 무송이 형, 그러니까 배 팀장은 형수와 한복을 곱게 차려 입고 하객들을 맞이하고 있겠지. 어쩌면 돌잡이를 시작했을지도 모르겠다. 여기서 30분 정도 조사를 하고 있다가 네 시쯤 출발하면 되지 않겠나. 이렇게 스케줄을 정하고 적당히 시원한 공기를 마시며 걸어갔다. 여행사 직원, 아니 국정원 직원과 장풍형 무기를 쓰는 나만의 용의자와의 관계를 밝히기 위해서는 현장에 가 볼 필요가 있었다. 증거를 보강해서 동생에게 다시 한번 더 말해 볼 생각이었고, 동생이 그때도 신통찮은 반응을 보인다면 국정원에라도 직접 신고하리라 마음먹었다.

오피스텔을 50미터 정도 앞두고 횡단보도 신호를 기다리고 있는데, 희주가, 틀림없이 희주였다, 오피스텔에서 나온 후 대기하고 있던 검은색 제네시스 세단 조수석에 오르는 것을 보았다. 희주를 틀림없이 보았는데도 정말 희주를 본 것인지 확신이 들지 않았다. 장풍을 본 후유증 같은 것일까. 나는 신호등을 건넌 뒤 희주에게 전화를 해 보았다. 신호만 갈 뿐, 아무런 응답이 없었다. 음성사서함으로 넘어간다는 메시지가 흘러나오자 나는 전화를 끊었다.

운전석의 사람은 남자였다. 적어도 내 눈에는 그렇게 보였다. 검은색 제네시스 세단은 남성이 운전한다는 관성적이고 성차별적인, 그리고 당시 상황에선 합리적이기만 한 추론이었다.

누굴까?

전혀 짐작할 단서가 없었다. 일단 희주는 워크숍 복장이 아니었다. 회사의 1박 2일 워크숍이라면 보통 청바지에 편한 티셔츠 정도를 걸치기 마련이다. 특별히 차려입어야 하는 워크숍이라면 정장 차림을 할 수도 있긴 하다. 하지만 희주는 하늘거리는 원피스 차림이었다. 게다가 오늘은 토요일이 아닌 일요일 아닌가? 그렇다면 친구나 회사 동료의 결혼식장에라도 가는 걸까? 그럴 수도 있겠다. 회사 사람의 차를 얻어 타고 갈 수도 있으니 말이다. 그럼 운전석에 앉은 사내는 대표이사나 회사의 다른 임원인가? 그럼 왜 나에게는 1박 2일 워크숍을 간다고 한 거지?

나도 안다. 어떠한 추론으로도 이 상황에서는 빈틈을 메울 수 없다는 사실을.

희주가 탄 차량이 사라진 지 20분이 지나자 더 이상의 가설도 내 머릿속에서 떠오르지 않았다. 실타래가 엉킨 상태로 나는 '판단을 중지'하고 오피스텔 정문을 향해 걸어갔다. 후설은 얼마나 현명한 철학자인가!

　오피스텔의 정문과 엘리베이터 사이의 공간은 우주정거장같
이 고요했고 서늘했다. 1인 가구가 대부분인 소형 오피스텔 건물
이라서 그런지 일요일에도 돌아다니는 사람이 거의 없었다. 빌
딩은 수백 개의 거대한 침실로 이루어져 있었다.

　나는 사건 현장인 1405호실이 있는 14층으로 올라가기로 마음
을 정하고 엘리베이터 버튼을 눌렀다. 희주의 오피스텔 바로 두
개 층 위였다. 남파 공작원으로 추정되는 용의자는 피해자와 희
주가 거주하는 공간 사이에서 샌드위치처럼 끼여 살고 있었다.
용의자는 평소 오후 늦은 시간에 운동을 하러 나가는 것 같았지
만, 그래도 사람의 일이라는 것은 확신할 수가 없으니 조심해야
했다. 게다가 휴일이었다. 하지만 용의자가 내 얼굴을 기억할 것
같지는 않았다. 희주가 담배를 피워서 그 냄새가 위층으로 올라
가는 문제 때문에 용의자가 잔뜩 화가 나서 내려온 날, 희주의 오
피스텔에 있던 나와 얼굴이 마주치기는 했지만 사람의 얼굴을
기억하기에는 너무 짧은 순간이었다. 나나 그나 외모에 있어 특
별히 눈에 띄는 구석이 없었다. 실제로 공작원들이나 스파이들
은 미인계를 써야 하는 것처럼 특별한 경우가 아니라면 눈에 띄
는 외모를 가진 경우가 거의 없다고 하지 않는가.

　엘리베이터가 내 앞에 내려왔고 문이 열렸다. 나는 안으로 들
어가서 14층을 눌렀다. 그리고 엘리베이터 문이 닫히는 순간 나

는 문 열림 버튼을 여러 차례 눌렀다. 문이 다시 활짝 열렸다. 나는 잠깐 멈칫거리다가 그대로 내렸다. 주위를 둘러보았지만 아무도 없었다. 나는 오피스텔 정문으로 다시 몇 걸음 걸어갔다. 거주자들을 위한 우편함이 벽 한쪽을 빽빽이 채우고 있었다. 군데군데 찾아가지 않은 우편물들이 보였다. 건강보험공단, 보험사, 카드사, 국세청, 출판사, 법무법인, 화장품 회사, 엔지니어링 회사 등 온갖 조직들이 아직도 종이 우편으로 자신들의 의사를 전달하고 있었다. 나는 우편함 아래위를 부지런히 훑으며 1305호를 찾았다. 틀림없이 단순한 순서대로 배치해 놓았을 텐데도 백 단위의 가구가 사는 공간이라 미로처럼 느껴졌다. 겨우 그 미로 속에서 우편함 배열 규칙을 알아냈고, 마침내 '1305'라는 숫자가 선명하게 적힌 우편함을 찾아냈다. 찾아가지 않은 우편물이 있었다.

나는 심호흡을 하고 주위를 둘러보았다. 가을과 함께 엷어진 햇빛만이 오피스텔 정문을 통해 1층 복도로 들어와 있었고, 지나다니는 사람은 아무도 보이지 않았다. 우편함 맞은편의 경비실에도 '순찰 중'이라는 팻말만 덩그러니 걸려 있었다. 다시 한번 더 1305라는 숫자를 확인한 뒤 조심스럽게 우편물을 빼 들었다. 하나는 국민건강보험공단에서 보낸 것이었고, 다른 하나는 은행에서 온 것이었다. 수신자의 이름은 동일했다. 윤기풍.

'풍'이라는 마지막 글자가 왠지 '장풍'과도 무슨 관련이 있는 것처럼 느껴졌다. 나는 나름대로 추리를 해 보았다. 일단 건강보험료 고지서가 집으로 온 것을 보면 직장건강보험 가입자가 아니라는 의미였다. 즉, 직장인이 아니라는 말이다. 하긴 윤기풍처럼 평일 낮 시간에 공원에서 운동을 하는 직장인이 흔치는 않다. 윤기풍이 본명인지는 잘 모르겠지만, 어쨌건 공적 기관에서 인정하는 공식적인 이름을 확인할 수 있었다.

좀 더 얻어낼 정보가 없을까, 하고 머리를 굴리던 중 내 앞에 어떤 사람이 갑자기 나타나 바짝 붙어 섰다. 윤기풍이었다. 윤기풍은 내 손에 든 자신의 우편물과 내 얼굴을 번갈아 가며 노려보았다. 나는 개장수 앞의 개가 되었다.

내가 어찌할 바를 모르고 있는데, 다행히도, 정말 다행히도 윤기풍이 먼저 말을 걸었다.

"남의 우편물을 가지고 뭐 하시는 거예요?"

확실히 서울 억양이 아니다. 북쪽이다.

"아, 1205호인 줄 알고 제가 잘못 꺼냈네요."

그는 내가 건네는 우편물을 받아든 뒤 어디서 온 것인지 살폈다. 나는 가볍게 묵례를 한 뒤 엘리베이터 앞으로 갔다. 그도 내 뒤를 따라 엘리베이터 앞에 섰다. 엘리베이터는 세 대가 설치되어 있었다. 나는 세 군데 모두 올라가는 버튼을 눌렀다. 한 대가 먼저 1층에 도착했고 엘리베이터 문이 열렸다. 나는 윤기풍을 먼저 보내고 다음 엘리베이터를 타고 가려고 문 안으로 들어가지 않았다. 그런데 윤기풍 또한 내 옆에 선 채로 엘리베이터의 문이 닫힐 때까지 미동도 하지 않았다. 뒤편 엘리베이터가 도착했고 문이 열렸다. 내가 먼저 탔고, 윤기풍이 내 뒤에 바짝 붙어 선 채로 엘리베이터에 들어왔다. 문이 닫혔다. 나는 잠깐 망설이다가 12층 버튼을 눌렀다. 윤기풍은 13층을 눌렀다. 엘리베이터가 서서히 위로 올라갔다.

좁은 공간 안에 남파 공작원일지도 모르는 윤기풍과 단둘이 있다 보니 오금이 저렸다. 나는 엘리베이터 숫자 버튼이 있는 자리에 등을 바짝 붙이고 섰다. 자연스럽게 윤기풍은 내 뒤쪽에서 떨어져 나와 정면으로 보게 되었다. 나와 윤기풍 간의 거리는 팔하나보다는 훨씬 떨어져 있었다. 그 정도 거리라면 아무리 뛰어난 공작원이라고 해도 단번에 날 죽이긴 힘들다. 그리고 무엇보다 내가 그의 손짓 하나, 몸짓 하나 모두 감시하고 있는 상황이었다.

20년 전쯤일 것이다. 북한에서 한국으로 넘어온 주요 인사가 아파트 엘리베이터 앞에서 괴한 두 명으로부터 습격 및 권총 공격을 받고 병원으로 옮겨졌으나 10일 만에 사망한 사건이 있었다. 범인을 끝내 잡지는 못했으나 북한이 사용하는 권총의 탄피가 발견된 데다 범행 동기를 고려할 때 북한의 소행으로 추정되고 있다. 하지만 아직도 북한 암살요원들의 짓이 아니라고 믿는 사람들이 있는데, 그들의 주장은 무슨 전문 암살요원 두 명이 체

격이 평범한 사람 한 명을 제대로 제압하지 못해서 소란스런 몸
싸움을 벌이다 끝내 권총으로 쏜 뒤 달아났냐는 것이다. 아마 영
화에서 보듯 암살요원쯤 되면 암살 대상자의 목을 눈 깜짝할 사
이에 꺾어 버릴 수 있으리라 생각하겠지만, 세상일이란 것이 말
처럼 쉽지가 않다. 나는 이 사실을 고시촌에서 여러 번 깨달았
다.

하지만 독극물을 사용하면 얘기가 달라지므로 나는 윤기풍이
주머니에 손을 넣었을 때 피곤한 듯 양 손을 입으로 가져가 하품
을 가리는 척 연기를 했다. 얼굴과 목을 보호하고 갑작스런 공격
에 대처하기 위해서였다.

12층까지 올라가는 데 도대체 몇 분이나 걸릴까 궁금하기까지
할 만큼 긴 시간이 지난 후 엘리베이터 문이 열렸다. 나는 내릴
때도 뒷걸음쳐 내려서 윤기풍이 내 뒤를 공격하지 못하게끔 했
다. 엘리베이터 문이 닫힐 때 내 긴장도 같이 문을 닫았다.

20
/
칼
슘

'끝날 때까지 끝난 게 아닌 것'은 야구만이 아니었다. 내가 완전히 엘리베이터를 벗어났다고 생각하며 안도했을 때, 거의 닫혔던 엘리베이터 문이 다시 열렸다.

홍해가 갈라지듯 쫙 갈라진 엘리베이터 문 사이로 모세처럼 윤기풍이 걸어 나왔다. 맹견이 무섭다고 갑자기 뛰어 도망가거나 돌발적인 행동을 하면 물리고 만다. 무심한 척 가만히 있거나 자기 할 일을 하는 게 최선이라고 개 조련사가 어느 방송매체와 인터뷰한 얘기가 기억났다. 나는 아무 일도 없다는 듯 1205호, 희주가 살고 있는 호실로 천천히 걸어갔다. 윤기풍은 나와의 거리를 다섯 걸음 정도 유지한 채 따라오고 있었다.

나를 경찰이나 자신을 조사하는 국정원 사람으로 착각했을 수도 있겠다는 생각을 했다. 나도 국정원 직원처럼 평범하게 생겼으니까. 설마 CCTV가 있는데 권총으로 내 뒤통수를 쏘진 않겠지? 아니다. 몇 해 전 이스라엘 모사드 암살조가 전기 충격기를 이용해 팔레스타인 무장조직 하마스의 간부를 호텔에서 질식사시킬 때 망을 보던 여자 요원이 CCTV를 보며 환하게 웃던 장면이 떠올랐다. 얼굴이 노출되어도 성형수술을 하면 그만이다.

나는 심호흡을 크게 한 후 1205호실 앞에 섰다. 서퍼가 파도를 타기 위해 파도를 피하는 것이 아니라 오히려 파도 속으로 들어가야 한다는 우 과장의 조언이 떠올랐다. 윤기풍이 무기를 꺼내면 반대편으로 도망가지 않고 윤기풍에게 달려들어야 한다, 그래야 살 수 있는 확률이 더 높아진다라고 스스로를 설득시켰다. 이런 것이 이순신 장군님이 말씀하신 '사즉생생즉사'구나! 나는 비장한 각오를 다졌다.

물론 가장 좋은 시나리오는 내가 한 말을 윤기풍이 다 믿는 것이었다. 나는 스마트폰을 꺼내 SNS 대화방에서 예전에 희주가 가르쳐 준 비밀번호를 찾았다. 5785. 내가 현관 도어록에 손을 갖다 대자 숫자판이 나타났다. 오 칠 팔 팔. 숫자를 눌렀다. '삐삐삐삐' 하는 소리가 났다. 다시 스마트폰을 보니 숫자를 잘못 누른 것이었다. 나는 윤기풍을 힐끗 쳐다보았다. 그는 팔짱을 낀 채아예 대놓고 나를 감시하고 있었다. 나는 다시 하나하나 숫자를확인하며 눌렀다. 오 칠 팔 오.

삐삐삐삐.

이게 어찌된 일일까? 스마트폰을 다시 확인해 봤지만 숫자는 정확했다. 그 사이 희주가 비밀번호를 바꿨나?

내가 당황해하며 어찌할 바를 모르자 윤기풍이 팔짱을 꼈던 팔을 풀고 내게 다가왔다. 나는 몸을 45도 각도로 돌려 속칭 '선방'을 날릴 준비를 했다. 그가 가격 범위까지 들어왔다. 그러나 내 팔다리는 주인의 생각과는 전혀 반대로 축 늘어졌다. 꼬리를 내린 것이다. 아마 그에게서 특별한 체취가 났던 것 같다.

"여기 사는 거 아니죠?"

남북 대화 채널이 복구되었다.

"제가 사는 건 아니지만 제 여자친구가 사는 곳인데요. 왜 그러시죠?"

"아까 제 우편물을 본 것도 그렇고, 지금 문을 열지 못하는 것도 그렇고 아무튼 의심을 할 수밖에 없는 상황이잖아요."

"의심이라니 어떤 의심이요?"

윤기풍은 잠깐 망설이더니 대답했다.

"도둑이죠. 빈집털이 같은 거요."

이 인간은 나를 국정원 직원이 아니라 절도범으로 본 것이다. 기분이 갑자기 확 나빠졌다. 나도 좀 강하게 나가 보았다.

"지금 도둑이라고 하셨어요? 나, 참."

기분 나쁘다는 식으로 말을 한 뒤 다시 엘리베이터가 있는 쪽으로 되돌아가려고 했지만, 윤기풍이 내 앞을 막아섰다.

"그냥은 못 가죠."

"그냥 못 가면요? 경찰이에요?"

"경찰은 아니에요. 그럼 경찰에 신고할 테니까 경찰 올 때까지 기다리세요."

경찰이 온다고 해도 내가 특별히 손해 볼 건 없었다. 하지만 돌잔치 시간이 애매했다. 시계를 보니 네 시 20분을 지나고 있었다. 예상치 못한 일들이 시간을 많이 잡아먹었다. 지금은 돌잔치 장소로 출발을 해야 했다. 경찰이 와서 조사를 할 때까지 기다릴 수가 없었다.

"저 이상한 사람 아닙니다. 신분증이라도 보여 드릴까요?"

"신분증에 주소지가 이곳으로 되어 있나요?"

"그건 아닌데요."

"그럼 제가 그쪽 신분증을 본다고 해서 달라질 건 없죠. 주민등록증이나 운전면허증에 직업이 나오는 건 아니니까요."

그저께 내가 팀 회식 자리에 결국 가지 못해서 배 팀장이 삐졌다는 명 주임의 말이 떠올랐다.

"제 직업이 궁금하시면 제 명함을 드릴게요."

내가 지갑을 꺼내 비상용으로 가지고 다니는 명함 석 장 중 하나를 윤기풍에게 주었다. 윤기풍은 명함을 받더니 내용을 찬찬히 살펴보았다. 그리고는 내 얼굴을 유심히 보았다. 나는 주민등록증도 지갑에서 꺼냈다.

"자, 그럼 명함에 있는 이름하고 주민등록증 이름하고, 제 얼굴하고 잘 살펴보세요. 그렇게 의심이 나시면요."

윤기풍은 내 명함을 자기 바지 주머니에 넣었고, 주민등록증은 나에게 다시 돌려주었다. 그런데 이상하리만치 아무 말도 하지 않고 복도를 걸어 엘리베이터 쪽으로 가 버렸다. 사람을 잘못 봤다고 사과라도 해야 하는 것 아닌가, 따져 묻고 싶었지만 그것은 내 시야에서 윤기풍이 사라지고 난 뒤 든 생각이었다.

한편으로는 이것이 끝이 아니라는 기분도 들었다. 내 신원을 확인한 이상 그가 남파 공작원이라면 언제든 날 제거할 수 있을 것이다. 그래도 일단 윤기풍은 내 신원에 대한 의심은 걷은 것 같았다. 반대로 그가 남파 공작원일지도 모른다는 나의 의심은 사라지지 않았다. 왜냐하면 자신의 우편물을 살펴보았다고 해서 12층까지 따라와 내가 거주하는 사람인지 확인한 것은 지나친 반응이었기 때문이다. 아닌가? 정말 빈집털이범이라고 생각할 수도 있었을까? 일요일 대낮에 빈집을 터는 빈집털이범도 있나? 내 복장도 돌잔치 때문에 캐주얼하긴 하지만 재킷까지 걸친 상태였다. 그런 복장으로 빈집을 턴다고 상상할 수 있을까?

아차, 돌잔치!

21
/
스
칸
듐

돌잔치가 열리고 있는, 아니 열렸던 뷔페 음식점에 도착했을 때는 이미 여섯 시 10분 전이었다. 내가 엘리베이터에서 내려 음식점 문으로 향할 때 사람들이 마구 쏟아져 나오고 있었다. 그중에는 명 주임도 있었다.

"이제 오시는 거예요? 다 끝났는데. 음식도 못 드시겠네요. 안에 팀장님 있으니까 눈도장이라도 찍고 오세요."

명 주임이 특유의 억양으로 내가 할 일을 명확히 인식시켜 주었다. '강물을 거슬러 올라가는 힘찬 연어'처럼 사람들 틈을 헤집고 안으로 들어갔다.

"이게 누구야? 이정우잖아!"

무진의 농협 조합장 아들이자 내 고교 1년 선배, 그리고 배 팀장의 절친인 강창명 선배였다.

　"안녕하셨어요?"

　나는 고개를 숙이지 않고 인사말을 건넸다. 고교 시절에는 1년 차이도 엄청났지만 지금은 당시 쩔쩔 맸던 시간이 우습게만 느껴졌다.

　"이게 얼마만이야? 10년? 너 고시 공부한다고 명절 때 고향에도 안 내려오니 도통 볼 수가 있나. 어떻게 지내니?"

　"잘 지냅니다."

　"얌마, 그걸 묻는 게 아니잖아."

　강창명 선배와 이야기를 시작하면 시간이 한참 걸릴 것 같아서 "일단 무송이 형한테 축하인사 좀 하고 오고요."라고 양해를 구했다.

　"그래, 얼른 가서 인사하고 다시 와."

　선배의 명령조의 말에 약간 비위가 상했지만 겉으로는 웃고 넘어갔다.

　배 팀장은 보라색 한복을 입고 있었다. 형수는 딴 데 있는지 보이지 않았다. 내가 가까이 다가가자 "야, 너 언제 왔어?"라고 말하며 반갑게 맞았다.

　"지금 막 왔어요. 늦게 와서 미안해요."

　"아니야. 그런데 무슨 일 있어?"

"아니요. 그냥 이것저것 갑자기 일이 생겨서요."

"여자친구 문제?"

"그것도 약간."

"그래, 복잡한 얘기 안 물을게. 창명이 왔는데, 얼굴 봐야지. 잠깐만, 걔가 어디 있더라……."

"조금 전에 봤어요."

"그래? 그럼 같이 술 마시고 있어. 나도 여기 정리하는 대로 바로 쫓아갈 거니까."

내가 대답을 망설이는 사이 형수가 분홍빛 한복을 입고 둘째 아이를 안은 채 가까이 왔다. "안녕하세요." 우리는 동시에 서로 인사를 했다. 나는 재킷 안주머니에서 봉투를 꺼내 형수에게 안긴 아기에게 건넸다. 아이가 잠깐 집는 시늉을 했고 형수가 다시 받아 "고맙습니다."라고 말하며 메고 있던 가방 안에 넣었다.

"야, 너 아직 월급도 안 받았는데 이러면 너무 부담되는 거 아니냐?"

배 팀장이 껄껄 웃으며 내 등을 두드렸다.

"얼마 못 넣었어요. 죄송해요."

"쓸데없는 소리 한다. 창명이하고 같이 가. 내 금방 따라갈게."

나는 다시 음식점 문 앞으로 갔다. 내 뒤에서 "지금 어딜 가? 어른들 다 계신데, 나 혼자 어떻게 하라는 거야? 당신은 생각이 있는 사람이야, 없는 사람이야?"라는 형수의 볼멘소리가 들렸다.

문밖으로 나와 복도 끝에 있는 엘리베이터 쪽을 바라보니 창명 선배가 자기 또래의 남자 두 명과 웃으며 얘기를 하고 있었다. 다른 사람들이 엘리베이터에 탑승할 때도 타지 않고 그대로 있는 것을 보니 나를 기다리고 있는 듯했다. 나는 엘리베이터와 음식점 문 중간에 있는 화장실로 얼른 들어갔다. 이제 여섯 시가 조금 넘었을 뿐인데 밤 열한 시나 밤 열두 시는 된 기분이었다. 많이 지쳤다.

화장실 세면대 앞에서 15분 정도 있었던 것 같다. 이 정도 시간 이면 나와 길이 어긋났다고 생각하고 그냥 갔겠지 싶어 복도로 나왔다. 하지만 그들은 아직 엘리베이터 앞에 있었다. 창명 선배가 날 봤는지 자기 쪽으로 오라고 손짓을 했다. 엘리베이터 앞으로 갔다.

"야, 한참 기다렸잖아. 후배가 선배를 이렇게 기다리게 해도 되냐? 빠져가지고는."

창명 선배는 호탕하게 웃으며 말했지만 눈에서 드러나는 표정은 기분이 좀 상한 듯 보였다. 그는 여전히 고등학교 시절의 선후배 관계를 잊지 못하고 있는 것 같았다.

"인사들 해."

선배와 같이 있던 남자 두 명 중 한 명은 보험사 직원이었다. 알고 봤더니 선배도 보험사의 외주 손해사정업체 관리부서에 근무하고 있었다. 다른 한 명은 또 다른 손해사정법인의 직원이었다. 나이는 마흔 중반쯤 돼 보였다. 명함을 보니 직급이 이사였다.

네 명이서 엘리베이터를 타고 내려가는데 참 이상하게 얽힌 조합이라는 생각이 들었다. 고향 선후배, 회사 선후배, 거래처 관계자, 경쟁업체 관계자……. 한 달 전만 해도 가족 말고는 외딴 섬 같은 존재였는데, 이제는 시인 존 던의 시에 나오는 표현처럼 '대륙의 일부'가 된 것이다. 지하 2층에 도착했음을 알리는 엘리베이터 벨 소리가 울렸다.

세 사람은 한 차를 타고 이곳까지 왔다고 했다. 이미 다들 돌잔치 음식을 잔뜩 먹은 뒤인 데다가 내일이 월요일인 점을 고려해서 술집 대신 스크린 골프장으로 장소를 정했다.

차를 타고 20분쯤 가서 지하 6층 주차장에 주차를 한 후 다시 지하 1층까지 올라갔다. 세 사람은 골프를 쳤고, 나는 소파 한쪽 구석에 앉아서 맥주를 마셨다.

"맞다. 너 늦게 와서 저녁을 못 먹었지?"

"괜찮아요. 맥주 마시면 되죠."

"그래도 요기가 될 만한 것을 안주로 같이 먹어야지."

창명 선배가 인터폰으로 양념 순살 치킨을 주문했다.

"너 로메리고에 있다는 이야기는 무송이한테 들었어. 요즘에는 변호사들도 예전 같지가 않다고 하지만 그래도 변호사는 변호사지. 초봉이 1억 넘는 변호사들도 수두룩하니까. 그냥 예전 같지 않다는 얘기에 불과해. 하긴 네가 더 잘 알겠지. 아무튼 나는 어설프게 위로하고 그러진 않는다."

창명 선배의 말이 맞다. 의사, 변호사들의 투정은 예전 같지 않다는 이야기이지 그래도 의사는 의사고, 변호사는 변호사다. 잘된 사례는 접어 두고 잘되지 못한 사례만 추린 후 그게 마치 전체인 양 언론에서는 보도한다. 그런 보도를 보고 사람들은 위안을 삼는다. 어쩌면 창명 선배는 나를 보면서 위안을 삼고 있는지도 모르겠다. 창명 선배는 고향에서 가까운, 대표적인 국립대학 법대에 입학했다. 나만큼은 아니지만 공부를 상당히 잘했는데, 선배의 아버지는 자기 자식이 우리나라에서 제일 알아주는 대학에 가지 못할 바에야 고향 인근의 대학을 나와 고향에서 계속 살기를 바랐다. 자신이 고생고생해서 고향에 닦아놓은 기반에 더해 지방의 대표적인 국립대까지 나오면 언젠가는 자신의 아들이 지역구 국회의원까지도 될 수 있을 거라는 거창한 꿈을 품고 있는 분이었다.

선배는 자기 아버지의 포부 이야기를 내가 고시 공부를 막 시작했을 무렵이자, 반대로 선배는 지방에서 신림동 고시촌까지 올라와 딱 1년 공부를 한 뒤 공부를 접고 고향으로 내려가는 짐을 싸고 있을 무렵 나에게 해 주었다.

세상에는 마음대로 되지 않는 게 세 가지가 있다고 한다. 자식과 주식과 고스톱. 창명 선배가 아버지의 바람과 달리 취업해서 서울에 터를 잡고 사는 걸 보니 자식은 확실히 마음대로 되지 않는가 보다.

양념 순살 치킨이 도착했을 때 배 팀장도 함께 안으로 들어왔다. 골프를 치는 사람들도 골프채를 놓아 두고 테이블로 와서 캔맥주를 마셨다.

"중소기업이 원래 직급 인플레가 심하다지만 서른세 살에 팀장은 좀 그렇지 않나?"

창명 선배가 배 팀장과 캔을 부딪치며 말했다.

"스물아홉 살짜리 팀장도 있고, 나보다 세 살 많은 부장도 있다. 이쪽이 좀 플렉시블하지. 반대로 마흔 살 대리도 있고, 쉰 살 차장도 있어. 꼭 인플레만 있는 건 아니고 디플레도 있으니까 너무 배 아파 하지 마, 강창명 대리."

"직장 생활 정말 빡세게 했는데 결국 대리로 마감하는구나. 과장도 못돼 보고, 하하하."

"정말 관두기로 결정한 거야?"

"목요일에 사표 냈어."

창명 선배가 맥주를 들이켜며 쓴 표정을 지었다.

"그래도 너야 무슨 걱정이 있겠냐. 비빌 언덕이 있는데. 너희 아버지가 알아서 해 주시겠지."

"그런 소리 좀 하지 마라. 누가 들으면 재벌 아들인 줄 알겠네. 비빌 언덕 읍다."

"다 비벼 놓고서는 비빌 언덕이 없대. 고향 가니까 좋냐? 사투리도 막 쓰고?"

"좋지. 서울 생활이란 게 너무 정신이 없잖아. 하루 가 버리고, 한 주 가 버리고, 한 달 가 버리고, 일 년 가 버리고. 그렇게 휙 가 버리고 남는 게 없어."

"돈이 남지."

"돈도 안 남아. 서울은 집값부터가 문제야."

네 사람 모두 이 부분에서 한마음이 되어 다 같이 캔을 부딪치고 맥주를 들이켰다.

"아까 인사는 했지? 정인식 대리인데 나하고 같은 부서에서 일을 쭉 했어. 나이는 나보다 한 살 적으니까 정우하고 같겠네. 술 한잔 쭉 들이켜고 나이로 호적 정리를 하자. 형님, 한 말씀 하시죠."

유앤어스 손해사정법인의 허민규 이사가 따지 않은 캔맥주를 우리에게 하나씩 나눠 주었다.

"명색이 도원결의인데 한 캔씩은 원샷 해야겠지?"

"당연하죠."

창명 선배와 배 팀장이 호응했다.

"천지신명이시여, 지금 우리는 비록 성은 다르지만, 형제의 의를 맺고자 합니다. 각자가 어려움에 처하면 몸과 마음을 다해 서로 도우며, 태어난 날은 다르더라도 한날한시에 죽을 수 있도록 해 주소서. 의리를 배반하는 자는 결코 용서하지 마시고, 천벌을 내려 그 명을 거두소서."

나는 황건적이라도 토벌하는 듯한 이런 말과 행동이 우스웠지만, 허민규 이사가 워낙 비장하게 결의를 낭독하기에 숙연한 척 눈을 감고 있었다. 적막을 깨고 창명 선배가 키득거리며 웃었다. 허 이사가 정색을 하고 물었다.

"왜 웃냐?"

"한날한시에 죽으면 형이나 좋지, 우리는 뭐예요?"

"그런가? 그럼 각자 명대로 살게끔 해 주소서. 됐지?"

모두 다 "네!"라고 우렁차게 대답한 뒤 캔 하나씩을 다 비웠다.

"내가 없더라도 인식이가 잘 챙겨 줄 거야. 배 팀장하고는 원래부터 안면이 좀 있잖아. 지금부터 네 형이니까 잘해. 정우하고 인식이하고는 쌍둥이 형제처럼 잘 지내고."

"네."

나와 정인식 대리가 서로 쳐다보며 눈인사를 했다.

"정우야. 금요일에 네가 회식 빠져서 지금 얘기하는 건데, 우리 2주 있다가 민규 형네로 갈 거야."

무슨 뜻인지 전혀 짐작이 되지 않았다.

"무슨 말인지 이해가 안 가네요."

"회사 옮긴다고! 너하고 나하고 우리 팀 전부 다."

나는 두 가지 이유로 당황스러웠다. 하나는 이직이라는 거창

한 일이 주는 낯섦 때문이었고, 다른 하나는 나의 이직을 나에게 의논 한 번 없이 배 팀장이 결정해 버렸다는 사실이었다. 나는 무언의 침묵으로 불쾌감을 드러냈으나 배 팀장에게 전달되지는 않은 것 같다. 그는 아무렇지 않게 말을 이었다.

"너는 잘 모르지만 유앤어스 손해사정은 인보험으로 급속히 크고 있는 회사야. 인보험이 뭔지는 알지?"

"네. 질병보험, 상해보험, 사망보험 같은 거 말하는 거죠?"

"응. 사람의 신체와 관련한 보험이지. 유앤어스에서 넉넉한 자금력을 바탕으로 화재보험이나 특종보험 같은 물보험 쪽으로도 진출하려고 하고 있어. 재물팀하고 배상책임팀, 둘 다 꾸릴 거야. 그래서 우리 대인 배상책임팀 전체가 아예 통째로 넘어가려고. 재물 계통은 이미 다른 회사 사람하고 얘기가 다 끝났대. 우리도 얘기는 다 끝났는데, 물량 문제하고 기존 미결 건들 처리 관계 때문에 보험사의 암묵적인 동의가 있어야 해서 작업하고 있는 중이야."

무슨 말인지 이해가 잘 되지 않았다. 답답했다.

올 여름, 행정법 과목 시험지를 받아들었을 때도 그랬다. 사법시험 2차 서술형 시험에서는 복잡한 사실관계에서 발생하는 법적 문제의 쟁점을 파악하는 것이 제일 먼저 해야 하는 일이다. 쟁점을 잘못 파악하면 그 답안은 논점 일탈이라는 나락으로 떨어지게 된다. 그래서 아차 하면 과락이 되기 일쑤다. 심사숙고할 시간이 없기 때문에 여러 번의 모의고사를 통해 문제의 유형을 외운다. 그리고 그와 관련된 학설과 판례도 외운다. 이해라는 것도 암기를 좀 더 잘하기 위한 이해에 불과하다. 이해했지만 외우지 못한 사람보다는 이해하지 못했더라도 외운 사람이 소위 '장땡'이다. 1타 강사들은 과목에 상관없이 암기를 강조했다. 이해하려 하지 마세요. 그러면 떨어집니다. 줄이는 공부를 하세요. 법전만 제공되지 교재나 공부한 노트까지 볼 수 있는 완전한 오픈 북 시험이 아니잖아요. 암기는 머리로 하는 게 아닙니다. 두뇌는 암기를 싫어해요. 암기는 엉덩이로 하는 겁니다. 반복, 반복, 반복.

배 팀장은 내가 이해하기를 기대하지도 바라지도 않는 눈치였다.

"팀원 중에 잔류를 희망하거나 우리 회사로 이직하는 거 반대하는 사람은 없어?"

"당연히 없죠. 내 새끼들은 내가 알아서 챙기는 거죠. 저는 충성심 하나만 봐요. 좀 못나도 충성심과 의리만 있으면 제가 다 거둬 먹입니다."

허 이사와 배 팀장의 대화를 듣던 정인식 대리가 피식 하고 웃었다.

"'내 새끼'라는 말이 귀에 거슬리네요. 도대체 회사 입사를 고작 몇 년 먼저 한 게 부모자식 간의 관계에 빗댈 만큼 그렇게 대단한 겁니까? 하하."

웃음에 가소롭고 한심하다는 느낌이 묻어 나왔다. 창명 선배가 정 대리를 나무랐다.

"야, 정인식. 내가 이제부터 무송이를 형이라고 생각하라고 했지?"

정 대리가 고개를 돌려 딴청을 피우자 창명 선배가 더 강하게 말했다.

"야, 고개 돌려서 나를 쳐다봐. 인마, 날 쳐다보라고!"

정 대리가 고개를 돌려 창명 선배를 노려보았다.

"뭘 째려봐? 네 생각에는 네가 보험회사 다니니까 이쪽에 대해 갑인가 보다 이렇게 느끼나 본데, 너나 여기 사람들이나 다 입장이 똑같아. 여기에서 진짜 갑은 나밖에 없어. 너도 어차피 정규직원이 아니잖아. 외주회사 직원인데 파견 나와서 정규직원 급여 절반 조금 넘게 받고 일하고 있는 거잖아. 그러면 세상 어려움도 좀 알고, 네 생각하고 좀 안 맞는 것도 그러려니 하면서 넘어갈 줄 알아야지. 면전에다 대고 무송이 무안을 주면 갑질하는 것밖에 더 되냐? 갑도 아니면서 갑질하는 거, 그게 바로 호가호위하는 거잖아."

이번엔 배 팀장이 창명 선배를 말렸다.

"네가 더 흥분한 거 같네. 나 기분 나쁜 거 하나도 없어. 정 대리 말대로 내 나이에 몇 살 어린 직원들보고 '내 새끼' 어쩌네 하는 것도 웃긴 건 사실이잖아."

허 이사까지 정 대리에게 힘을 실었다.

"그래. 정 대리 말이 틀린 게 없어. 창명이 네가 좀 심했다. 비정규직 얘기까지 꺼내고 말이야."

갑은 갑이요, 을은 을이다. 도원결의가 무색해졌다. 업계를 떠나는 창명 선배는 이제 더 이상 갑이 아니었다. 개가 서열의 냄새를 맡듯 허 이사와 배 팀장은 자신의 갑이 누군지 정확히 판별해 냈다. 본능이다. 이 예민한 후각이 허 이사와 배 팀장을 업계에서 상당히 빨리 커 나가게 했다. 후각이 무뎌지면 더 이상 짐승이 아니다. 사람이다. 생존하려면 사람이 아닌 짐승이 되어야 한다.

"그래, 미안. 말이 헛나왔다. 술이 좀 됐나 보다."

"아니에요. 제가 죄송하죠."

"우리 이거 마시고 털어 버리자."

창명 선배와 정 대리는 어색하게 화해를 했고, 나머지 세 사람도 덩달아 맥주를 비웠다. 하지만 앙금을 완전히 떨쳐 버리지는 못했는지 침묵이 이어지다가 그 침묵의 어색함을 참지 못한 누군가가 별 의미 없는 말을 꺼내 침묵을 깼다가 다시 침묵이 이어지다가, 그런 과정을 몇 번 거친 후 스크린 골프장에서 나왔다. 시계를 보니 아홉 시 15분이었다.

누구 하나 2차를 가자는 말을 꺼내지 않았다. 오늘은 평일이 아니니까 이쯤에서 끝내야 한다는 묵계가 성립되었다. 배 팀장과 창명 선배는 건물 로비에서 대리기사들을 만난 후 같이 지하 2층으로 내려갔다. 나머지 세 사람은 밖으로 나왔다. 거리는 사람들로 북적댔다. 근처 화장품 매장에서 철 지난 댄스 음악이 흥겹게 흘러나왔다. 'EXID(이엑스아이디)'라는 걸그룹의 〈위아래〉였다.

- 위 아래 위 위 아래 위 아래 위 위 아래
- 위 아래 위 위 아래 업~
- 위 아래 위 위 아래 위 아래 위 위 아래
- 위 아래 위 위 아래 다운~

음악을 듣고 있던 허 이사가 정 대리보고 말했다.
"영업이란 게 위만 해서 되는 건 아니고 위, 아래 다 같이 해야 효과가 있죠. 내가 신경 많이 쓸게요."
"윗분들한테나 영업하시면 되고, 우리 실무자들이야 무난하게 일만 처리되면 되지 딴 거 필요 없습니다."
셋은 악수를 하고 지하철역에서 헤어졌다. 후렴 부분이 귀에 계속 맴돌았다. 정말 귀를 잡아끄는 후크송이었다.

22
티타늄

8호선을 타고 잠실에 도착한 뒤, 다시 2호선으로 갈아탔다. 사람들로 꽤 붐볐으나 출퇴근 시간처럼 꽉 차지는 않았다. 지하철 안에서 희주에게 전화를 했다. 신호는 갔지만 전화는 받지 않았다.

지하철이 강남역에 정차하자 사람들로 미어터졌다. 무엇이 이 많은 사람들로 하여금 이곳에 모이도록 만들었을까. 왜 하필 강남일까. 왜 하필 서울일까.

고향 무진으로 내려간다는 창명 선배의 말에 잠깐 가슴이 설렜다. 안개가 보고 싶었다. 여기 빽빽한 사람들 틈에서 나는 외로운 섬이었다. 대양에 커다란 파도가 일듯 지하철이 흔들릴 때마다 사람들도 한 방향으로 휩쓸렸으나, 모두 개개의 섬일 뿐이었다.

모르겠다. 서울 토박이들에겐 이곳이 섬이 아니고 대륙이려나.

술을 마시고 싶었다. 아까 마신 것은 술이 아니었다. 진짜 술을 마시고 싶었다. SNS 메신저의 친구 목록을 보았다. 기다란 목록 속에서 저마다 행복한 사진을 앞에 내세우고 있었다. 정말 행복하니?

지하철이 내가 내려야 하는 역에 정차했다. 그러나 나는 내리지 않았다. 문은 다시 닫혔고 지하철은 내가 어디로 갈지 알고 있다는 듯 빠르게 내달렸다. 그리고 희주가 살고 있는 오피스텔 가까운 지하철역에 나를 떨구었다.

나는 오피스텔로 가지 않았다. 대신 맞은편 상가 건물로 들어갔다. 중앙 엘리베이터로 가서 12층 버튼을 눌렀다. 엘리베이터에서 내리니 엘리베이터에서 삐져나온 불빛에 아이들 영어 학원 입간판이 잠깐 눈에 들어왔다 사라졌다. 일요일 밤이라서 조용하고 깜깜했다. 실내에는 비상구를 알려주는 비상등 외에는 전혀 불빛이 없었다. 나는 발코니로 나가는 문을 열었다. 차가운 공기가 내 얼굴을 덮쳤다. 술이 깨는 느낌이었다. 발코니 가운데로 천천히 걸어간 뒤 맞은편 오피스텔을 바라보았다. 우뚝이 선 빌딩 벽에 자그마한 창문들이 알알이 박혀 하나의 거대한 벌집을 이루었다. 지난 일주일 동안 꿀을 모으느라 힘들었던 일벌들이 지금은 편안한 휴식을 취할 시간이었다. 일정하지 않은 패턴으로 오피스텔 전등이 켜져 있어 오피스텔의 풍경은 클림트의 그림 〈키스〉처럼 몽환적이 되어 갔다. 희주의 방은 불이 켜져 있었다. 반가운 기분이 들었다.

희주는 맞은편에서 방 안을 훤히 볼 수 있다는 사실을 전혀 모르는지 블라인드를 치지 않은 채 TV를 켜 놓고선 싱크대에서 뭔가를 만들고 있었다. 드립식 커피에 뜨거운 물을 붓는 것 같았다. 나는 스마트폰을 꺼내 그녀에게 전화를 걸었다. 신호음이 들렸다.

희주가 책상 위를 쳐다보았다. 그리고 책상 위의 스마트폰을 들고 발신자를 확인했다. 신호가 계속 갔다. 하지만 그녀는 스마트폰을 책상 위에 다시 내려놓고는 싱크대로 가서 뜨거운 물을 마저 분쇄 커피에 부었다.

나는 전화의 발신중지 버튼을 눌렀다. 희주가 책상 위를 한 번 더 쳐다보았다.

사람의 마음은 참 이상하다. 그 순간보다 그녀가 더 보고 싶었던 적이 없었다. 그때보다 더 그녀를 안고 싶었던 적이 없었다. 그때가 내가 그녀를 가장 사랑하는 순간이라고, 나는 분명하게 느꼈다.

어째서일까?

사랑이란 소유가 아니라고들 말한다. 하지만 나는 그녀를 소유하고 싶었다. 그녀를 가지고 싶었다. 사랑이 소유가 아니라면 나는 그녀를 사랑하지 않는 것이었다. 강렬한 열망에 취해 나는 야심한 시각까지 발코니를 떠나지 못하고 우두커니 서 있었고, 희주가 평소 습관대로 방 안의 불을 그대로 켜 놓은 채 침대에 눕는 것을 보고 나서야 건물을 빠져나왔다.

23
/ 바나듐

사람은 일 년에 쉰두 번 겨울잠을 잔다. 개구리도 겨울잠을 잔다.

월요일 정오는 되어야 경칩이라 할 수 있다. 월요일 아침은 경칩 전에 미리 깬 개구리들이 폴짝거리는 시간이다. 신길역까지 버스를 타고 가서 다시 지하철 5호선으로 갈아탔다. 비좁은 인파 속을 제법 뚫고 지나가는 폼을 보니 나도 이제 어엿한 직장인이 된 것 같았다. 인간은 적응의 동물이므로, 이 모든 것이 익숙해질 것이다. 익숙해지면 이 괴로움이 무덤덤해질까?

여의도역의 문이 열렸는데 미처 내리는 줄 몰랐다가 뒤늦게 부랴부랴 하차하는 승객의 하이힐이 내 발등을 밟고 지나갔다.

아! 나도 모르게 짧은 비명이 나왔다. 그러나 짧은 비명이 끝나기도 전에 승객은 사라지고 없었다. 사소하게 발 한 번 밟힌 건데도 공덕역에 내릴 때까지 기분이 좋지 않았다.

사무실에 들어서자 먼저 출근한 직원들이 전우의 안부라도 묻듯 인사를 한다.

모니터를 켜고 회사 업무 시스템에 로그인을 하자 사내 메신저의 팝업창이 뜨며 새로운 메시지가 도착했음을 알려주었다. 클릭해서 열어 보니 돌잔치에 참석해 줘서 고맙다는 배 팀장의 메시지였다. 이 메시지는 참석한 사람들에게 보내는 메시지라기보다는 참석하지 않은 사람들에게 보내는 메시지라는 것을 사람들은 다 안다.

"자, 우리 팀 회의실로 집합!"

배 팀장이 손뼉을 세 번 치며 팀원들을 회의실로 불러 모았다. 배 팀장을 포함해서 우재우 과장, 나, 명성원 주임, 현태민 주임까지 다섯 명의 인원이 회의실 문을 차례대로 열고 들어갔다. 저마다 손에는 믹스커피가 담긴 종이컵과 업무용 수첩이 들려 있었다. 믹스커피의 달달한 향이 회의실에 가득 퍼졌다. 이런 게 월요일 아침이구나. 나는 사회에서의 세 번째 월요일 아침을 머릿속에 새겼다.

"독수리 오형제 같군. 주말들 잘 보냈냐? 어제는 와 줘서 고마웠어."

각자 자신의 주말에 관해 짧게 얘기했다. 다들 특별한 일은 없었다. 가족들과 마트에 갔거나, 동생을 오랜만에 만나서 술을 마셨거나, 혼자 텔레비전을 늘어지게 봤거나, 지방에 떨어져 있는 애인을 만나 영화 보고 차 마신 정도였다. 주말은 주말 나름의 일상이 있다.

"태민아."

"네?"

"돌잔치 못 오면, 못 오는 거지. 뭐 하러 명 주임 편에 봉투를 보내냐? 너 혼자 서울에 사니까 밥 먹으러 오라는 거였는데. 암튼 준 거니까 고맙게는 받았다."

현 주임은 배 팀장의 고맙다는 말에 황송한 표정으로 고개를 끄덕이며 어색한 웃음을 지어 보였다. 배 팀장의 말투는 어른스럽다. 서른세 살의 언어가 아니라 마흔세 살의 언어다. 팀장이라는 지위가 그렇게 만든 것일까? 아니면 고된 사회생활의 경험으로 터득한 나름의 노하우일까? 상대적으로 어린 나이에 사업체를 물려받은 어느 재벌 총수는 일부러 나이 들어 보이려고 머리를 올백으로 넘겼다는 얘기를 들은 적이 있다. 배 팀장의 머리를 가만히 살펴보았다. 올백은 아니고 짧은 스포츠 머리였다. 레옹 스타일이기보다는 군인 스타일에 가까웠다. 나는 저돌적인 사람이다. 내 앞을 가로막지 마라. 그는 그렇게 말하고 있었다.

"금요일에 본부장 가고 나서 우리끼리 한 얘기 절대 딴 데 새어

나가선 안 된다. 유앤어스하고는 얘기가 다 됐고, 보험사하고 협의가 진행되고 있어. 보험사 입장에선 로메리고에 발주한 사건들이 제대로 처리 안 되고, 사람 없다고 붕 떠버리면 곤란하니까, 여기서 우리 팀이 진행하고 있는 사건들을 유앤어스로 죄다 이관시키면 어떨까 고민 중이거든."

배 팀장의 말이 끝나자마자 명 주임이 의문을 표했다.

"이해가 안 가는 게, 아무리 보험사가 갑이라지만 회사보고 건을 넘기라고 얘기하진 못하는 거 아닌가요? 건 처리하는 기간 동안 로메리고가 직원들 월급도 주고 사무실 비용에 각종 집기류, 기타 비용 싹 다 부담했는데, 갑자기 다른 업체로 건을 넘기라고 한다? 그건 아니잖아요."

"사건을 공짜로 넘기라고야 하겠냐. 그동안 사건 조사하는 데 들어간 비용을 지급하라고 유앤어스한테 얘기하겠지. 보험사는 로메리고한테 이렇게 얘기하는 거야. 너희들이 직원 관리를 부실하게 해서 한 개 팀이 단체로 다른 업체로 이직해 버렸다. 그 직원들이 조사하고 있던 사건들을 계속 맡아서 잘 처리할 자신이 있으면 계속 너희가 맡고, 그럴 자신이 없으면 유앤어스로 넘겨라. 대신 유앤어스한테 말해서 어느 정도 비용을 보상하라고 할게. 이러면 로메리고도 할 말이 없지."

팀원들이 조용히 있자, 팀장이 다시 말을 이었다.

"아무 걱정 할 것 없어. 한 달이면 다 끝나. 내가 다 알아서 너희들 좋도록 해 놓을 거니까 나만 믿고 따라오면 돼. 알겠지?"

모두 "네."라고 대답은 했지만, 대답에는 미심쩍음이 묻어 나왔다. 회의실을 나와 각자의 자리로 돌아갔다. 명 주임이 둘이서 얘기 좀 하자고 해서 건물 밖에 있는 편의점 앞 테이블로 가서 앉았다. 명 주임이 내가 먹을 요구르트와 자기가 피울 담배를 사가지고 내 맞은편에 앉았다.

"대리님은 팀장님이 하자는 대로 해도 크게 상관은 없죠? 오히려 더 낫겠네요. 지금은 직급이 대리지만 사원 월급 받는데, 거기 가면 대리 월급 받을 거 아니에요. 로메리고나 유앤어스나 직원들 연봉 테이블은 비슷할 거예요."

명 주임이 담배를 깊게 피웠다.

"너는 옮기기 싫은가 보지?"

"저도 상관은 없어요. 어디나 비슷하겠죠. 그런데 제 생각에는 팀장님 계획대로 못 옮길 것 같아요."

"왜?"

"이직이 확정되려면 앞으로 한 달이나 남았다는데, 그 사이 무슨 일이 벌어질지 알아서요? 말이 다 새지. 특히 우재우 과장은 내년에 배상책임 2팀 꾸려지면 거기 팀장 할 생각이었는데, 괜히 팀장님 따라 회사 옮겨 봐야 좋을 게 없죠."

"그런데 회사에 배상책임팀이 하나밖에 없는데 왜 굳이 1팀이라고 하는 거냐? 명함에도 1팀으로 나와 있고."

"올해 여름까지는 2팀이 있었어요. 그런데 직원들이 여러 명 관두면서 1개 팀으로 재편성된 거죠."

"그래?"

"모르시는구나. 회사 입장에서 기존 팀장들이 급여는 많이 받는데 별로 하는 일이 없으니까 내보낸 거죠. 1팀장, 2팀장 모두 다 보험사에 대한 영업력이 있는 것도 아니고, 그렇다고 조사 실무를 하는 것도 아니고, 직원들 교육이나 근태 관리에 신경 쓰는 것도 아니고. 아무튼 우리가 봐도 좀 문제가 있었죠."

처음 듣는 회사 얘기였다. 명 주임이 말을 계속했다.

"그래서 김 실장이 조직 개편안을 만든 거예요. 배상책임팀은 해체해서 팀장 직제를 없애고, 이동형 화재특종 본부장 바로 밑에 곧바로 실무자만 열 명을 두는 체제로 바꿨거든요. 아, 맞다. 또 급여체계도 부분실적제로 바꿨어요. 그러니까 조사 실무가 약해서 사건 처리가 빨리 안 되는 직원들은 급여가 줄어들게 된 거죠. 곧바로 팀장 두 명 사표 쓰고, 그다음 며칠 있다가 고참 직원들도 사표 썼고요. 그래서 인원이 절반으로 줄어든 거예요. 절반도 아니다. 열 명에서 네 명으로 줄어들었네요. 대리님이 와서 다섯 명이 된 거니까요. 잘 오셨지."

"일거리가 많이 없었나 보지? 수임이 많이 안 됐나?"

"영업은 윗사람들이 하는 거니까 자세히는 모르겠는데, 수임 건수는 확실히 적어서 직원들이 놀고먹었죠. 다들 그때가 파라 다이스였다고 말해요. 물론 경영진들이야 죽을 맛이었겠죠. 월급은 계속 나가는데 보험사한테서 사건 수임은 안 되니까요. 히히."

명 주임이 담배를 맛있게 피웠다.

"직원들이 절반으로 줄어드니까 지금처럼 팀을 한 개 꾸리고, 부랴부랴 대리님 한 명 더 뽑고, 배 과장님보고 팀장도 하면서 실무도 같이하라고 한 거죠. 그런데 팀장님은 결재만 하지, 실무는 거의 손 뗐죠. 누가 사람 상대하고 싶겠어요? 급여체계도 다시 원상회복해서 실적제 없앴고요. 지금 인원 구성으로는 급여가 많이 안 나가니까 회사에서도 굳이 실적제 고집할 이유는 없죠."

나는 명 주임을 업무에는 철저하지만 사내정치에는 무관심한 직원으로 생각했는데 그렇지가 않았다. 평소 느꼈던 배 팀장과 우 과장의 묘한 알력관계도 이해가 됐다. 하지만 배 팀장은 우 과장의 입장을 잘 이해하지 못하는 것 같았다.

"팀장님은 무조건 우 과장님이 자기를 진짜 형처럼 생각한다고 믿고 있는데 착각이죠. 과장님 입장에서 볼 때는 일도 자기가 더 잘하고, 나이도 고작 한 살 차이 나는데, 한 사람은 실무는 전혀 안 하고 결재만 한다고 앉아 있으니까 기분이 안 좋겠죠. 실제 업무 지식이나 능력은 솔직히 우 과장님이 팀장님보다 낫거든요. 아, 이건 실수네요. 대리님하고 팀장님하고 개인적으로 가까운 사이인데……."

"괜찮아. 아무 말 못 들었어. 하하. 우 과장 말고 배 팀장이 팀장이 된 건 그럼 나이 때문인가? 업무는 우 과장이 낫다며?"

"나이보다는 보험사 인맥이죠. 완전 절친이 우리 주거래 보험사 직원이거든요. 위에서의 영업도 중요하지만 실무자들끼리의 인맥도 업무 처리하는 데 중요하니까요. 우 과장님은 일은 잘하는데 인맥은 좀 약해요. 술도 안 마시고, 자기 일 끝나면 일찍 집에 들어가 버리니까요."

명 주임의 우 과장에 대한 인물평은 내 느낌과도 일치했다. 우 과장은 예의 바르고 일도 야무진 듯했으나 따뜻한 느낌은 없었다.

"명 주임, 하나 더 묻자. 배 팀장은 여기 그냥 있지, 왜 옮기려고 하는 거지?"

"그것도 김 실장하고 관계가 있는데요. 직원들이 막 나가니까 김 실장이 당시 배 과장님보고 여기 남아 있어라, 너 차장 진급시키고 팀 꾸릴 거다, 직원들 이탈하지 않게 해라. 이렇게 얘기가 됐는데 차장 진급은 내년에나 보자 그리고, 급여도 여전히 기존 실무 과장 그대로니까 유앤어스에 가서 차장 달고 팀장 급여 받고 싶겠죠. 그 욕심은 이해해요."

명 주임이 담배를 껐고, 우리는 다시 사무실로 들어갔다. 복잡한 월요일이었다.

24
/
크롬

이상하게도 점심때까지 외근자가 한 명도 없어서 팀원들 모두 점심 먹으러 같이 나갔다. 가을 음식을 먹기로 했다. 서울식 추탕 집이었다.

"냄새부터 힘이 불끈 나게 하네요."

명 주임이 익살스런 표정을 지으며 말했다.

"너는 힘쓸 데도 없는데 조금만 먹어라."

배 팀장이 명 주임에게 농담을 했다. 명 주임이 나를 보고 말했다.

"저만 없나요? 이 대리님도 없잖아요. 조금만 드셔야겠네. 히히."

"이 대리는 애인 있어. 한 3년 됐지?"

배 팀장이 내 대신 대답했다.

"정말요? 그럼 공부하면서도 애인 만나고 그랬겠네요. 그러니까……."

명 주임이 말을 하다 멈췄다. 순간 어색한 침묵이 흘렀다.

"괜찮아. 다 젊은 날의 방황이고 이제 추억이 되었다고 생각하니까, 개그 소재로 삼아도 상관없어. 정말로."

내가 웃으며 말하자 명 주임의 얼굴이 펴졌다. 배 팀장이 한 번더 농담을 했다.

"우리 이 대리가 대단한 게 시험은 떨어져도 여자는 도망가지못하게 하는 기술이 있단 거지. 하하."

다 같이 키득거리면서 웃었고, 나도 웃었다. 하지만 갑자기 내마음속에는 잠시 잊고 있었던, 어제 내 전화를 외면하던 희주의모습이 떠올랐다. 점심을 먹고 나서 희주에게 전화를 다시 해 봐야겠다고 생각했다.

서울식 추탕에는 미꾸라지가 통째로 들어간다. 그래서 이름도추어탕이 아닌 추탕으로 구분해서 부른다고 한다. 우 과장과 현주임은 미꾸라지를 갈아서 끓이는 추어탕을 주문했고 다른 사람들은 추탕을 주문했다.

"그냥 멸치 큰 것 먹는다 생각하고 먹으면 되는데 남자가 되어서는 무슨 음식을 가리고 그러냐."

배 팀장이 우 과장과 현 주임을 타박하자 우 과장이 대꾸했다.

"여기서 남자, 여자가 왜 나와요? 그리고 여자가 이상한 거 더 잘 먹어요. 닭발 같은 거."

"여자들이 대체로 느낌상 징그러운 음식을 가리는 편인데, 유독 닭발만 남자보다 잘 먹는 것 같아요. 예쁘장한 아가씨들이 주점에서 비닐장갑 끼고 닭발 뜯으면서 주먹밥 만든다고 조몰락대고 있으면 느낌이 묘하더라고요."

현 주임이 주먹을 쥐었다 폈다 하며 말을 꺼냈다.

"섹시하지."

명 주임이 미꾸라지를 우걱우걱 씹으면서 현 주임의 말에 동의했다.

"여자들은 콜라겐 때문에 닭발을 먹는 거야. 남자들이 정력에 좋다는 거 찾아 먹듯이 여자들은 피부에 좋다는 거 찾아 먹는 거지. 결국 똑같네. 하하."

결론은 결국 배 팀장이 냈고, 모두들 더 이상 닭발과 여자 얘기는 하지 않고 탕에 밥을 말아 후루룩거리며 먹었다.

"여기 양파하고 고추 좀 더 주세요."

여기저기서 반찬을 더 달라는 말이 쏟아졌고 종업원들은 바쁘게 움직였다.

점심을 먹고 나서 근처 소규모 커피 전문점에서 테이크아웃 커피를 하나씩 사서 사무실로 들어왔다.

"우르르 몰려오네. 보기 좋아. 요즘 한가하지? 하하."

김 실장이 부사장과 사무실에서 나가다 우리와 마주쳤다. 늦은 점심을 먹으러 나가는 듯했다. 부사장이 나와 눈이 마주쳤다. 그녀는 살짝 웃었고 나는 묵례를 가볍게 했다.

책상에 가서 자리에 앉았다. 배 팀장이 나에게 와서 나지막한 소리로 "지난 주 금요일에 김 실장하고 무슨 얘기 했냐?"라고 물었다. 나는 "그냥 애로사항 있는지, 회사생활 할 만한지 같은 거요. 특별한 얘긴 없었어요." 정도로만 얘기하고 부사장 얘기는 하지 않았다.

부사장이 괜히 파벌 만들기 같은 오해를 살 수 있으니, 자기 만난 것을 다른 직원들한테 말하지 말라고 부탁했기 때문이기도 했지만, 지금은 솔직해 봤자 역효과만 날 것 같았다. 왜 진즉에 부사장 만났다고 얘기하지 않았냐고 배 팀장이 꼬치꼬치 캐물을 것이 뻔했다. 무송이 형이 배 팀장이 된 순간부터 그는 오셀로가 되었다. 나는 순결과 정숙을 의심받고 싶지 않았다.

배 팀장은 나에게 뭔가 얘기를 더 하려다가 자기 책상에서 전화벨이 울리자 전화를 받으러 돌아갔다. 나는 보험사 손해사정 시스템에 로그인해서 내가 금요일에 보낸 보고서를 담당자가 승인했는지 여부를 확인해 보았다. 아직 읽어 보지도 않은 상태였다. 처리를 빨리 해 달라고 막무가내로 떼쓰는 황도광의 얼굴이 떠올랐다. 그 얼굴과 목소리에 홀려서 나는 보험사 담당자에게 전화를 걸었다.

- 정성으로 모시겠습니다. ○○화재 이성준입니다. 무엇을 도
  와드릴까요?
- 안녕하세요. 로메리고 손해사정의 이정우 대리라고 합니다.

보험사 직원의 목소리가 갑자기 낮아졌다.

- 네.
- 다름이 아니고, 제가 보낸 보고서 승인이 안 되어 있어서요.
  언제쯤 검토 결과 회신 받을 수 있을지 확인 차 연락드렸습
  니다.
- 언제 보냈는데요? 사건 번호 좀 불러 주세요.
- 금요일 저녁에 보냈는데요. 사건 번호는…….

사건 번호를 말하려는데 보험사 직원이 대뜸 짜증을 냈다.

- 금요일 저녁에 보낸 걸 제가 봤겠어요? 오늘 월요일 아니에
  요?
- 오전에 검토했을 수도 있겠다 싶어서요.
- 건이 한두 건이에요? 저희 일 많아서 정신없는 거 몰라서 그

래요?

- 그렇기는 한데, 피해자가 빨리 결과 알려달라고 극성을 부려서요.

- 극성을 부리면요? 그 요구 다 들어줘야 돼요? 업무 프로세스가 있잖아요.

- 네, 잘 알겠습니다.

- 피해자가 괜히 엉뚱한 짓 안 하게 관리 잘하세요.

- 엉뚱한 짓이요?

- 민원이요, 금감원 민원! 죄송하지만, 성함이 뭐라고 하셨죠?

- 이정우입니다.

- 일 처음 하세요? 왜 말을 못 알아들어요?

- 죄송합니다.

- 피해자 항의나 민원 안 들어오게 확실하게 하세요.

그쪽에서 전화를 끊어 버렸다. 무력감이 몰려왔다. 내가 멍하니 있자 배 팀장이 물었다.

"왜? 뭐가 잘 안 돼?"

내가 대화의 내용을 소상히 설명했다.

"그러려니 해. 우리 스트레스 받는 건 보험사 애들 스트레스 받는 거에 비하면 아무것도 아니야."

우 과장이 배 팀장을 거들었다.

"맞아요. 은행, 보험, 증권, 그러니까 돈 많이 받는다는 금융사 직원들의 스트레스는 정말 장난 아니죠. 저희 이모부가 은행 지점장인데 이모부 본인 스트레스는 말할 것도 없고 이모도 은행 신상품 나올 때마다 우울증 걸릴 지경이라고 저희 어머니한테 하소연하더라고요."

"그렇다니까. 우리들이야 사람 상대하는 스트레스는 있지만 실적 스트레스는 좀 덜하잖아. 걔네들은 사람 상대하는 스트레스 플러스 실적 스트레스까지 있으니까 죽어나는 거지."

25
/
망
간

팀원들의 열띤 대화를 뒤로 하고 사무실 바깥으로 나왔다. 편
의점에서 요구르트를 사서 건물 뒤편으로 갔다. 그리고 희주에
게 메시지를 보냈다.

– 바빠? 어제 전화 연결이 안 되던데 특별한 일은 없고?

의외로 회신이 바로 왔다.

– 어제 전화를 놔두고 나갔다가 늦게 들어와서 확인을 못했
  어.
– 워크숍 1박 2일로 간 거 아니었어?

- 조금 일찍 끝나서 집에 왔다가 다시 일이 있어서 나갔어.

- 그랬구나. 그런데 무슨 일?

- 왜 그렇게 꼬치꼬치 캐물어?

- 아니, 그냥 궁금해서.

- 친구 만났어.

- 그랬구나.

사실 친구 누구를 만났냐고 더 묻고 싶기도 했다. 하지만 희주
가 거짓말의 탑을 계속 쌓아올리는 걸 볼 수 없었다. 내가 괴로
웠다. 한 가지 분명히 알게 된 것은 그때 그 검은색 세단에 탄 사
람이 누구인지 희주 입장에서는 나에게 밝힐 수 없거나 밝히고
싶어 하지 않는다는 사실이었다.

- 그런데 오피스텔이 좀 이상해.

- 이상해?

- 응. 어젯밤에 창문이 덜덜 떨리는 거야.

- 어떻게?

- 말 그대로 덜덜. 사람이 추울 때 덜덜 떨듯이 그렇게 떨리더
  라고. 바람이 불어서 그런가 하고 창문을 열었는데 바람은
  없었어. 그냥 창문만 덜덜 떨고 있는 거야. 그래서 창문에
  귀신이라도 붙었나 싶어서 좀 무서웠어.

- 어젯밤에 방 안에서 담배 피웠어?

- 담배? 피웠지. 근데 왜? 담배 피우는 거하고 창문 떨리는 거하고 무슨 상관이 있어?

- 상관은 없지만, 그래도 위에 집에서 담배 냄새 때문에 힘들어 하는 것 같던데 그냥 나가서 피우면 안 되나?

- 안 돼. 내 집에서 내 담배 피울 거야. 사장님 들어오셨다. 이따 다시 연락할게.

- 응.

윤기풍의 짓이 확실했다. 물론 객관적인 증거는 없다. 하지만 심증과 정황증거는 충분했다. 담배 냄새에 대한 경고였을 것이다. 어쨌든 당사자인 희주는 전혀 낌새도 못 채고 있지만 그녀는 위험에 빠졌다. 그리고 위험에서 벗어나게 할 수 있는 사람은 나밖에 없다. 그런데 나 말고 윤기풍에 대해 알고 있는 사람이 누가 또 있으려나?

휴대폰의 진동이 울리면서 나는 다시 현실로 돌아왔다. 발신자 번호 위에 '○○화재 손해사정팀'이라는 문구가 새겨져 있었다.

- 여보세요. 아니, 이정우입니다.

- 이정우 대리님이시죠?
- 네, 그런데요.
- 저 정인식 대리예요. 어제 만났던.
- 아, 안녕하세요.
- 아까 이성준 씨하고 통화하셨던 사건 있잖아요. 그 사건이 이첩됐어요. 저한테 배당됐으니까 이제부터 저하고 얘기하시면 돼요. 보고서를 보니까 공원 측에 배상책임이 없는 걸로 나오네요?
- 네. 자전거 출입금지 구역에 들어가서 본인 과실로 넘어진 사건으로 보입니다.
- 그럼 민원 우려가 있으니까 일단 황도광인가, 그 피해자한테는 검토 중이라고만 하시고요. 피보험자인 공원 측한테 얘기해서 우리가 먼저 채무부존재 소송 진행하는 걸로 정리하죠.
- 네, 잘 알겠습니다. 빨리 연락 주셔서 감사합니다.
- 진행하다가 궁금하거나 잘 안 되는 거 있으면 언제든지 연락 주세요.
- 네, 감사합니다.
- 감사합니다. 그럼.

안면이 있는 것과 없는 것이 이렇게 차이가 난다. 체한 것이 하나 내려가는 기분이었다. 그러나 체중은 가셨지만 두통은 남아 있었다. 공원 측에서 복잡한 송사에 얽히고 싶어 할지도 의문이고, 황도광도 소송이 진행되는 걸 알면 그 성격에 난리를 칠 것이 분명했다. 이런 스트레스를 견디는 대가로 월급을 받는가 보다 생각을 했다.

일에 관한 생각도 잠시, 다시 희주와 윤기풍 문제로 돌아왔다. 일단 희주가 담배를 실내에서 피우지 못하도록 해야 한다. 그게 가능할까? 아무런 방법도 떠오르지 않았다. 그동안의 학교 공부, 그리고 시험을 위한 공부는 결국 소하가 되기 위한 공부였지 장량이 되기 위한 공부가 아니었다. 하지만 지금 이 순간 필요한 것은 소하의 지식이 아니라 장량의 지혜였다. 나는 지혜 없음을 한탄했다.

월요일부터 마음이 복잡했지만, 특별히 할 일은 없어서 시간은 더디게만 흘렀다.

26
/
철

월요일부터 무리하지 말자고 농담을 하며 팀원들이 일찍 퇴근했다.

이때 '일찍'의 기준은 보통 때보다 이르게 퇴근한다는 의미였지 절대적으로 이른 시각은 아니었다. 호의를 베풀면 권리가 된다는 말이 있다. 이 말은 주로 '사장님'들이 많이 쓰는 말이지만 사실 호의는 근로자들이 더 많이 베푼다. 그리고 이 호의가 사장님들의 권리가 되었다.

엘리베이터 앞에서 열 명 남짓한 직원들이 저마다의 저녁을 꿈꾸며 웅성대고 있었다. 손해배상 1팀 직원 다섯 명, 그리고 나머지는 사건접수관리팀 직원들과 계약직 사무보조 직원들이었다.

주말에도 나와서 일해야 하는 재물팀이야 정시 퇴근은 꿈도 못 꾸고 있는 형편이었고, 보험금 지급심사 부서도 밤 열 시나 되어야 퇴근할 수 있었다. 일반인들이 보통 개인보험이라고도 부르는 인보험 조사 직원들은 워낙 외근이 많아서 현장에서 주로 퇴근했다.

사장이 아닌데도 사장처럼 일하는 게 이상한 건 아니다. 왜냐하면 남의 일도 얼마든지 내 일처럼 해 줄 수 있기 때문이다. 그건 일하는 사람 마음이다. 그런데 사장도 아니면서 사장 행세를 하는 사람들이 있다. 지주를 대신해서 소작인들을 관리하는 마름 같은 사람들이다. 김 실장이 엘리베이터 앞에 사람들이 몰려 있는 모습을 보더니 배 팀장에게 한마디 했다. 물론 모두 다 들으라는 얘기였다.

"다른 직원들이 늦게까지 야근하고 있는데 이렇게 여섯 시 땡 치자마자 사무실 나가면 미안하지 않나? 동료의식이 없는 것 같아. 본인들이야 일이 없어서 일찍 가니까 좋겠지. 그렇지만 복도에서 우르르 시끄럽게 '나 일찍 퇴근한다'고 표시 할 필요는 없잖아. 안 그래? 배 팀장, 말 좀 해 봐."

배 팀장은 아무런 말도 하지 않고 못 들은 척 엘리베이터 문만 쳐다보고 있었다.

"배 팀장! 왜 말이 없어? 나 좀 쳐다봐!"

김 실장이 손등으로 배 팀장의 팔을 툭툭 쳤다. 그때 엘리베이터가 멈추며 문이 열렸다. 모두들 우르르 탔고, 배 팀장도 김 실장을 힐끗 쳐다보고는 마지막으로 엘리베이터에 올랐다. 김 실장은 멋쩍은 듯 우리를 쳐다보았고, 엘리베이터 문이 닫혔다.

"신경 쓸 거 없어. 사장집 개가 짖는다고 생각하면 돼."

배 팀장의 말에 모두들 엘리베이터 안에서 키득거렸다.

"팀장님, 말조심 하셔야죠."

우 과장이 배 팀장을 제지하고 나섰다.

"상관있나? 우리끼리인데? 안 그래요?"

배 팀장이 동의를 구했고, 여직원들로만 구성된 접수팀 사람들은 입을 가리고 웃기만 했다.

팀원들과 헤어진 뒤 영등포로 가서 나 혼자 쇼핑몰 구경을 했고, 필요한 물건들도 좀 샀다. 그리고 푸드 코트에서 돈가스를 먹었다. 혼자 먹기에 좋은 음식이었다. 하지만 그곳에서 돈가스를 혼자 먹고 있는 사람은 나밖에 없었다.

나는 다시 붐비는 지하철을 타고 희주네 오피스텔 근처 상가로 갔다. 그리고 커피숍으로 들어섰다. 카페라테를 주문하고 계산을 하는데 내가 자주 들러서 낯이 익은지 종업원의 표정이 한결 부드러웠다. 그리고 2층으로 올라가 마치 날 위해 비워둔 것이라는 착각까지 하게 만드는 창가 자리에 앉았다.

시계를 보니 아홉 시 반을 가리키고 있었다. 월요일 밤이라기엔 너무나도 평온한 밤이었다. 공기는 선선함을 지나 싸늘한 모습으로 꾸역꾸역 바뀌고 있었다. 하지만 그 싸늘해지는 공기 속에서도 사람들의 뒷모습은 행복해 보였고, 김밥 가게, 이동통신사 대리점, 제과점 같은 곳에서 흘러나오는 불빛들이 크리스마스트리처럼 알록달록 빛나고 있었다.

열 시가 되었을 때 스마트폰을 꺼내 '즐겨찾기' 항목에서 희주의 이름을 찾아냈다. 그 바로 밑에 황도광의 번호가 있었다. 피식 웃음이 나왔다. 그리고 그 밑에 무진에 있는 가족들이 차례로 줄지어 있었다. 이번에는 웃지 못했다.

다시 스마트폰 케이스를 덮고 라테를 한 모금 마신 뒤 눈을 감았다. 졸음이 왔다. 오늘은 외근도 없었는데, 업무가 바빴던 것도 아닌데 무엇이 나를 이렇게 피곤하게 만든 것일까?

"원래 아침 일찍 일어나는 것 자체가 사람을 피곤하게 하는 거야."

배 팀장의 목소리에 순간 잠이 싹 달아났다. 나는 눈을 번쩍 뜨고 주위를 둘러보았다. 테이블을 정리하는 종업원 말고는 나 이외에 한 테이블에만 손님이 있었다. 시계를 보니 열 시 반이었다. 드레스셔츠 깃에 땀이 배어 있었다.

나는 희주에게 전화를 걸었다.

− 응.
− 뭐해?
− 자려고 누웠어.

- 일찍 자네.
- 피곤해서.
- 나 지금 오피스텔 앞인데 잠깐 올라갈까?
- 말도 없이 갑자기 왜 왔어? 미리 연락 좀 하지.

잠시 침묵이 흘렀다.

- 뭐 줄 게 있어서.
- 정말 미안한데, 다음에 만나면 안 될까?
- 그럼 현관문 앞에 놔두고 초인종 누를 테니까 가져가. 얼굴
  은 다음에 보지, 뭐.
- 택배 배달 왔어? 문 앞에 놓고 그냥 가게? 알았어. 올라와.

희주의 맥없는 목소리가 전화기 저편으로 사라졌다. 나는 사
라진 목소리의 흔적을 따라 천천히 커피숍을 빠져나온 뒤 길을
건넜고, 오피스텔 정문으로 들어간 다음 엘리베이터 앞에 섰다.
엘리베이터가 나의 미련한 발걸음과 희주의 맥없는 목소리를 이
어 주기 위해 한 칸, 한 칸 내려오고 있었다. 엘리베이터 문 왼편
에 내가 서 있었고, 오른편에는 직장인으로 보이는 여성이 팽팽
한 정장 치마와는 전혀 다르게 축 늘어진 표정으로 엘리베이터
를 기다리고 있었다. 그녀의 눈을 보고서 나는 그녀가 이곳에 사

는 사람이라는 것을 짐작할 수 있었다. 생기 없이 충혈된 눈으로 누군가를 만나러 오진 않았겠지. 나는 그렇게 결론을 내렸다.

엘리베이터 문이 열리자 여자는 안에 있던 사람이 내리는지를 살피지 않고 무심코 안으로 들어가려 했다. 그 바람에 엘리베이터에서 밖으로 나오는 남자의 어깨와 강하게 부딪치고 말았다. "악!" 하는 여자의 비명소리가 복도를 갈랐다. 내가 봤을 땐 남자가 일부러 어깨를 세게 들이민 것처럼 보였다. 남자는 자신의 어깨를 만지면서 서둘러 정문 쪽으로 걸어갔다. 야구 모자를 눌러 쓴 남자의 뒷모습이 왠지 낯이 익었다.

나와 여자는 같이 엘리베이터 안으로 들어갔다. 내가 엘리베이터 버튼에서 '12'라는 숫자를 찾고 있는 동안 여자가 '12'라는 숫자를 찾아 익숙하게 눌렀다. 내가 다른 버튼을 누르지 않고, 엘리베이터 문이 닫히자 여자는 나를 힐끗 쳐다보았다. 그녀에게서 과일향과 꽃향이 섞인 약간 시원한 느낌의 향이 퍼져 나왔다. 인공적인 향이 아니라 서늘한 숲속에서 그대로 핀 꽃향기 같았다. 스프링 플라워.

나는 올 여름 희주 생일을 맞아 선물한 분홍색 향수병을 떠올렸다. 엘리베이터가 12층에 도착했음을 알리는 벨 소리가 울렸고, 문이 열렸으나 여자는 어색하게 엘리베이터 구석에 그대로 서 있었다. 이럴 땐 남자가 먼저 내리는 게 맞는 것인가? 정해진 법도가 있는 것은 아닐 텐데, 나이에 비해 사회경험이 부족하다는 자격지심 때문인지 나도 멈칫거리면서 가만히 서 있었다. 그러자 향긋한 바람이 일었고 여자가 엘리베이터 밖으로 먼저 걸어 나갔다.

나는 꽃을 쫓는 벌처럼 그녀 뒤를 따라가다가 희주가 살고 있는 1205호 현관 앞에 멈춰 섰다. 그녀는 복도의 제일 끝까지 걸어간 뒤 자신의 보금자리 속으로 쏙 들어가 버렸다. 희주가 현관의 비디오폰으로 내 얼굴을 확인한 뒤 문을 열었다. 들어가는 순간 담배 냄새가 확 났다.

"담배 피웠어?"

내가 신발을 벗으며 그녀에게 물었다.

"잔소리 할 거면 그냥 가."

희주가 분쇄 커피가 담겨 있는 여과지에 뜨거운 물을 부으면서 말했다. 나는 조금 전에 커피를 마셨다고 말하려다 그냥 가만히 있었다. 식탁으로 쓰는 간이 테이블에 커피 두 잔과 커다란 쿠키 두 개가 놓였다.

커피 잔을 들고 커피를 한 모금 마신 다음 테이블에 다시 내려놓았다. 그때 한쪽 구석에 있는 오렌지색 가죽 가방이 내 눈에 들어왔다. 부사장이 메고 있던 것과 똑같았다.

"못 보던 가방이네?"

희주가 내 시선을 따라 가방을 쓰윽 보더니 아무렇지 않게 말했다.

"저거? 6월에 산 건데 오빠 시험 때문에 자주 못 봐서 오빠 눈에 낯선가 보다."

"샀어? 얼마 주고?"

"그건 왜 물어? 갑자기 여자 가방에 관심 생겼어?"

희주는 질문에 질문으로 답했다.

"아니, 그냥. 비싸 보여서."

무거운 침묵이 흘렀다. 마음속으로 하나, 둘, 셋 숫자를 세었다. 숫자 백을 헤아리지도 못했는데 나는 어색함을 견딜 수가 없었다. 가방 얘기를 더 캐묻고 싶었고, 그래야 할 것 같았으나 희주의 완고함을 뚫고 들어갈 자신이 없었다. 어쩌면 완고함을 뚫고 들어가 마주할 진실이 두렵다는 생각을 무의식중에 했는지도 모르겠다. 이 석연치 않은 관계에서 위너는 희주였고, 나는 루저였다. 더 위너 테이크스 잇 올. 이긴 자만이 모든 걸 다 갖는 법이다. 아바는 현명한 보컬 그룹이었다.

나는 내 가방에서 희주에게 줄 선물을 꺼냈다.

"뭔데?"

"열어 봐."

"무슨 날도 아닌데……."

희주가 의아하다는 듯이 고개를 갸우뚱하더니 하얀색 쇼핑백에서 물품을 꺼냈다.

"이게 뭐야? 전자 담배? 하하하."

희주가 박수까지 치며 깔깔 웃었다.

"보통 알고 있는 액상 전자 담배하고는 다른 제품이야."

내가 정색을 하고 말하자 그제야 웃음을 그치고 제품을 찬찬히 보면서 되물었다.

"어떻게 다른데?"

"이건 찌는 방식이야."

그리고 매장에서 한 시간가량 설명을 들은 내용을 3분 정도로 줄여서 전달했다.

"담배 되게 귀엽다."

희주가 짧은 궐련을 보면서 신기해했고, 나는 연기나 냄새가 확연히 줄어든다는 내용을 강조했다.

"이걸로 바꾸면 위층에 사는 사람도 이제 뭐라고 안 할 거야."

이 말을 마치자마자 갑자기 등골이 오싹해졌다. 아까 1층에서 본 야구 모자를 쓴 남자가 윤기풍이라는 생각이 들었기 때문이다. 그리고 아까 들어올 때 맡았던 희주 방 가득한 담배 냄새.

"늦었다. 나는 갈게."

나는 서둘러 자리에서 일어났다.

"미안해. 내가 오늘 피곤해서 많이 못 놀아 주네."

내가 금방 왔다 가는 것을 자기 탓이라 여기는 희주를 뒤로 하고 나는 현관문이 닫히자마자 부리나케 뛰어 엘리베이터를 잡아 탔고, 정신없이 맞은편 상가 건물로 들어섰다.

건물에 들어선 곳에서 제일 가까운 엘리베이터를 타고 12층을 눌렀다. 6층에서 엘리베이터 문이 열리더니 어떤 아주머니가 내려가는 거냐고 물었다. 나는 올라간다는 말을 함과 동시에 닫힘 버튼을 수차례 눌렀다. 12층에 도착했음을 알리는 벨 소리, 그리고 문이 열리는 소리가 크게 났다. 나는 순간 11층에 내려서 비상계단으로 걸어 올라올 걸 하는 후회를 했다. 아니다. 경찰차도 신고를 받고 범죄 현장으로 갈 때 경광등을 켜고 사이렌을 요란하게 울리면서 간다. 범인이 사이렌 소리를 듣고 도주할 우려도 크지만, 더 중요한 건 범죄를 실행하거나 추가 범죄를 저지르지 않도록 하는 것이 더 중요하기 때문이다. 나는 내 부주의함을 이렇게 변명하면서 복도를 달려 건물 중앙으로 갔다. 그곳에서 심호흡을 한 다음 좌측 발코니 문을 살며시 열었다. 그 라인에서 1205호를 정면으로 볼 수 있었기 때문이다. 그러나 윤기풍은 그곳에 없었다. 나는 발코니 문을 닫고 이번에는 오른쪽 발코니 문을 열었다. 그곳에도 윤기풍이 없었다.

나는 혼란에 빠졌다. 윤기풍이 다른 볼일로 외출을 한 것일까? 이 밤에? 아니면 윤기풍 말고 딴 사람을 보고 윤기풍으로 착각한 것일까? 어쩌면 13층이나 11층에 있을 수도 있겠다. 그곳에서도 1205호 희주 방을 볼 수 있을 테니. 11층보다는 13층이 더 확률이 높을 것 같았다. 위로 쳐다보는 것보다는 아래로 내려다보는 각도가 더 시야 확보에 유리하기 때문이다. 나는 13층으로 올라가기 위해 중앙 엘리베이터 옆에 있는 비상계단으로 방향을 틀었다.

그때 엘리베이터 벨 소리가 들리며 문이 열렸다.

27

／

**코
발
트**

윤기풍이었다.

밤 열한 시가 넘은 시각에 불이 다 꺼진 상가 건물 12층에서 두 사람이 '우연히' 만났다. 그런데 한 사람은 맞은편 오피스텔에 거주하는 사람이고, 다른 한 사람은 그 아래층에 살고 있는 사람의 남자친구이다. 한 사람과 다른 한 사람의 여자친구는 담배 냄새 문제로 서로 다투고 있는 상황이다. 다른 한 사람은 한 사람의 우편물을 몰래 보다가 한 사람에게 들켜서 바로 어제 곤욕을 치렀다.

이 두 사람이 이렇게 야심한 시각에 오피스텔 건너편 상가 12층에서 만난 것이 우연이라고 누가 생각을 할까?

윤기풍은 나를 보더니 흠칫 놀라는 눈치였다. 그는 내가 자신에 대해 어디까지 안다고 생각할까? 여자친구를 담배 냄새 문제로 괴롭혀서 상대방을 쫓아온 남자친구 정도로만 생각하고 있을까?

우리 두 사람 모두 한 가지 사실은 알고 있었다. 무슨 말이든 간에 우린 대화를 해야 한다는 사실이었다. 서로 그냥 지나칠 수는 없었다. 문제는 누가 먼저 말을 거느냐였다.

결국 아쉬운 쪽이 말을 건다. 그 점에서 그는 위너였고 나는 루저였다. 그는 오늘 그냥 나를 지나쳐 버려도 그만이지만, 나는 그렇지 않았다. 미룰 수 없는 숙제였고, 마감을 앞둔 원고였다. 결론을 내야 했다.

"윤기풍 씨죠?"

나는 나지막한, 그리고 최대한 낮은 목소리로 말했다. 가뜩이나 목욕탕에서 나는 듯한 내 목소리가 늦은 밤 텅 빈 복도에서 더 공명을 일으켰다. 탁성! 지금 같은 순간에는 탁성이 필요한데 바보같이 목욕탕 목소리를 내다니, 나는 또 한 번 부주의함을 후회했다.

윤기풍은 아무 대답이 없었다. 여전히 상황을 이해하지 못하고 있었다.

"전 당신의 능력을 압니다."

내가 말하고도 참으로 이상한 말이었다. 이런 말은 외국 문학

작품을 번역한 책에서 나오거나, 자기계발 강사가 기업체 강의를 할 때나 들을 수 있는 표현이었다. 하지만 야구 모자 때문에 윤기풍의 눈은 자세히 보지 못했지만, 그의 입 주위가 파르르 떨리는 것은 볼 수 있었다. 윤기풍은 내 말이 무슨 뜻인지 알아들었다.

"뭘 안다는 거죠?"

하지만 그는 모른 척했다. 상투적인 그의 반응이 나에게 더욱 확신을 주었다.

"1405호 국정원 직원, 당신이 해코지한 것 알고 있습니다."

"뭐요? 무슨 말 하는 거예요?"

윤기풍은 부인했지만 열쇠는 이미 내가 쥐고 있었다. 이번엔 내가 위너였다.

"제가 목격했습니다."

안다는 것과 목격했다는 것은 차원이 다른 얘기였다. 윤기풍은 주위를 둘러보았다. 혹시 누가 듣기라도 할까 봐 겁이 났을 것이다. 아니면 주변에 아무도 없는 걸 확인한 뒤 나를 장풍으로 날려 버리려고 했을지도 모르겠다. 나는 그가 장풍을 쓸 수 있는 거리를 주지 않으려고 바싹 다가갔다. 이런 느낌이구나. 나는 예전에 우 과장이 황도광을 만나고 나서 나에게 해 준 조언을 떠올렸다. 우 과장은 파도타기를 할 때 서퍼들이 파도를 회피하지 않고 그 속으로 파고들듯 사람 상대할 때는 상대방을 피하지 말고 그 사람 깊숙이 들어가야 한다고 말했다.

나는 좀 더 윤기풍의 허를 찔러 보기로 했다.

"북한에서 왔습니까?"

"네?"

윤기풍의 즉각적인 반응과 표정은 내가 기대한 것이 아니었다. 그의 허를 찔렀다기보다 엉뚱한 곳을 찌른 느낌이었다.

"북한 공작원이냐고요?"

나는 질문의 표현을 바꾸어 물었다. 하지만 내가 질문하고도 좀 바보 같다는 생각이 들었다. 북한 공작원이 자기가 북한 공작원이라고 말할 리가 없기 때문이다.

"억양 때문에 그러는가 본데 제 고향이 강릉이에요. 그리고 아저씨가 뭔가 오해를 해서 남의 우편물도 뒤지고 이렇게 미행도 하는 것 같은데 저하고 1405호 사건하고는 아무 관련이 없어요. 도대체 뭘 봤다는 얘긴지 모르겠네요."

"장풍을 써서 1405호 유리창을 깬 뒤 그 파편으로 안에 있던 사람 다치게 한 거 내가 다 봤다고요."

"장풍요? 그게 말이 됩니까? 나 참. 별 이상한 사람을 다 만나네."

윤기풍이 황당한 표정을 지으며 나를 지나쳐 가려 했다.

"내가 증거도 갖고 있어요. 당신이 1405호 말고도 공원에서 자전거에다 장풍을 써서 황도광 씨 다치게 한 거, 공원에 있던 학생들 다섯 명 공사현장에 떨어뜨린 거, 내가 다 알고 있다고요. 내가 CCTV 자료도 다 가지고 있다고!"

이번에는 윤기풍도 많이 당황한 듯 보였다. 표정에 자포자기의 심정이 그대로 드러났다.

"자전거 아저씨 이름이 황도광이었나 보네."

우습게도 그 긴박한 순간에 내가 피해자의 개인정보를 유출했다는 낭패감이 들었다. 하지만 어쨌든 이로써 자백을 받아냈다. 윤기풍이 너무 쉽게 인정해서 맥이 빠지는 느낌마저 들었다. 하지만 그와 동시에 나중에 또 부인하는 게 아닐까 하는 걱정도 들었다. 우 과장이 목격자 진술 녹음하듯 스마트폰으로 녹음을 했어야 했는데, 그러고 보면 우 과장은 참 배울 게 많은 사람이다.

이번엔 윤기풍이 내 앞으로 바짝 다가와 섰다.

"원하는 게 뭐야?"

어느 틈엔가 우리 둘은 서로 반말을 하고 있었다.

"일단 당신 정체부터 밝히지?"

내 물음에 그는 귀찮다는 표정을 지었다.

"내 정체? 그냥 작가 지망생이라고 하지 뭐. 확실한 건 대한민국에서 태어나서 현재까지 쭉 살고 있는 대한민국 국민이고 북한과는 아무런 관계도 없다는 사실이야. 그건 100퍼센트 믿어도 돼. 내가 북한 공작원이면 이렇게 당신하고 대화하고 있겠어?"

그건 그랬다.

"일단 나가서 얘기하지. 열두 시가 다 돼서 상가 건물 전체가 폐쇄될 수도 있잖아."

북한 공작원이 아니라지만 테러 용의자와 어두운 공간에서 단둘이 있는 게 불안했다. 그는 의외로 쉽게 동의하는 의미로서 고개를 끄덕이고는 엘리베이터 버튼을 눌렀다. 엘리베이터는 금방 12층에 멈춰 섰다. 우리는 1층에 도착할 때까지 서로 아무 말도 하지 않았다. 그런데도 그 침묵이 이상하게 어색하지 않았다.

커피숍도 문을 닫은 시각이었다. 조용하면서도 사람이 어느 정도 있는 장소가 필요했다. 왜냐하면 범죄와 관련한 이야기니까 조용해야 했고, 그 범인과 함께 대화해야 했으므로 단둘이 있기에는 불안했다.

우리는 세계맥주 전문점으로 갔다. 다행히 조용한 록발라드가 흘러나오고 있었다. 널찍한 공간이라서 구석에 가 있으면 다른 사람을 신경 쓰지 않고 대화할 수 있었고, 군데군데 테이블마다 손님들이 있어서 윤기풍이 엉뚱한 짓은 하지 못할 것 같았다. 윤기풍은 의외로 담담한 표정이었다.

"저기 가서 앉죠."

내가 구석에 있는 테이블을 가리켰다.

"그럽시다."

내가 높임말을 쓰자 그도 다시 높임말을 썼다. 경우가 아주 없는 사람은 아닌 것 같은데 어쩌다 범죄를 저지르게 됐을까. 이제

부터 그 부분을 파고들어야 한다. 나는 상의를 벗어 테이블 옆 의자에 걸쳐 놓은 다음 의자에 앉아 메뉴판을 폈다. 윤기풍도 나를 따라서 앉았다가 바로 일어섰다.

"화장실 좀 갔다 올게요. 제 거는 그쪽하고 같은 걸로 주문해 주세요. 저는 안주 필요 없어요."

윤기풍이 종업원에게 화장실 위치를 묻고, 종업원이 건네는 화장실 열쇠와 화장실 열쇠보다 다섯 배는 더 긴 플라스틱 막대 열쇠고리를 말아 쥐고 바 뒤편으로 사라졌다. 그 모습을 보면서 윤기풍이 그대로 영영 사라져 버렸으면 좋겠다는 생각도 했다. 비현실적이었고, 꿈을 꾸고 있는 듯한 착각마저 들었다. 꿈은 아무리 달콤해도 개운치가 않다. 하물며 이 꿈은 좋은 꿈도 아니다.

나는 신림동에 있을 때 현실로부터 집행유예된 채 살고 있다고 생각했다. 높은 언덕 위에서 청춘들이 둥둥 떠다니고 있었다. 언젠가는 이 꿈에서 깨겠지. 그리고 꿈에 대해 결론을 내겠지. 용꿈 또는 개꿈이라고. 결국 나는 개꿈을 꿨다.

요즘에도 꿈을 자주 꾼다. 진짜 꿈이다. 솔직히 정확하게 기억도 나지 않는다. 왜곡된 기억으로 재조합하는 수밖에 없다. 지금도 혹시 내가 꿈을 꾸고 있는 건 아닐까?

윤기풍이 다시 자리로 돌아와 딴생각에 잠긴 나를 물끄러미 쳐다보다가 "무슨 생각 해요?"라고 묻고 나서야 내가 현실에 있음을 알아차렸다.

"당신 정체가 뭘까? 왜 범죄를 저질렀을까? 어떻게 장풍을 쓸 수 있는 걸까? 이런 생각 하고 있었습니다."

그때 종업원이 다가왔다.

"주문하시겠습니까?"

윤기풍이 메뉴판을 뒤적거리며 나에게 짜증스럽게 말했다.

"주문 아직 안 했어요?"

왜 나한테 짜증을 내는지 나는 짐작을 할 수 없었다. 종업원이 내 대신 대답했다.

"두 분 같이 계실 때 주문을 받으려고 일부러 제가 주문을 받으러 안 왔습니다."

종업원이 무슨 이유인지는 잘 모르겠지만 날 두둔했다. 윤기풍은 종업원을 힐끔 쳐다보았는데 눈빛이 뭐랄까 종업원에게 존경이나 존중을 표하고 있었다. 내 느낌에는 그랬다. 물론 그가 왜 그랬는지는 모르겠다. 내가 잘못 느꼈을 수도 있다. 장풍을 쓰는 범인과의 술자리는 모든 걸 혼란스럽고 의심스러운 상황으로 만들었다.

"저는 싱하 맥주 주세요."

윤기풍이 주문을 하고 자신이 들고 있던 메뉴판을 나에게 건넸다.

"기네스하고 치킨 가라아게 주세요."

종업원은 주문을 다시 한번 더 확인한 뒤 메뉴판을 들고 되돌아갔다. 윤기풍이 갑자기 미소를 지으며 살갑게 말했다.

"우리는 왕국을 좋아하나 봐요."

"왕국요?"

"싱하는 태국, 기네스는 영국, 가라아게는 일본이잖아요."

"기네스는 아일랜드예요. 아일랜드는 공화국이고요."

"아, 그렇군요."

잠시 대화가 끊겼다. 왜 갑자기 나에게 미소까지 지어 가며 되도 않는 농담을 하는 것일까? 목격자를 회유하기 위한 정지작업 같은 걸까? 아니면 달리 나에게 바라는 거라도 있는 걸까?

"제 질문에도 대답하셔야죠."

"질문이요?"

"그쪽 정체가 도대체 뭔지, 왜 사람을 해하려 하는지, 장풍은 어떻게 쓸 수 있게 됐는지요."

내가 짜증스럽게 말하자 윤기풍이 유순하게 대답했다.

"정체는 이미 말했잖아요. 작가 지망생이라고요. 북한 공작원 아니라고 아까 얘기한 것 같은데요? 그리고 장풍을 어떻게 쓸 수 있냐……. 그건 대답하기 곤란해요. 내가 대답할 의무도 없고요. 끝으로 왜 사람을 해하려 하느냐는 건데 일부러 사람을 해하는 게 아니에요. 사고가 발생한 거지. 유리창만 깨려고 했는데 파편이 날아가는 바람에 그렇게 된 거예요."

"애들은요?"

"무슨 애들을 말하는 거죠?"

"공원에 있던 고삐리들이요. 공원 공사현장에서 발생한 사건 말이에요. 크게 다쳤어요."

"걔네들요? 많이 다쳤어요?"

윤기풍이 놀란 듯 물었다. 거짓으로 놀란 연기를 하는 것일 수도 있었으나 나로서는 알 도리가 없었다. 우 과장이 이 자리에 있었다면 인간 거짓말 탐지기처럼 윤기풍의 참과 거짓을 구분할 수 있었을 것이다. 참과 거짓이 분명하지 않을 때는 일단 거짓으로 가정하고 일을 풀어 나가는 게 능숙한 처세이지만 나는 윤기풍의 말을 벌써 믿고 있었다.

"많이 다치지는 않았어요. 한 명인가 입원했나? 저도 기억이 정확하진 않네요. 나머지 애들은 조금 다쳤고요. 그건 그렇고, 오피스텔 유리창은 왜 그런 거예요?"

윤기풍이 대답을 하려다 멈추었다. 종업원이 맥주와 함께 기본 안주로 나오는 과자가 담긴 작은 그릇을 가져왔다. 종업원이 우리 얘기를 듣지 못할 만큼 멀리 되돌아간 것을 확인한 뒤 윤기풍이 대답했다.

"사실 죽이고도 싶었어요. 층간 소음 아시죠? 그거 안 겪어 본 사람은 그 고통을 이해 못해요. 정말 죽이고 싶어요."

"아무리 그래도 그렇지, 죽이고 싶다고요? 그래서 그 사람이

그렇게 다쳐서 속이 시원해졌나요? 뉴스 보니까 생사도 확인 안
된다는데."

"속이 시원한 건 아니죠. 하지만 층간 소음 때문에 살인이 났다
는 뉴스, 전 충분히 이해해요. 참아 볼까 하지만 그 저주파 소음
은 끔찍해요. 매운 맛이 미각이 아니라 통각인 것처럼, 층간 소
음은 소리의 문제가 아니라 진동의 문제예요. 뇌가 울리는 기분.
그래도 죽진 않았겠죠. 인터넷 괴담을 어떻게 다 믿어요?"

"오피스텔 관리사무실이나 정부 기관 같은 데서 중재를 해 주
지 않나요? 법원에 민사소송을 제기할 수도 있고요."

윤기풍이 답답하다는 표정으로 맥주를 들이켰다. 내 질문에는
대답하지 않았다. 나는 다른 사람들 이야기로 넘어갔다.

"학생들하고, 자전거 타다가 다친 사람은요?"

"공원의 청결과 질서 유지 때문이죠. 그 사람들은 일종의 천벌
을 받은 거예요. 사람들이 좀 쉬려고 벤치를 가면 그 고삐리들이
뱉어 놓은 침하고, 피우다 버린 담배꽁초 때문에 앉지를 못해요.
그리고 그것들이 얼마나 시끄럽게 지네들끼리 욕을 해 대던지,
걔네는 혼 좀 나야 해요. 내가 하늘을 대신해 혼을 좀 내 줬는데,
한 명은 입원까지 했다니 안됐네요. 그리고 자전거 아저씨, 아까
황도광이라고 그랬어요? 아무튼 그 아저씨도 자전거가 들어와
서는 안 되는 공원 산책길에서 자전거를 타고 쌩쌩 달리더라고
요. 정말 위험하거든요. 공원에서 휴식 취하며 산책하는 사람들

심기를 마구 어지럽히는 짓이죠. 염치없는 것들은 혼 좀 나야 해요."

사이코패스나 소시오패스 같은 인간인가? 어떻게 별일 아닌 사유로 사람을 다치게 해 놓고선 저리 뻔뻔하고 태연할 수 있을까?

"그럼 제 여자친구도 그렇게 당할 뻔했네요. 내가 당신 발견하지 못했으면요?"

"하하. 여자친구보고 담배 좀 작작 피우라고 그래요."

웃음이 나올까? 이런 악마 같은 인간.

"방에서 담배를 계속 피우면 어쩔 건데요? 1405호에게 했듯이 그렇게 할 겁니까?"

"나는 창문만 깰 뿐이에요. 창문 파편에 맞고 안 맞고는 하늘의 뜻이지, 나하곤 무관해요."

"창문을 깨니까 파편이 생기는 거잖아요. 그리고 창문을 깨는 거 자체가 범죄예요, 범죄!"

치킨 가라아게를 들고 오던 종업원이 우리가 언쟁을 벌이는 걸 보고는 조심스레 가라아게를 테이블에 놓고 아무 말 없이 사라졌다. 우리 대화를 자세히 듣지도 못했을 테고, 또 자세히 들었다고 한들 무슨 말인지 이해하지 못했을 것이다.

윤기풍은 태연하게 맥주와 함께 튀김을 우걱우걱 씹고 있었다. 무엇이 그를 그렇게 편안하게 만든 것일까?

"걱정 안 돼요? 내가 증거물 가지고 내일 경찰한테 갈 건데."

그는 가라아게를 집어먹던 젓가락을 내려놓으며 대답했다.

"증거물이 있으면 벌써 경찰한테 갔겠지. 뭐 하러 남의 우편물 뒤지고, 한밤중에 상가 건물 발코니까지 날 찾으러 왔겠어요. 흐흐."

내가 증거물을 가지고 있는지 없는지 그는 모를 것이다. 아마 넘겨짚고 이런 말을 했는지도 모른다. 하지만 그의 말이 논리에 맞았다. 범죄의 증거가 있는데 왜 경찰한테 가지 않았겠는가.

"들어요. 이 집 튀김이 맛있네."

그는 3점 차의 리드를 잡고 9회 말에 올라온 마무리 투수마냥 의기양양했다. 나에겐 만루 홈런이 필요했다. 이미 루에 주자는 다 차 있다. 윤기풍이 자백을 했으니까. 이 자백을 쓸어 담으면 그만이다. 아차! 한 이닝에 두 번의 실책이 나왔다. 아까 엘리베이터 앞에서 윤기풍의 말을 스마트폰으로 녹음하지 않았다고 자책해 놓고선, 술집에 와서도 다시 또 녹음 버튼을 누르지 않는 실책을 범하고 말았다.

나는 맥주를 한 모금 마시고 가라아게를 집어 입 속에 넣었다. 튀김옷을 입히지 않아서인지 바삭한 맛은 덜했지만, 식감은 더 쫄깃하게 느껴졌다. 우 과장이었다면 어떻게 이 상황을 해결했을까? 우습게도 내가 수험계가 아닌 현실계에서 만난 가장 능숙한 인간이 우 과장이었다. 여섯 살 먹은 어린아이에겐 자신이 다니는 태권도 도장 관장이나 자신의 아버지가 세상에서 제일 싸움을 잘하는 사람이듯이, 나에게는 우 과장이 태권도 9단이나 마찬가지였다. 우 과장에게 생각이 미치자 좋은 아이디어가 떠올랐다. 심호흡을 한 뒤 맥주를 한 모금 더 마셨고, 가라아게를 한 조각 더 먹었다.

"맞아요. 증거는 없었어요. 아니, 증거가 없었다기보다 증거가 불충분했어요. 하지만 오늘 그쪽이 말을 많이 해 줘서 증거가 완전히 채워졌어요. 우리가 지금까지 나눈 대화, 모두 다 내 스마트폰으로 녹음했거든요."

그는 내 눈을 똑바로 쳐다보았다. 하지만 놀란 눈빛은 아니었다.

"스마트폰? 당신 스마트폰 있어?"

나는 옆 의자에 벗어놓은 상의 안주머니를 뒤졌다. 없었다.

"화장실에서 찾아 봐. 문 잠겨 있으니까 종업원한테 키 받아서 가고."

윤기풍은 사기 미수범을 다루는 형사처럼 다시 반말로 나에게 스마트폰의 행방을 알려 주었다.

"씹할."

나는 욕을 내뱉고 화장실로 갔다. 이제 다시는 윤기풍한테 높임말을 할 일은 없을 것 같았다. 그를 압박하고 그의 의사결정에 영향을 미칠 만한 레버리지가 전혀 없게 되자 인간이 가지고 있는 원초적인 투지만이 되살아났다. 테스토스테론과 코르티솔이 마구 분비되었다.

"씹할!"

나는 화장실 문앞에서 다시 똑같은 욕을 내뱉었다. 아니 같은 말이지만 이번엔 단발 비명이었다. 그 비명은 나를 향한 것이었다. 이성을 차리지 못한 동물처럼 무작정 화장실로 오는 바람에 화장실 열쇠를 종업원에게 받아 오지 않았다는 사실을 깨달았다. 나는 다시 카운터로 되돌아갔다.

"화장실 열쇠 좀 주세요."

끓어오르는 분노가 억압된 사람의 얼굴은 술 취한 사람이 구토를 하기 직전의 얼굴과 비슷하다. 종업원은 못마땅한 표정으로 나에게 화장실 열쇠를 건넸다.

나는 화장실로 되돌아가 문을 열고 안을 살폈다.

"씹할! 씹할! 씹할!"

내 스마트폰이 산산이 분해되어 케이스는 휴지통에, 유심은 소변기 안에, 나머지 부속도 부러지거나 끊어진 채로 세면기를 비롯해 화장실 여기저기 흩어져 있었다. 나는 그대로 되돌아와 종업원에게 열쇠를 반납했다. 종업원은 짜증스런 표정을 짓더니 열쇠를 받자마자 화장실로 느릿느릿 걸어갔다.

테이블로 갔더니 윤기풍이 사라지고 없었다. 결국 술값도 내가 계산했다. 아직 첫 월급도 타지 않았는데.

28
/
니
켈

택시를 타고 신림동 원룸으로 향했다.

왜 목적지가 1305호 윤기풍의 오피스텔이 아니었을까? 두려웠나? 그건 아니다. 두려움을 느낄 만큼의 이성도 찾기 힘들었다. 이상한 건 분노가 윤기풍이 아닌 나를 향하고 있었다는 사실이다. 왜 가해자가 아닌 피해자에게 분노가 향한 것일까? 당했다는 생각에 자존심이 상해서였을까? 그럴 수도 있겠다. 그럼 이건 무슨 상황인 거지? 나는 윤기풍이 그렇게 밉지가 않았다. 자신은 고의가 아니라지만 어쨌든 사람을 해한 범죄자에다가 내 여자친구까지 해하려는 흉악한 놈이다. 게다가 나에게까지 제대로 엿을 먹였다. 하지만 일련의 사건들로 인한 분노와 원망은 고스란히 나에게로만 향했고, 나는 이상하게도 그를 조금 이해해 보려는 노력, 노력까지는 아니지만 어떤 시도까지는 하게 되었다.

원룸에 도착해서 뜨거운 물로 샤워를 한 뒤에도 방에 가만히 누워 잠들지 못했다. 그렇다고 무슨 뚜렷한 생각을 한 것도 아니다. 윤기풍에 대한 생각도 아니었다. 나에 대한 생각도. 그냥 눈을 감고만 있었고 잠들지 못했다.

이런 게 불면증인 걸까. 잠을 이루지 못한다는 게 고통이라는 것을 그날 밤 처음 깨달았다. 불합격을 통보받은 날, 그런 날은 잠을 이루지 못하고 뒤척여야 했다. 그러는 게 정상적인 일이었다. 하지만 나는 불합격을 통보받은 날조차도 잠은 푹 들었다. 울고 난 아이가 새근새근 잠들듯이 그렇게 잠들었다.

날이 어슴푸레 밝아 와서 시계를 보니 다섯 시였다. 밖을 보니 아직 많이 어두웠다. 하지만 희미한 빛이 모든 사물의 윤곽을 구분해 주고 있었다. 가을이었고, 새벽이었다.

방 안의 불을 켜고 찬장에서 레토르트 식품을 꺼냈다. 북어국과 미역국, 그리고 육개장이 나왔다. 어느 것을 고를까 잠시 고민하다 미역국을 조리대에 놔두고 나머지 두 개를 다시 찬장 속으로 밀어 넣었다. 그런 다음 미역국을 뜯어 내용물을 냄비에 옮겨 담고 끓였다.

미역국이 팔팔 끓자 방 안에 간장 냄새가 났다. 창문을 반쯤 열었다가 다시 활짝 열었다. 그리고 전기밥솥에서 밥을 퍼서 식탁에 놓았고, 냉장고에서 다른 밑반찬들을 꺼내 미역국이 놓인 아침을 차렸다.

아침을 든든하게 먹은 뒤, 옷을 잘 차려입고 출근길에 올랐다.

화요일이었다.

29
구리

출근하자마자 배 팀장에게 스마트폰을 잃어버렸는데 찾는 게 불가능할 것 같아 오전에 이동통신사 대리점이나 판매점에 가봐야겠다고 얘기했다.

"어디서 잃어버렸는데? 잃어버린 장소에 가서 한 번 더 잘 찾아보지 그래?"

내가 고개를 가로젓자 본인 자리의 전화로 내 전화번호를 눌러서 누가 전화를 받는지 확인해 보기까지 했다. 관심은 고마웠지만, 그냥 스마트폰이 박살났다고 말할 걸 하는 후회가 들었다. 빨리 사무실을 떠나 스마트폰을 새로 개통한 뒤 윤기풍을 다시 만나야 했다.

"아무래도 사야 할 것 같아요. 어차피 기계 바꿀 때도 되었고요."

"기계 바꾸고 싶어서 일부러 잃어버린 거 아니야? 하하."

배 팀장의 말에 팀원들이 저마다 한마디씩 했다. 누구는 어떤 기종이 좋다더라, 누구는 결합 상품으로 가입하면 싸다더라 등등. 그들의 조언을 뒤로하고 나는 사무실을 나왔다. 팀장에게는 스마트폰을 개통한 뒤 공원에 가서 현장을 좀 더 확인해 보겠다고 말했다. 황도광 사건 관련해서 보험사가 채무부존재 소송을 진행할 것 같은데 관련 자료를 더 요구한다는 얘기도 덧붙였다. 정인식 대리가 관련 자료를 더 요구했는지는 정확히 기억이 나지 않았지만 말이다.

사무실 인근 이동통신사 판매점으로 가서 스마트폰을 새로 개통했다. 보조금을 지급받는다고는 하지만 어쨌든 수십만 원의 돈을 기계값으로 내야 해서 할부로 약정을 맺었다. 윤기풍 때문에 헛돈을 쓰는 것이라 속이 쓰렸다. 사실 기존 스마트폰의 할부금도 다 완납하지 않은 상태였다.

판매점을 나오니 열 시 반이었다. 맡은 업무가 달랑 한 건밖에 없다 보니 마땅히 할 일이 없었다. 사무실로 되돌아가 직원들과 점심을 같이 먹을까 생각도 해 보았지만 아무래도 그냥 혼자 점심을 조금 일찍 먹는 게 나을 것 같았다. 윤기풍을 어떻게 만날지, 또 어떻게 윤기풍을 다뤄야 할지도 좀 더 연구해 보기로 했다.

지하철을 타고 공원과 가까운 역에 가서 내렸다. 점심 세트를 싸게 파는 햄버거 프랜차이즈로 가서 햄버거를 주문한 뒤 주문된 음식이 나왔음을 알려주는 진동 장치를 받아 들었다. 그리고 2층으로 올라갔다. 깔끔하고 널찍한 공간이었다. 손님은 나 말고 네 테이블이 더 있었는데 모두 창가 자리를 차지하고 있었다. 나는 홀 가운데 자리지만 튀어나온 벽체 기둥 때문에 구석자리만큼 아늑해 보이는 곳으로 갔다. 가방을 내려놓고 상의를 벗었다.

웡 하는 진동이 울렸다.

햄버거 가게에서 보낸 진동이라 생각하고 쳐다보았는데 아니었다. 나는 상의 안주머니에서 새로 산 스마트폰을 꺼냈다. 묵직한 진동이 느껴졌다. 누굴까?

여섯 자리 로또 번호를 확인하듯 스마트폰 케이스를 열어 보았다. 발신자가 누군지 뜨지 않는 휴대폰 번호였다.

- 여보세요. 아니, 이정우입니다.
- 이정우 씨!
- 네?
- 나 황도광이요.

반갑지 않은 이름이었다. 게다가 새로 산 스마트폰의 첫 통화자이다 보니 더 반갑지가 않았다.

　－ 네, 황도광 선생님. 반갑습니다.
　－ 그런 인사는 집어치우고, 어떻게 됐어요?

　이 사람은 가식이 없다. 자기의 욕망을 그대로 드러내는, 원초적 인간이었다. 먹이가 될 만한 작은 짐승을 발견한 석기시대 사람 같았다.
　그의 무기는 날카로운 창이 아니었다. 그의 무기는 둔기, 그러니까 몽둥이였다. 그가 말을 뱉을 때마다 나는 고통스러웠다. 하지만 그 고통의 근원은 자상이 아닌 타박상이었다. 쓸린다기보다는 아린 느낌.

　－ 어떤 일 말씀이시죠?
　－ 어떤 일? 어떤 일? 내가 어떤 일로 전화를 했겠어요? 이 사람
　　정말 안 되겠네. 이봐요! 이쪽으로 좀 와요.

　갑자기 숨이 턱 막혔다. 그때 주문한 햄버거가 나왔다고 진동장치가 드르륵 소리를 내며 테이블 위에서 울리고 있었다.

　－ 제가 그리로 갈 수는 없고요.

- 아니, 왜 못 온다는 건데? 이리로 와요. 이리로 오라고! 내가 금감원에다가 전화를 할까? 보험사 놈들이 환자 방치해 두고 보상도 안 해 주고 찾아오지도 않는다고?

금융감독원 민원은 북유럽 신화에 나오는 토르의 망치와 비슷하다. 산을 평지로 만들듯이 보험금을 지급할 수 없는 면책사고도 보험금을 지급해야 하는 부책사고로 만들 만큼 위력적이다. 지금 황도광이 토르의 망치를 휘두르며 위협을 가하고 있었다.

- 그럼 제가 조금 있다가 오후에 찾아뵐게요.
- 오후 언제요?
- 한 시까지 가겠습니다.
- 그때는 내가 물리치료를 받아야 하니까 더 일찍 오든지 아니면 세 시에 오쇼.
- 네. 세 시에 뵙겠습니다.

나는 산 정상에서 하산하는 등산객처럼 터덜터덜 계단을 따라 1층으로 내려갔다. 그리고 주문한 햄버거 세트를 찾은 다음 다시 2층으로 힘겹게 올라갔다. 입맛이 싹 가셨다. 하지만 그나마 햄버거 가게에 오길 잘했다는 생각이 들었다. 밥은 몇 술 뜨고 말았겠지만 햄버거는 이런 입맛 없는 순간에도 하나를 다 먹을 수 있었다. 감자튀김까지 곁들이니 배도 든든했다. 누군가는 먹어도, 먹어도 질리지 않는 라면을 보고 신이 내린 음식이라고 했는데 햄버거도 라면에 못지않다.

30
아연

　점심을 먹고 나니 황도광을 면담할 때까지 어정쩡한 시간이
남았다.

　윤기풍을 찾아서 어제 못 다한 얘기를 하게 된다면 세 시까지
황도광이 입원해 있는 병원으로 갈 수 없을 것 같았다. 하지만
황도광에게 계속 끌려다닐 순 없었다. 앞으로 황도광 같은 사람
을 또다시 만나지 않으리란 보장이 없었다. 아니, 더 정확히는
일을 하면 할수록 황도광 같은 사람을 만날 일이 더 많아질 것이
다. 나중에 세 시까지 병원에 갈 수 없으면 황도광한테 욕 좀 더
들어먹더라도 약속을 한 시간 늦춰 달라고 말하면 된다. 나는 마
음을 고쳐먹고 윤기풍을 찾아 햄버거 가게를 나섰다. 햄버거를
먹었더니 배뿐만 아니라 근성도 든든히 채운 느낌이다.

공원부터 먼저 들렀다. 공원 관리사무소 측과 채무부존재 소송에 관한 얘기도 해야 했고, 혹시 윤기풍이 공원에서 운동을 하고 있을지도 몰랐기 때문이다. 하지만 윤기풍은 보이지 않았고 지난주보다 더 한적해진 공원의 정경이 눈에 들어왔다. 이 고요함은 어디에서 오는 것일까?

"이 대리님!"

공원 관리사무소의 장 과장이 나를 보더니 반가운 목소리로 불렀다. 컨디션이 좋아 보였다. 나는 고개를 숙여 인사를 했다.

"오늘 과장님 컨디션이 좋아 보이시네요."

"그래 보여요? 하하. 무슨 일로 왔어요? 차 한잔 하고 가요."

장 과장이 자신의 사무실로 나를 이끌었다. 내가 테이블에 앉으니 젊은 직원이 종이컵에 커피를 두 잔 내왔다.

"다친 사람들한테는 미안한 말이지만, 공원 관리에 대한 민원이 줄기는 확 줄었어요. 늘상 자전거가 위험하게 공원을 활보한다느니, 학생들이 벤치에 침을 뱉고 욕설을 해서 환경이 지저분하고 소란스럽다느니 말이 많았거든요. 그런 항의 때문에 내가 얼마나 시달렸는지 몰라요. 그런데 며칠이긴 하지만 지금은 사람들이 공원이 조용하고 깨끗해졌다고 구청 게시판에도 많이들 적어 놓았더라고요. 이게 잘된 일이에요, 잘 안된 일이에요? 허허."

그에게는 잘된 일로 보였다. 하지만 이 일이 우연이 아니라 누군가의 고의로 발생한 걸 공원 장 과장이 알면 어떤 반응을 보일까? 아무리 의도치 않은 결과라고 하지만 윤기풍의 처사는 가혹한 것이었다. 도둑과 강도는 엄연히 죄의 성질이 다르다. 도둑에게 강도의 죄를 묻는 것이 정의일 순 없다. 고대의 함무라비 법전에도 나와 있지 않은가. '눈에는 눈, 이에는 이'라고. 이가 다쳤으면 이를 해하여야지 눈을 해하여서는 안 된다는 말이다. 질서와 율법의 여신 테미스가 왜 저울을 들고 섰겠는가. 윤기풍은 내가 볼 때 그저 자신의 분노를 다스리지 못하고 질서를 어지럽히는 자일 뿐이었다. 물론 자기 스스로는 정의를 실현하고 질서를 확립했다고 주장하고 있지만 말이다.

문제는 정의의 실현은 각자의 주관, 그러니까 내면에 간직한 각자의 저울로써 그 정당성의 무게를 재겠지만, 질서의 확립은 객관의 문제이고 실제로 공원에 질서가 찾아왔다는 사실이었다.

정의롭지 못한 질서를 공원 이용객들은 만족해했다. 황도광이나 고삐리의 사고도 사람들은 공원에 질서와 평화를 가져다준 하늘의 뜻이라 생각할지도 모르겠다. 장 과장의 말처럼 다친 사람에게 미안할 뿐이었다. 대외적으로.

나는 보험사의 정인식 대리가 제안한 채무부존재 소송에 관해 말을 꺼냈다. 설명을 다 듣고 난 장 과장은 망설이듯이 말했다.

"우리는 그냥 보험 접수를 했으니까 그 결과대로 처리하면 될 것 같은데요. 보험사가 피해 배상을 해 줄 수 없는 입장이면 그건 보험사 문제잖아요? 채무부존재? 아무튼 그런 소송을 우리 명의로 하게 되면 마치 우리가 보험사한테 돈 주지 말라고 하는 것 같이 보이지 않겠어요? 그건 안 되지."

장 과장도 노련한 사람이었다. 사실 공원 입장에서는 보험 접수만 하면 그만이었다. 황도광도 보험사를 괴롭히지 굳이 공원을 괴롭힐 이유가 없었다. 괴롭힌다고 공원에서 피해에 대한 손해배상을 해 줄 건 아니기 때문이다. 사건의 본질은 공원의 운영주체가 황도광의 피해를 배상해야 할 법적 책임이 있느냐의 문제, 즉 공원과 황도광이라는 양 당사자의 문제이지만 실질적으로 당사자가 된 건 보험사와 황도광이었다.

정인식 대리야 어떻게 하든 피보험자인 공원 측을 설득해서 공원 명의로 소송이 진행되도록 하라고, 그래야 금감원의 지적을 피해 갈 수 있다고 나에게 명령 같은 부탁을 했지만, 계속 장 과장을 설득하면 오히려 역효과가 날 것 같아 일단 생각해 보라는 말만 던져 놓고 공원 관리사무소에서 나왔다.

그리고 공원의 벤치에 앉아 30분가량 윤기풍이 운동하러 나오기를 기다렸다. 날이 하루하루 차가워져 갔다. 선선하다는 느낌보다는 서늘하다는 느낌이 드는 바람이 내 뺨과 목을 스치고 지나갔다. 나는 순간 어깨를 움츠렸다. 그리고 벤치에서 일어나 윤기풍이 살고 있는 오피스텔로 향했다. 긴장감 때문인지 심장이 쿵쿵거리는 소리까지 내 귀에 들리는 듯했다. 햄버거로 채운 뱃심은 어느새 사라지고 없었다.

31
/
갈름

오피스텔 정문에 도착할 때까지 윤기풍은 보지 못했다. 길에
서 마주치면 좋았을 텐데, 집으로 직접 찾아갈 수밖에 없는 상황
까지 오고 말았다. 공원에서 오피스텔까지 걸어가면서, 아니 아
까 벤치에 앉아 있으면서도 윤기풍에게 무슨 말을 어떻게 할까
고민했지만 아무런 묘책도 떠오르지 않았다. 내가 희주에게 필
터형 전자 담배를 사다 주었다. 이제 그녀 때문에 담배 냄새로
고통받는 일은 없을 것이다. 그러니 괜히 1205호의 유리창을 깨
는 등의 난폭한 짓은 계획하지 말라. 이 정도가 겨우 생각해 낸
말이었다. 윤기풍은 도둑도 아니고, 강도도 아니었다. 일종의 폭
력배였다. 장풍이라는 폭력. 그 폭력 앞에 나는 사정해야 했고,
정말 윤기풍이 물러서만 준다면 무릎이라도 꿇어야 할 입장이었

다. 나는 사랑하는 사람을 스스로의 힘으로는 도저히 지킬 수 없는 루저에 불과했다. 나는 힘도 없지만, 지혜도 용의주도함도 없었다. 고시낭인의 입장에서는 강제로 빠져나왔으나 아직 무력하기만 했다.

– 딩동

희주가 살고 있는 1205호와 똑같은 현관벨 소리일 텐데 전혀 다른 소리로 들렸다. 뭐랄까. 심한 공명 때문에 소리의 울림이 고막이 아닌 귓불에까지 느껴졌다. 현관벨도 주인을 닮아가나 보다.

– 딩동, 딩동

안에서는 아무런 인기척이 나지 않았다. 하지만 나는 그가 집 안에 있으면서도 일부러 나를 피하고 있다는 사실을 알고 있었다. 예감, 직감, 육감 무엇이라고 부르든 그는 안에 있다.

– 딩동, 딩동, 딩동

내가 벨을 또다시 눌렀다. 벨 소리가 조용한 복도에 산 속 메아리처럼 울려 퍼졌다. 벨 소리가 유난히 크다는 생각을 했다. 안에서는 여전히 아무런 반응이 없었다. 윤기풍이 나를 피하는 건 당연한 일이다. 반대로 내가 윤기풍을 기필코 만나려 하는 것도 당연한 일이다.

- 딩동, 딩동, 딩동, 딩동

1305호의 문이 아니라 1306호의 문이 열렸다. 웬 덩치 큰 아저씨가 민소매의 하얀색 러닝셔츠를 입고 반쯤 열린 문으로 나를 노려보며 한마디 했다.

"이봐요. 안에 사람이 없는가 본데, 벨 몇 번 눌러 보고 사람이 없으면 그냥 가야지, 계속 벨 누르면 근처 사는 사람은 어쩌라는 거예요? 낮에 시끄럽게 말이야. 야간 근무 때문에 지금 자고 있는 사람도 생각해 줘야지."

나는 몇 번 고개를 조아리며 사과를 표했다. 더 이상 벨을 누를 순 없는 상황이 되었다. 그렇다고 그냥 돌아갈 수도 없는 상황. 나는 문에 등을 기대고 그대로 주저앉았다. 윤기풍도 언젠가는 바깥에 나오겠지. 다만 황도광과의 약속 시간인 오후 세 시가 한 시간밖에 남지 않았다는 사실이 못내 아쉬웠다. 그전에 윤기풍이 밖으로 나올까?

"남의 집 앞에서 뭐하고 있는 거예요?"

윤기풍이었다. 예감 따위, 그것이 직감이든 육감이든 간에 그런 모호한 느낌은 믿을 게 못된다. 윤기풍은 쇼핑백 두 개를 들고 있었다. 장을 보고 오피스텔로 들어오는 길이었다. 나는 엉거주춤 일어나 문에서 비켜섰다. 윤기풍이 나보고 비밀번호를 눌러야 하니까 좀 떨어져 있으라고 해서 다시 세 걸음 더 옆으로 이동했다. 혹시 문이 열리자마자 윤기풍 혼자 잽싸게 뛰어 들어갈지 모르니 나 또한 하계올림픽 100미터 출발선에 대기 중인 선수처럼 순간적으로 복도에서 방 안으로 뛰어 들어갈 준비를 했다.

"들어와요."

문이 열리자 그가 나에게 말했다. 언제나 예상을 배반하는 인간이다. 윤기풍.

방 안은 깔끔하게 잘 정리되어 있었다. 희주 방보다 오히려 더 깨끗해 보였다. 방 안 구조나 가구 배치는 희주의 것과 똑같았다. 내가 자리에 앉자 그는 냉장고에서 캔에 든 스포츠 이온음료를 두 개 꺼내 하나를 나에게 건네고, 자기도 맞은편 자리에 앉더니 뚜껑을 따서 마셨다. 내가 말을 시작하려 하자 그는 "잠시만요."라고 말하고는 책상 위에 놓인 하얀색 편지봉투를 나에게 내밀었다.

"뭔데요?"

그가 어깨를 으쓱해 보였고, 나는 봉투를 열어 내용물을 꺼냈다. 오만 원 지폐 다섯 장이 들어 있었다.

"뭐죠?"

"핸드폰 값이요."

기분이 확 상했다.

"이십오만 원? 내가 오늘 스마트폰 사는 데 돈이 얼마나 들었는지 알기나 해요?"

"보조금 받고 이것저것 할인 받아서 대략 오십만 원 정도 들었겠죠. 절반이에요. 쌍방과실이랄까."

"그게 왜 쌍방과실이에요? 당신이 일방적으로 부숴 놓고는."

그가 갑자기 오른쪽 집게손가락을 자신의 입으로 가져가 내 말을 막는 시늉을 한 뒤 자리에서 일어났다. 그리고 침대 앞으로 가더니 셔츠를 홀러덩 벗었다. 상체의 맨살이 그대로 드러났다. 내가 당황해서 어찌할 바를 모르고 있는 사이 그는 바지와 양말도 벗었고, 결국 팬티 하나만 남기고 알몸이 되었다.

"그쪽도 다 벗어요. 팬티는 입어도 좋고요."

"지금 뭐하는 거예요?"

"또 어제처럼 나 몰래 녹음하려고 시도할지 모르니까요. 우리가 서로 신뢰하는 사이는 아니잖아요?"

그가 나에게 곧바로 옷을 벗으라고 말했다면 결코 옷을 벗지 않았을 것이다. 하지만 윤기풍 스스로 먼저 팬티만 남긴 채 옷을 다 벗고 나니 나도 옷을 벗을 수밖에 없었다. 나는 윤기풍과 대

화를 나누어야 했고, 우리의 대화는 비밀이 보장된다는 신뢰를
보여 주어야 했다.

나는 팬티만 남긴 채 옷을 다 벗은 후 가방과 함께 윤기풍이 들
고 있는 쇼핑백 두 개에 나눠 담았다. 그는 그것을 드럼 세탁기
에 넣더니 세탁기 문을 꽉 닫아 버렸다.

"세탁기 안 돌릴 테니까 그런 표정 짓지 마요. 요즘에는 스마트
폰뿐만 아니라 초소형 카메라나 녹음기도 많아서 어쩔 수 없어
요. 어제 당신이 나에게 뺑을 친 업보다 이렇게 생각하세요. 다
행히 우리 둘 다 안경은 안 쓰네요. 안경도 벗으라고 말하려 했
더니."

수영복과 속옷의 차이는 무엇일까? 물론 재질이 다르니까 차
이가 있을 것이다. 하지만 외관상의 차이는 무엇일까? 우리가 수
영복을 입고서 이렇게 마주 앉았다면 이렇게까지 민망하지는 않
았을 것이다. 나는 그래도 드로즈라서 민망함이 아주, 아주 조금
덜했지만, 그는 삼각이라서 그 부분이 더 도드라져 보였고 시선
처리가 어려웠다.

"어떻게 할 건가요?"

"뭐가요?"

"제 여자친구요."

"하하. 왜 걱정돼요?"

미친놈.

"당연히 걱정이 되죠."

"제 부탁 들어주면 그쪽 여자친구는 안전해요. 보장하죠."

"부탁이요?"

"그때 명함 보니까 로메리고 다니던데요?"

"네. 그런데 회사하고 무슨 상관이 있죠? 혹시 주변 분 중에 보험 관련 사고 당하신 분이라도 있나요?"

윤기풍은 내 질문에 대답은 하지 않고 음료수만 홀짝 마시더니 한숨을 내쉬었다. 그리고 다시 침묵이 이어졌다. 그의 몸은 인위적으로 근육량을 늘린 보디빌더 스타일이었다. 말 그대로 만든 몸이었다. 그가 내 쪽으로 자세를 기울이자 가슴 한쪽이 불끈 솟아났다.

"김기준이라는 사람 아직도 다니고 있죠?"

"김기준요?"

나는 누굴 말하는지 언뜻 떠오르지가 않았다. 김기준, 김기준. 몇 번 이름을 되뇌고 나서야 누군지 알 수 있었다. 경영지원실 김 실장이었다.

"네, 실장님 말씀하시는 것 같네요. 지금 계시죠."

윤기풍이 다행이라는 듯이 고개를 끄덕였다.

"내가 그 자식하고 해결할 게 좀 있어요."

"돈 문제인가요?"

왜 돈 문제라고 생각했을까?

"돈 때문에 그런 건 아니고……."

그는 잠시 말을 멈추었다. 뭔가 생각을 하는 눈치였다. 나도 마찬가지로 그가 말한 '부탁'의 의미를 생각해 보았다. 희주에게 해코지를 하지 않을 테니 김 실장에게 해코지를 해 달라는 뜻일까?

"로메리고 다닌 지 얼마나 됐죠?"

"한 달, 아니 보름 정도 됐습니다."

지금과 같은 상황에선 아예 솔직한 게 나을 것 같았다.

"그럼 잘 모를 수도 있겠네요. 로메리고에서 직원 하나가 자살했다는 얘기 들은 적 있나요?"

"네, 있어요. 경리직원 말하는 건가요?"

윤기풍은 고개를 끄덕였다.

"내가 걔 오빠예요."

북한 말씨가 아니라 강원도 영동지방 말씨였구나. 하지만 이상하게 나는 놀라지 않았다. 놀라기엔 너무 비극적이다.

"저기……, 그런데 저한테 부탁하려는 일이 뭐죠?"

그는 미리 할 말을 정해 놓은 듯 머뭇거림 없이 원하는 걸 말했다.

"그 인간하고 나하고 빌딩 옥상에서 둘만 있을 수 있게 자리를 마련해 줘요. 아무도 없어야 하고 김기준하고 나, 이렇게 우리 둘만 있어야 해요. 그쪽은 있어도 상관없는데, 그쪽도 남의 일에 끼어들고 싶진 않을 거 아녜요? 그러니까 그쪽은 같이 있어도 되고 없어도 돼요."

"김 실장님하고 빌딩 옥상에서 둘이 만나서 어쩌려고요?"

이런 말은 질문이 아니라 확인에 가깝다. 나는 윤기풍이 무슨 일을 벌일지 짐작이 갔다. 오빠가 아닌가.

"죽여 버려야죠."

그는 예상대로 솔직했다.

"그 부탁은 못 들어주겠는데요."

"왜죠? 내가 이렇게 까놓고 말하는데 왜 거절하는 거죠? 당신은 그냥 자리만 마련해 주고 빠져 있으면 돼요. 당신보고 어떻게 해 달라는 게 아니에요."

제250조(살인, 존속살해)

① 사람을 살해한 자는 사형, 무기 또는 5년 이상의 징역에 처한다.

② 자기 또는 배우자의 직계존속을 살해한 자는 사형, 무기 또는 7년 이상의 징역에 처한다. 〈개정 1995. 12. 29.〉

제32조(종범)

① 타인의 범죄를 방조한 자는 종범으로 처벌한다.

② 종범의 형은 정범의 형보다 감경한다.

나는 그에게 형법 제250조와 제32조를 그대로 읊어 주었다. 사법시험을 오래 준비했다고 해서 모든 법조문을 다 외우지는 못한다. 또 2차 논술형 시험장에 가면 법전이 제공된다. 하지만 주요 조문은 암기하고 있어야 했다. 그래야 법전을 뒤질 시간에 한 글자라도 더 쓸 수가 있다. 또 공부를 오래 하다 보면 자연스럽게 외워지는 조문들이 있다.

"살인 방조범으로 처벌받을까 봐 그러는가 본데요. 이해합니다. 하지만 결코 당신이 방조범으로 잡힐 일은 없어요. 왜냐하면 나도 잡히지 않을 거니까요. 누가 그 새끼를 죽였는지는 아무도 몰라요. 왜 그런지는 그쪽도 잘 알고 있잖아요."

그의 말이 맞다. 옥상에서 장풍으로 사람을 밀어 버리는 건 손 안 대고 코 푸는 것과 비슷하다. 누가 짐작이나 하겠는가. 하지만 나는 그의 부탁을 들어줄 수 없었다.

"꼭 법의 처벌조항 때문에 그러는 건 아니에요. 살인은 법의 문제이기 전에 도덕의 문제인 거죠. 법, 그중에서도 형법은 '도덕의 최소한'이라는데 그 최소한의 도덕조차 지키지 않겠다는 거잖아요. 살인은 도덕의 위반 중에서도 최악의 위반이에요. 그걸 잘 아셔야죠. 물론 동생분에 대한 오빠로서의 심정은 이해합니다."

그는 쉽게 물러나지 않았다.

"형법이 '도덕의 최소한'이기도 하지만 반대로 법과 도덕이 겹치지 않는 부분이 있어요. 법에 의한 처벌이 도덕에 의한 처벌,

그러니까 법이 우리 인간이 자연스레 갖는 법 감정에 훨씬 미치지 못하는 처벌을 한다면 그게 제대로 된 법인가요? 내 동생이 억울하게 죽었어요. 죽기 전에도 그 짐승 같은 새끼한테……. 알고 있죠? 대강은?"

나는 말없이 고개를 끄덕였다.

"그런데도 김기준이는 멀쩡히 회사 잘 다니고 있어요. 그게 정의고 법인가요? 법이 정의를 전혀 실현시키지 못하고 있잖아요. 안 그래요?"

나도 물러서지 않았다.

"악으로 정의를 실현할 수는 없어요. 사적 보복은 또 다른 보복을 낳고, 사회의 안정을 해치죠. 해악이 더 크다고요. 다시 말씀드리지만 심정은 이해합니다."

윤기풍은 내 말에 헛웃음을 지었다.

"심정 이해한다는 말은 됐고요. 누가 죽였는지도 모르는데 누가 어떻게 복수를 한다는 거예요? 또 사회의 안정? 사람들은 다들 사고로 죽었다고 생각할 텐데 어떻게 사회의 안정을 해친다는 겁니까?"

"아니죠. 이건 내면의 윤리 문제이기도 해요. 신독이라는 말도 있잖아요. 하늘이 알고 스스로도 아는 겁니다. 윤리는 남이 알고 모르고의 문제가 아니에요. 여동생 분의 목숨, 네, 맞습니다. 중요하죠. 마찬가지로 다른 사람의 목숨도 중요한 거예요."

우리는 벌거벗은 몸으로 서로의 논리를 헐뜯었다. 이 싸움에선 내가 이긴 것 같았다.

"알았어요."

"네?"

"알았다고요. 협조를 안 하겠다면서요? 내가 알아서 할 거니까 그냥 나가요. 당신하고는 할 얘기 없으니까."

윤기풍이 말할 때마다 짐승 같은 근육이 솟아났다.

"그럼 내 여자친구는요?"

"그건 당신이 알아서 해요. 나도 내가 얼마나 담배 냄새를 참을 수 있을지 모르겠네요. 당신이 여자친구 윤리 교육에다가 공중도덕, 뭐야 그 기초질서, 기본 양심교육까지 잘 시켜요. 그럼 되겠네."

윤기풍이 상당히 흥분해 있었다. 나는 드럼 세탁기 문을 열고 쇼핑백을 꺼낸 다음 차곡차곡 옷을 입었다. 내가 옷을 다 입는 동안에도 윤기풍은 벌거벗은 몸으로 흥분을 삭이고 있었다. 내가 문을 열고 나가려는데 뒤에서 그가 말했다.

"내가 당신 여자친구 어떻게 해도 당신은 절대 사적 보복은 안 하겠네. 좀 전에 신독이라고 그랬어? 와, 군자 나셨네, 군자 나셨어. 큭큭."

금수 같은 놈. 나는 짐승의 집을 나와 또 다른 짐승을 만나러 병원으로 향했다.

32
게르마늄

병원에서 짐승을 만났다.

종류는 달랐다. 윤기풍이 나름대로 머리를 쓰는, 그러니까 전전두엽이 발달한 짐승이라면 이 짐승에게는 순수한 욕망만이 존재했다. 입원실 침상에 비스듬히 누워 있던 황도광은 나를 보자 의외로 반갑게 맞았다. 박카스도 한 병 따서 마시라고 건네기까지 했다. 내가 자기에게 불리한 말을 하지 못하도록 다정스런 연기를 하는 것인지 아니면 정말 나에게서 좋은 소식이 나올 거라 기대를 하는 건지 판단이 서질 않았다. 옆 침상의 다른 환자들도 나와 황도광의 대화가 어떻게 진행되는지 호기심 가득한 눈빛으로 바라보고 있었다.

"보상금이 얼마로 나왔어요?"

떡 줄 보험사는 생각지도 않는데, 황도광은 혼자서 김칫국부터 먼저 마시고 있었다. '보상금은 책정되었나요?' 보통 이렇게 묻지 않을까?

"검토 중에 있습니다."

나는 내가 대답하고도 너무 사무적인 어투라고 반성을 했다. 곧바로 황도광의 격한 반응이 나타났다.

"이 씹새끼들은 사람을 좆같이 보고 뭐 맨날 검토 중이래? 씹할 새끼들! 니미 좆같은 새끼들!"

그는 나를 바라보고 욕하지 않았다. 고개의 각도만 보면 혼잣말이었다. 하지만 우렁찬 목소리로 복도까지 다 들리게끔 소리를 질렀다. 나 들으라고 하는 욕이었다. 아니, 짐승의 울부짖음이었다.

층간 소음은 그 고통을 당해 보지 않은 사람은 아래층의 고통을 전혀 이해할 수 없다고 하던 윤기풍의 말이 생각났다. 황도광 같은 인간을 상대할 때 겪게 되는 모멸감도 당해 보지 않은 사람은 모른다. 그 느낌, 사람을 마치 전기충격기에 맞은 개처럼 무력하게 만드는 그 느낌을 보통의 사람들은 알지 못할 것이다. 나는 황도광의 말에 분노하거나 격분하지 않았다. 그저 무기력해져 갔다. 쇠창살에 갇혀 수차례 전기충격기로 지져지는 보신탕용 개처럼 움츠러든 채 상황을 버티기만 했다. 그래야 밥을 먹고 살 수 있으니까.

황도광에게 최대한 빨리 보험금 지급 여부를 검토해서 알려주겠다고 의미 없는 약속을 한 뒤 병실을 나왔다. 그 약속은 발행 당시부터 부도난 어음이었다. 채무부존재 소송을 준비하기 위한 시간벌이에 지나지 않았다. 거짓이고 사기였다.

제347조(사기)
① 사람을 기망하여 재물의 교부를 받거나 재산상의 이익을 취득한 자는 10년 이하의 징역 또는 2천만원 이하의 벌금에 처한다.
② 전항의 방법으로 제삼자로 하여금 재물의 교부를 받게 하거나 재산상의 이익을 취득하게 한 때에도 전항의 형과 같다.

하지만 나의 사기는 도덕상의 사기였지 법상의 사기는 아니었다. 나는 황도광을 기망했으나 재물을 교부받지도 않았고, 재산상의 이익을 취하지도 않았기 때문이다. 물론 남을 함부로 기망하면 손해배상 문제가 생길 수도 있다. 법은 복잡하다.

사무실로 들어가는 내내 마음이 무거웠다.

창밖으로 보이는 가을 경치나 일상을 즐기는 사람들의 모습을 구경하면 기분이 좀 나아질까 싶어 지하철 대신 버스를 탔다. 버스는 한강을 지났다. 서울에 한강이 있다는 건 축복이다. 아니다. 사람들이 한강변에 자리를 잡아 서울이 된 것이다. 모든 걸 인간의 이기로만 해석한 데서 온 착각이었다.

버스의 라디오에서 뉴스를 정리해 주는 시사 프로그램이 흘러 나오고 있었다. 1405호 관련 소식이었다.

- 드디어 국과수 감식 결과가 오늘 오전 열 시에 발표되었습 니다. 이에 대해 얘기를 나눠 보겠는데요. 이 기자, 일단 내 용을 간략히 요약해서 말씀해 주시죠.
- 국과수는 일단 이번 감식 결과로는 북한의 소행인지 여부를 확인할 수 없다고 밝혔습니다.
- 확인할 수 없다?
- 국과수는 창문의 유리 파편을 분석한 결과 물리적 파동에 의해 외부, 그러니까 오피스텔 외부에서 파동이 전달되어 창문의 국소 부위에 영향을 주었고, 유리가 부서지며 파편 이 피해자인 국정원 직원 쪽으로 날아가 상해를 입힌 것으 로 보고 있습니다.
- 그럼 내부에서 특별한 장치에 의해 유리창이 안쪽으로 수축 된 건 아니라는 거군요. 여기서 기술 전문가를 연결해서 의 견을 듣겠습니다. 한국대학교 물리학과 이정훈 교수입니 다. 교수님, 나와 계십니까?
- 네, 안녕하세요.
- 안녕하십니까. 국과수 감식 결과를 보셨죠? 설명을 좀 부탁

드리겠습니다.

- 쉽게 설명드리면, 파도가 치는 것처럼 공기가 파동을 일으
켰다고 보시면 되겠습니다.

- 공기가 파도처럼 파동을 쳤다? 그럼 강한 바람 같은 건가요?

- 그런 의미는 아니고요. 일반적으로 파도가 치면, 멀리 있는
물이 차례차례 앞쪽으로 이동한다고 생각하지만 실제로는
물이 그 자리에서 파동을 일으키는 거거든요. 물 분자가 이
동하는 게 아니라 에너지를 전달하는 겁니다.

- 복잡한 물리학 내용은 이해하기 힘들지만, 아무튼 바람은
아니라는 말씀이네요?

- 네. 국과수가 발표한 자료가 맞는다면 바람이 아니라 소리
와 같은 개념입니다. 음파가 발생하면 유리컵이나 유리 창
문이 진동으로 떨리지 않습니까? 그와 같은 원리라고 보시
면 되겠습니다.

- 그럼, 이런 원리를 이용해서 무기를 제작할 수도 있나요?

- 이론적으로 가능은 합니다. 우리가 일상생활에서 유용하게
사용하는 전자레인지도 음식물 속에 들어 있는 물 분자를
공명시켜서 음식물을 데우는 것이거든요.

- 그렇군요. 새로운 사실을 알게 됐습니다. 교수님, 말씀 고맙
습니다. 다음은 국방 및 안보문제 전문가와 얘길 나눠 보겠
습니다. 사단법인 방산비리척결을위한예비역모임에서 사

무국장을 맡고 계시는 김수웅 국장님 연결되어 있습니다. 안녕하세요, 국장님.

- 총장입니다.

- 네?

- 사무국장이 아니고 사무총장입니다.

- 아, 네. 사무총장이시군요. 죄송합니다, 총장님.

- 괜찮습니다.

- 국과수 감식 결과를 어떻게 보셨습니까?

- 저 같은 경우는 사무실에 있는 TV로 시청했습니다.

- 아, 네. 하하. 유머 감각이 있으시군요. 총장님, 어떤 의견을 갖고 계십니까?

- 저희 사단법인에서는 처음부터 북한과의 연계 가능성을 주장했는데요. 소위 다이렉티드 에너지 웨폰(directed-energy weapons)이라고 하는 '에너지 직접사용 무기'를 북한이 개발한 뒤 테러에 사용한 것 같습니다.

- 왠지 영어로 들으니까 그런 무기가 실재하는 것 같은데, 진짜 있습니까?

- 있습니다. 극초단파를 발사해서 인간이 통증을 느끼게 한다든지, 에너지빔을 쏴서 미사일을 요격하는 무기들이 실제로 있습니다. 도청 장비 중에 유리창의 떨림을 분석해서 음성을 식별하는 장비도 있으니까, 역으로 유리창을 떨리게 하

는 것도 충분히 가능하겠죠.

- 공상과학 영화에서나 나오던 에너지파나 레이저빔 등을 무기로 사용하는 시대가 온 것 같습니다. 이번 사건이 북한 소행이라면 에너지파 무기가 실전 배치까지 되었다고 봐야겠군요.

- 문제는 테러에 사용될 정도로 소형화가 되었다는 사실입니다. 로켓포 사이즈 정도로 개인이 휴대할 수 있는 크기가 된 것으로 추정되는데, 이게 사실이면 상황이 심각한 거죠. 제2차, 제3차 테러가 일어나지 않으리란 보장이 없습니다.

- 정부의 신속한 대책 마련, 그리고 경찰과 국정원의 신속한 범인 검거가 요망되는 시점입니다. 오늘은 여기까지 듣겠습니다. 감사합니다.

사람들의 예상보다 조금 이르게 국과수 감식 결과가 나왔다. 피해자가 국정원 직원으로 밝혀진 데다가 북한의 개입설 등이 시중에 유포되면서 사람들의 관심이 집중되었기 때문인 것 같았다. 하지만 감식 결과는 사람들의 궁금증을 충분히 해소시켜 주지 못했다. 국과수는 과학 이야기를 했지만, 사람들은 정치를 원했다. 북한의 소행이냐, 아니냐. 그리고 언론은 이슈를 원했다. 자본은 조회 수를 원했다. 나는 일찍 퇴근하고 싶었다.

33
/
비
소

버스는 공덕역에 나를 버려두고 떠났다.

사무실에 들어간 뒤 책상 위에다 가방을 대충 놔두고 상의를 벗어 옷걸이에 걸었다. 배 팀장은 보이지 않았다. 사무실 분위기가 어수선했다.

"무슨 일 있어?"

나는 명 주임을 복도로 따로 불러냈다.

"걸렸는가 봐요."

"걸려? 뭐가?"

"단체로 회사 옮기려고 한 거 들킨 것 같아요. 지금 팀장님은 사장님한테 불려 갔고요. 대리님 빼고 우리 팀 직원들은 좀 전에 경위서 썼어요. 김 실장이 대리님보고도 쓰라고 할 거예요."

명 주임이 눈을 살짝 찌푸리면서 말했다.

"뭐라고 써야 하지?"

"어쩔 수 없죠. 사실대로 쓰는 거지. 옮기는 게 뭐 잘못인가요? 대한민국에 직업 선택의 자유 있는 거 아니에요?"

"회사와의 신뢰관계나 회사의 업무를 방해하지 않는 범위 내에서 자유권을 행사하는 거지, 무작정 하고 싶은 대로 하면 안 되지."

"와아, 완전 김 실장하고 또—옥—같이 말씀하시네. 대리님 혹시 회사 프락치 아니에요? 하하."

프락치라는 말에 내 표정이 굳어지자, "대리님, 농담이에요. 농담!"이라며 명 주임이 내 팔짱을 꼈다

"됐어. 징그러우니까 저리 가."

나도 적당히 웃으며 넘어갔다. 그나저나 회사 다니기 시작한 지 보름 됐는데, 앞으로 내 진로가 어떻게 될지 걱정이었다. 이런 마음이 간사한 걸까?

"마침 여기 있었네. 이 대리, 나 좀 보지."

김 실장이 복도에서 우리를 발견하고는 나를 데리고 회의실로 들어갔다. 회의실 문이 닫히자 이곳은 외부와 격리된 채 딴세상이 되었다. 회의의 집중도를 높이기 위해 창문이 없는 곳에 회의실을 배치했다고 김 실장이 종이컵에 커피믹스를 타며 내게 말했다. 백화점과 카지노 대부분은 시계와 창문을 없애 사람들로

하여금 외부와 단절된 채 쇼핑과 게임에만 시간 가는 줄 모르고 몰두하게 만든다던데, 그와 비슷한 원리인 것 같았다. 그래도 여기 회의실에는 그나마 시계가 한쪽 벽에 걸려 있었다.

김 실장에게는 이번 단체 이직 미수사건이 신나는 일인지 커피를 타는 내내 콧노래를 흥얼거렸다. 그러나 자기를 쳐다보고 있는 나를 의식하고는 다시 심각한 표정으로 되돌아갔다.

"나한테 귀띔이라도 해 주지 그랬어. 금요일에 말이야."

김 실장이 나에게 종이컵에 담긴 커피를 건넸다. 커피가 종이컵의 반쯤 담겨 있었다.

"반쯤 담긴 커피가 젤로 맛나. 커피 잘 못타는 애들이 보면 커피 물을 종이컵 3분의 2까지 채운다니까. 흐흐."

커피를 마셨다. 김 실장의 말에 최면이 되어서일까, 달달하고 적당히 쌉쌀한 맛이 딱 맛있는 커피였다.

"제목은 경위서라고 쓰면 되고, 어떤 일이 있었는지, 배 팀장이 언제부터 직원들을 부추겼는지, 배 팀장의 작당에 반대한 직원은 없었는지, 있었다면 누구였는지, 단체 이직에 대한 본인의 생각, 앞으로 회사 생활을 어떻게 할지 등을 자유롭게 작성해 봐. 시간은, 가만 보자, 10분이면 되겠지?"

김 실장이 나가고 회의실에는 나와 종이, 그리고 볼펜만이 남았다. 시계를 보니 오후 다섯 시였다. 나는 경위서를 작성하기 시작했다. 자유롭게.

정확히 10분 후 김 실장이 와서 나에게 경위서를 받아 갔다. 그리고 배 팀장을 제외한 팀원들이 하나둘 회의실로 들어왔다. 다들 아무 말이 없었다. 잠시 침묵이 흐른 뒤에 김 실장이 다시 들어와서 회의 테이블 상석에 앉았다.

"다들 어떻게 할 거야?"

김 실장의 질문에 다들 고개를 좌우로 돌리며 서로의 얼굴을 쳐다보았다. 하지만 아무도 조언을 해 줄 수 없었다.

"왜 대답이 없어? 그럼 건제순으로 얘기해 봐."

건제순. 와, 정말 오랜만에 들어보는 말이었다. 우재우 과장이 입을 열었다.

"저는 경위서에 쓴 것처럼 회사에 남아서 계속 일을 열심히 하겠습니다. 애초부터 다른 데 갈 생각도 없었고요. 배 팀장이 혼자 판단으로 그런 겁니다. 물론 미리 말씀드리지 못한 건 죄송한데, 같은 팀이다 보니 고자질하는 것 같다는 느낌도 들어서 말씀 못드렸습니다. 죄송합니다."

우재우 과장의 말이 끝나고 한참 침묵이 이어졌다.

"이 대리?"

"네?"

"뭐해? 건제순이라니까."

그렇다. 직급상으로는 그 다음이 나였다. 나는 왜 내가 팀의 막내라고 생각했을까?

"저는 아직 잘 모르겠습니다. 아시다시피 배 팀장과의 개인적 관계도 있고 해서 지금 당장 판단을 내리지는 못할 것 같습니다."

"왜 판단을 당장 못 내리는 건데? 배 팀장의 노예야 뭐야? 개인적 관계? 나 참, 여기 회사야!"

어느 틈엔가 부사장이 회의실 문에 기대어 서 있었다. 그녀의 날선 목소리에 심장이 쿵쿵거렸다.

"명성원 주임, 현태민 주임 이야기 끝난 다음에 이정우 대리는 자기 진로 어떻게 할지 이 자리에서 결정해. 너희 남자들끼리 늘 얘기하잖아. 남자는 진퇴가 분명해야 한다고. 그러니까 진퇴를 분명히 정해. 더 못 기다리니까. 만약에 회사 남는다고 결정하면 이정우 대리는 손해배상 보험금 사정 업무를 하지 않고 내 직속으로 들어와서 내가 따로 업무를 줄 거야. 그렇게 알고 지금 잘 생각해. 그럼, 명 주임, 얘기해 봐."

대꾸는커녕 숨도 제대로 쉴 수 없었다. 이런 게 카리스마인가. 그런데 명 주임도 만만치 않은 기개가 있었다.

"저는 퇴사하겠습니다. 이 신의 없는 세상에 저 같은 사람도 하나쯤은 있어야죠. 팀장님하고 계속 함께 갈지, 아니면 저대로 다른 회사로 옮길지는 잘 모르겠지만, 팀장님이 저렇게 된 이상 로메리고에 있지는 않겠습니다. 또 유앤어스로 옮기려고 할 때 암묵적으로 동의도 했으니까 그 책임도 져야죠."

"명 주임, 멋있네. 좋아. 현 주임은?"

부사장이 현태민 주임을 지목했다.

"저는 애초부터 로메리고 떠날 생각이 없었습니다. 솔직히 팀장님이 저희들 의견도 물어보지 않고 혼자서 저지른 일입니다. 저는 받아만 주시면 로메리고에서 계속 일하겠습니다."

현 주임의 목소리가 가느다랗게 떨렸다. 약간 목이 멘 듯했다. 자기의 말에 어떤 아쉬움이 있는 것일까? 배 팀장의 일방적 처사에 억눌렸던 감정이 불쑥 솟구친 것일까? 아니면 변명하는 자신의 모습이 온당치 못해 보여서 그랬던 것일까?

남 걱정하고 있을 때가 아니었다. 세상은 트러블메이커를 좋아하지 않는다. 이쪽 업계도 마찬가지일 것이다. 배 팀장은 아마 자기 몸 하나 건사하기도 힘들지 모른다. 내가 배 팀장을 따라 회사를 관두면 그에게 위로가 될지, 군식구 같은 짐이 될지 확신할 수가 없었다. 명 주임이야 일도 잘하고, 무엇보다 나이가 어리니까 유앤어스가 아니더라도 다른 회사로 이직하는 게 특별히 어렵지는 않을 것이다. 한마디로 명 주임은 몸이 가벼웠다. 하지만 나는 업계 경력도 없는데다가 무엇보다 나이가 많았다. 결정을 내리기 전에 배 팀장을 한 번이라도 만나고 싶었다. 하지만 추상같은 부사장의 표정을 보니 배 팀장을 만나 본 뒤 결정하겠다고 하면 그냥 나가라고 당장이라도 소리칠 것 같았다.

"이 대리, 결정했어?"

"네, 저는 회사에 남도록 하겠습니다."

내 목소리가 가느다랗게 떨리고 있었다. 현 주임처럼 목이 메었다.

사장과의 면담을 마치고 나온 배 팀장은 아무 말 없이 책상에서 개인 물품을 정리했다. 김 실장이 배 팀장이 가지고 가는 사물을 하나하나 점검한 뒤 쇼핑백에 담았다. 쇼핑백을 들고 배 팀장이 직원들과 인사를 했다.

"너는 어떻게 하기로 했어?"

예전의 팀장 말투가 아니었다. '뭐해? 짐 안 싸고?' 이렇게 말해야 배 팀장다운 건데, 그는 이제 망망대해에 떨어진 이카로스가 되어 있었다. 회사에 남기로 한 결정이 잘한 것이라는 생각이 들었다.

"회사에 있기로 했어요."

그는 말없이 고개를 끄덕였다. 그리고 우 과장을 그냥 지나친 뒤 현 주임에게 가서 회사 생활 잘하라는 덕담을 건넨 뒤 악수를 했다. 현 주임은 엉거주춤 허리를 숙이며 배 팀장의 손을 잡았다.

"너는 회사에 남아 있지, 어딜 가려고?"

명 주임 앞에서 배 팀장은 예전처럼 웃었다.

"송별회도 없나요?"

명 주임이 큰 소리로 말하자 김 실장이 얼굴을 찌푸리며 대답했다.

"송별회는 무슨……. 징계위원회 없는 걸 다행으로 알아!"

명 주임은 입을 삐죽 내밀며 자리에 앉았고, 배 팀장은 다른 부서 쪽으로 가서 직원들과 작별 인사를 했다. 그리고 사무실 밖으로 나갔고, 그걸로 끝이었다. 명 주임은 일주일 동안 미결을 정리한 뒤 퇴사하기로 했다. 배 팀장 자리에는 우 과장이 앉았다. 새로 직원을 더 뽑아서 팀을 재건한다고 했다. 나는 경영지원실로 발령이 났다. 총무과장의 옆자리가 내 자리였다.

월요일 저녁이었고, 입사한 지 만으로 보름이 되었다.

34 / 셀레늄

저녁에 경영지원실 회식이 있었다.

주인공은 나였다. 참석자는 김기준 실장, 그리고 인사파트, 경리파트 직원 세 명씩 해서 나까지 총 여덟 명이었다. 원래 총무파트 직원 세 사람이 더 있는데 지방 사무소 일 때문에 출장을 나가 있어서 회식에는 참석하지 못했다.

회사 근처의 정육식당이었다. 회식 장소로 자주 이용해서인지 김 실장이 들어서자 그곳 사장이 반갑게 맞았고, 서로 안부를 묻고는 파안대소했다. 웃음소리가 너무 커서 오히려 가식적으로 느껴졌다. 각자 원하는 게 있을 터였다.

김 실장이 정육식당 사장과 담소를 나누는 사이 다른 직원들은 안에 마련된 예약석에 들어가 착석했다.

"야, 여덟 명이라고 딱 여덟 명 예약하니까 자리가 좁잖아. 한 열 명쯤이라고 하지."

인사과장이 인사파트 막내 직원을 나무랐다. 그리고 한 사람, 한 사람 앉을 자리를 지정해 주었다. 제일 안쪽 가운데 자리는 김 실장 자리로 비워 두었고, 김 실장 맞은편에 나를 앉게 했다. 그리고 김 실장의 양쪽 옆자리에는 인사파트 막내, 경리파트 막내를 앉혔다.

다들 자리에 앉아 있다가 김 실장이 룸으로 올라오자 모두 자리에서 일어났다.

"앉아, 앉아."

김 실장은 만면에 웃음을 띤 채 오른손바닥을 아래쪽으로 몇 번 허공에 대고 누르며 앉으라는 시늉을 했다.

"이리 앉으시죠."

인사과장이 가운데 비워 둔 자리를 가리켰다.

"아무데나 앉으면 되지 가운데 자리를 떡하니 비워 놓고 그래. 나는 그냥 구석도 괜찮아."

김 실장이 경리파트장인 조윤희 과장 옆으로 파고들며 앉으려고 하자 인사과장이 정색을 하며 "그쪽으로 가시면 술 따를 준비를 하고 있는 다른 직원들이 민망하잖아요."라며 가운데 자리를 계속 가리켰다. 김 실장은 마지못한 표정으로 테이블을 돌아서 인사과장의 손바닥 끝이 향하는 자리로 가 앉았고, 다른 직원들은 인사과장의 엉덩이가 방석에 닿는 순간을 확인한 뒤 각자 자기 자리에 앉았다.

"자, 술 따르시고 여기 주목!"

직원들이 소주잔을 들고 김 실장을 바라보았다.

"우리 부서에 이정우 대리님께서 오셨어요. 아직 회사 돌아가는 사정이나 업무 등이 익숙지 않을 테니까 여러분들이 잘 도와줘."

"네."

직원들이 참새 떼처럼 대답했다.

"이 대리, 처음 왔으니까 건배를 제의해 봐. 건배사 할 줄 알지?"

할 줄 모른다. 내가 김 실장을 보면서 느낀 사실이 하나 있다. 그는 놀라운 재주를 하나 가지고 있는데, 바로 남을 배려하는 듯하지만 실제로는 남을 곤경에 빠뜨리고 난처하게 만드는 능력이었다. 이런 재주는 타고나기도 쉽지가 않다.

"열심히 하겠습니다. 경영지원실 파이팅!"

다른 직원들이 같이 파이팅이라고 외치며 잔을 비웠다. 나도 잔을 비웠다. 김 실장이 한심하다는 표정으로 나를 쳐다보았다.

"건배사가 그게 뭐야. 나이 서른 넘도록 건배사를 하나 못 배웠네. 이 대리는 앞으로 이것저것 많이 배워야겠다. 우리가 이 대리를 격려하는 의미에서 다 같이 어깨동무!"

이 말과 함께 직원들이 자신의 옆 직원과 어깨동무를 했다. 내 옆의 직원이 둘 다 여직원이라 나는 내 팔을 옆 상대의 어깨에 살짝 걸치기만 했다.

"경영지원실의 단결을 위해 꽉 잡아!"

여직원 둘이 내 어깨를 꽉 잡았고, 나도 그들의 어깨를 꽉 잡았다.

"자, 따라해. 경영지원실 파이팅! 로메리고 만세!"

전깃줄에 나란히 앉은 참새처럼 우리는 쩍쩍거렸다. 그리고 또다시 잔을 비웠고, 잔을 비우자 주문한 삼겹살이 나왔다. 주문한 안주가 나왔다고 한 잔을 비웠고, 삼겹살이 다 구워졌다고 또 한 잔을 비웠다.

소주 한 병을 소주잔에다 7부로 따르면 일곱 잔 반이 나온다고 한다. 1인당 순식간에 반병씩을 비우다 보니 취기가 확 올랐다. 김 실장과 인사과장만 말이 많았고 다른 직원들은 조용히 먹기만 했다. 김 실장은 양옆에 있는 직원들에게 말을 건넬 때마다 직원들의 허벅지에 손을 올려놓았다. 직원들이 허벅지에서 김 실장의 손을 살짝 떨어뜨려 놓으면 김 실장은 무안한 표정을 지은 뒤, 술을 권했다. 하지만 또다시 손을 댔다. 식당 종업원이 소주를 다섯 병 더 가지고 왔다. 김 실장이 테이블에 놓인 된장찌개를 한 숟갈 떠먹어 보더니 "캬!" 하고 감탄을 했다.

그리고 자기 입에 들어갔던 숟가락으로 옆자리 직원들 입에 떠먹여 줬다. 참새들이 슬픈 표정으로 된장찌개를 받아먹었다.

"한국 음식은 정이야, 정."

나도 술기운에 집중력이 흐트러졌다. 그제야 식당 전체가 손님들이 웅성거리는 소리로 꽉 찼다는 걸 알게 되었다. 음악은 없었지만 왁자지껄한 웃음소리로 식당 안은 홍대나 강남의 클럽처럼 웅웅거렸다.

"조윤희! 왜 이렇게 조용히 있어? 응? 가만 보니까 된장찌개 먹고 싶다는 표정이네. 이리로 와. 자리 바꿔. 넌 저리로 가고."

조윤희 과장이 김 실장 왼편에 앉았다. 단아하고 새침한 얼굴에 불만스런 빛이 잔뜩 서려 있었다.

"우리 조 과장 고생이 많지? 자, 아 해."

김 실장이 된장찌개를 떠서 조 과장 입 앞에 내밀었다.

"제가 떠먹을게요."

조 과장이 숟가락을 쥐고 있는 김 실장의 손을 자신의 손으로 막았다.

"자기가 떠먹으면 의미가 없지. 우린 식구잖아. 식구끼리는 정이 있어야지."

김 실장은 왼쪽 팔로 조 과장의 어깨를 단단히 감싸고 숟가락을 완강하게 전진시켰다. 조 과장의 손이 더 완강하게 막게 되면 숟가락의 찌개가 아래로 흐를 상황이 되자 조 과장도 체념한 듯이 손을 내리고 입을 벌렸다. 빨간 립스틱 때문일까, 조윤희 과장의 치아가 유난히 하얘 보였다.

나와 조 과장의 눈이 마주쳤다. 무표정했고 차가웠다. 나는 그녀에게 온기를 불어넣어 주고 싶다는 생각을 했다. 왜 그런 생각을 했는지 이유는 알 수 없었다.

지루한 장마 같았던 회식이 거의 끝나갈 즈음이었다. 모두들 비가 그치기만을 기다리다 구름 사이로 햇빛을 본 사람처럼 얼굴에 생기가 돌았다. 밤 열 시가 조금 지나고 있었다.

"내일, 아니다, 모레가 회사 창립기념일인 건 다들 알고 있지? 내일 오후에 남자 직원들은 나하고 예비 답사를 갈 거니까 그렇게 알고 아예 출근할 때 등산복을 입고 와. 등산화도 신고 오고. 알았지? 총무 쪽에도 전달하고."

"네, 알겠습니다. 이제 정리하고 일어나시죠."

김 실장은 게슴츠레한 눈으로 인사과장을 바라보았다.

"정리? 그렇지. 정리하고 2차를 가야지. 어디로 갈까? 노래방을 갈래, 아니면 맥주를 한잔 더 할까?"

다들 난처한 얼굴로 김 실장과 눈을 마주치지 않기 위해 먼 산을 바라보았다.

"왜 대답이 없어? 보자. 이 대리! 이 대리가 결정해. 어디로 갈지."

정말 하늘이 내린 재주다. 나는 난처한 표정으로 다른 직원들을 쳐다보았다. 그들의 시선은 여전히 딴곳을 향하고 있었다. 얼굴에는 짜증이 서려 있었는데, 마치 나를 향한 짜증 같다는 자격지심까지 들었다. 내가 오늘 부서를 옮기지 않았다면 회식도 없었을 테니 말이다. 내가 잠깐 머뭇거렸고, 그 순간 인사과장과 눈이 마주쳤다. 인사과장이 오른손으로 자기 목을 절단하는 시늉을 했다. 그런데 그 표정이 묘했다. 내가 이 회식자리를 끝내지 못하면 앞으로 회사생활이 피곤해질 거라는 말을 하는 것만 같았다. 김 실장, 인사과장 둘 다를 만족시킬 수 없는 상황에서 나는 인사과장 쪽에 서기로 했다. 아무래도 자주 접할 사람은 그였으니까.

"오늘은 여기서 마무리하는 게 좋겠습니다. 내일 산에도 간다면서요."

인사과장은 고개를 끄덕였고, 김 실장은 날 째려보았다. 나머지 직원들은 오늘 처음으로 나에게 따뜻한 눈길을 보냈다.

김 실장을 택시에 태워 보낸 뒤 모두 헤어졌다. 대중교통이 끊기기 전이라 지하철역이나 버스 정류장으로 가는 직원도 있었고, 옷에 배인 고기 냄새 때문에 그냥 택시를 타겠다는 직원도 있었다. 나는 화장실에 가려고 다시 정육식당이 있던 3층짜리 건물로 갔다. 화장실 앞 계단에서 남자와 여자가 말싸움을 하고 있었다. 귀에 익은 목소리. 인사과장과 경리과장이었다. 나는 발소리를 죽이고 귀를 기울였다. 도대체 무슨 일로 저 두 사람이 싸우는 걸까? 그것도 심하게.

"왜 거절을 못하는데?"

"거절? 거절할 상황이 아니었잖아. 계속 들이미는 걸 나보고 어떡하라고?"

"그래도 계속 거부해야지. 못 먹겠다고."

"됐어, 그만해. 나도 짜증나!"

"그리고 김 실장이 어깨에 손 올리면 손 떼라고 말을 해야지 왜 그대로 있냐?"

"내가 언제 그대로 있었어?"

"한참 동안 가만히 있었잖아?"

"그게 뭐 한참이야? 곧바로지."

두 사람의 기억에 어긋남은 없었다. 다만 기억된 사실에 대해 해석하는 방법이 다를 뿐이었다.

"다른 회사로 옮기면 안 돼?"

"내가 왜? 그리고 갈 데는 어디 있고? 이런 게 신경 쓰이면 자기가 다른 데로 옮겨."

"나라고 어디 다른 데로 옮기는 게 쉽겠어? 그리고 지금 내가 문제인 게 아니잖아. 자기하고 김 실장이 문제지."

"김 실장이 문제지, 나는 또 왜 문제인데?"

"그냥 우리 공개하자. 사내커플이 무슨 잘못이라도 돼? 다른 부서에도 사내커플 있잖아. 회사가 사내커플 반대하지도 않고."

"안 돼. 공개는 절대 안 돼."

"왜?"

"몰라. 아무튼 공개는 안 돼. 공개하는 순간 나하고는 끝인 줄 알아."

대화를 나눈다기보다는 서로에 대한 원망과 바람 등을 쏟아내고 있었다. 사랑하니까 원망과 바람도 많은지 모르겠다. 그러고 보니 어느 순간부터 희주는 나에게 아무것도 원하지도 않았고, 나에 대해 원망 섞인 말도 하지 않았다. 그렇게 된 게 언제부터인지 기억도 잘 나지 않는다. 희주는 희주대로 회사 일에 스트레스가 많았고, 나는 나대로 청춘을 낭비하고 있었다. 그래서 우리는 점점 서로에게 관심이 덜한 커플이 되어 갔다. 그런데 이상하게 어느 순간부터 나는 그녀에게 원망과 바람을 말하기 시작했고 그녀의 회사생활, 교우관계, 가정사 등이 궁금해지기 시작했다. 만약 희주도 나와 마찬가지로 상대, 그러니까 나에게 관심을 보였다면 우리의 사랑은 열렬했을 것이다. 하지만 희주는 계속 식어만 갔다. 그래서 우리의 사랑은 희주에 대한 나의 집착으로 변질되고 있었다. 유효기간이 다 된 우유처럼 맛을 잃어 갔고 언젠가는 결국 상해 버릴 것이다. 나도 예감하고 있었다. 그래도 이 모든 것에도 불구하고 나는 사랑을 끝낼 수 없었다. 사랑에 끝이 보일수록 나는 더 애가 탔다.

문득 조윤희 과장이 희주와 닮았다는 생각이 들었다. 그녀는 냉정했다.

 그들의 대화는 밤새 결론을 짓지 못하고 이어질 것 같았다. 계속 기다리기에는 화장실이 급했다. 나는 헛기침을 하고 발자국 소리를 크게 내면서 천천히 다가갔다. 두 사람은 나를 보더니 대화를 멈추었다.

 "왜 안 가고 왔어요?"

 "화장실 때문에요."

 "그럼."

 두 사람은 어디론가 사라졌고, 다시 조용한 세상이 찾아왔다. 화장실을 나와 시계를 보니 열 시 반이었다. 희주가 혹시 담배를 계속 피우는 건 아닐까, 내가 사다 준 전자 담배를 사용하고 있을까, 윤기풍이 혹시 또 무슨 짓을 계획하고 있는 건 아닐까, 혹시 벌써 맞은편 상가 건물로 가서……. 생각이 좋지 않은 쪽으로 계속 이어졌다. 술기운 때문에 집에 들어가서 그대로 잠들고 싶었지만 그럴 수 없었다. 잘 있나 희주한테 전화를 해 볼까 생각도 했지만, 이상하게 요즘에는 희주와 SNS 메시지가 아닌 직접 전화로 대화하기가 꺼려졌다. 아무래도 그리로 가 봐야겠다.

35
/
브
로
민

자기 애인을 몰래 훔쳐보는 기분은 어떨까?

나는 택시를 타고 가서 희주 오피스텔 앞에 내렸다. 택시 안에서 그녀에게 메시지를 보내 봤지만 회신이 없었다. 오피스텔 로비의 엘리베이터 앞에까지 갔다가 다시 빌딩 밖으로 나왔다. 바람이 확실히 쌀쌀해져 있었다.

이면도로를 건너서 희주 방에 불이 켜져 있는지 확인해 보았다. 불이 켜져 있었다. 오피스텔 안에 있는 것은 분명했다. 하지만 자고 있을 수도 있었다. 희주는 방 안이 캄캄해지는 것을 싫어하고 무서워했다. 밤에 잘 때도 항상 불을 켜 놓았다. 심지어 나와 잠자리를 할 때도 불을 켜 놓았다.

"불을 켜 놓으면 이상하지 않아? 보통 여자들은 불 켜는 거 싫어하지 않나?"

"부끄럽지 않느냐고?"

"응."

"오빠는 부끄러워?"

내가 그때 희주에게 부끄럽다고 했는지, 부끄럽지 않다고 말했는지 잘 기억이 나지 않았다. 하지만 그때 내가 어떤 말을 했건 나는 부끄러웠다. 그리고 그 부끄러움이 나를 더 크고 단단하게 만들었다.

나는 상가 건물로 들어가 12층으로 올라갔다. 희주가 자신의 보금자리로 들어왔는지 궁금했고 희주의 모습이 보고 싶었다.

어쩌면 윤기풍이 있을지도 몰랐다. 그에게 무릎을 꿇고 제발 그만하라고 간청이라도 해야 할까, 아니면 그 자식을 발코니에서 확 떨어뜨려 버릴까. 술에 취해 몽롱한 상태에서 정리되지 않은 생각들이 실타래처럼 자꾸 꼬여만 갔다. 그 실타래를 풀어 보려고 애를 쓰면 쓸수록 나는 길을 잃었고, 결국 내가 처음 손에 쥐었던 실 끝마저 놓치고 말았다. 나는 이곳에 왜 왔을까.

엘리베이터를 타고 올라가는데 현기증과 함께 구역질이 났다. 엘리베이터 문이 열리자마자 나는 화장실로 내달려 구토를 했다. 꼬였던 실들이 뭉치째로 빠져나오는 느낌이었다. 세면대에서 세수를 한 뒤 거울을 보았다. 내가 더 이상 청춘이 아니라는 사실을 이미 늦었지만 인정할 수밖에 없었다. 청춘도 시든다.

발코니로 들어서는 문을 열자 차가운 바람이 내 정신을 온전히 깨웠다. 속도 비워졌고, 머리도 비워졌다. 발코니는 공허하게 침묵하고 있었다. 그리고 나는 어색하지 않은 그 침묵 속으로 빨려 들어갔다.

내가 눈을 감은 건 아주 잠깐이었다. 눈을 뜨자 희주가 살고 있는 1205호의 커다란 유리창이 눈에 들어왔다. 벌거벗은 희주가 있었다. 그리고 또 다른 사람도 있었다. 남자였다. 멀리 떨어져 있어서 남자의 얼굴은 식별할 수가 없었다. 하지만 남자의 몸짓은 식별할 수가 있었다. 희주는 식탁으로 쓰는 테이블 위에 걸터앉아 담배를 피우고 있었다. 평소 습관대로 오른손 검지와 중지 사이에 담배를 끼운 채 입술 사이로 밀어 넣고 담배를 깊이 빨았다. 하얀 연기가 사라지자 황홀해하는 희주의 얼굴이 나타났다. 그 얼굴을 보지 못했다면 팔짱을 끼고 사색하는 중이라 착각했을지도 모른다. 아니다. 진실을 외면하지 않는 자는 그런 착각을 하지 않는다. 진실은 아래쪽에 있었다. 무릎을 꿇은 채 희주의 다리 사이에 얼굴을 묻은 남자의 머리 위로 희주의 왼손이 반짝거렸다. 희주의 왼손은 한참 동안 남자의 머리를 헤집었고, 남자가 일어서자 희주가 뒤돌아섰다. 희주는 테이블을 붙잡고 흔들리는 몸의 중심을 잡으려 애썼고, 남자는 희주의 팔을 위로 당겨 희주의 허리를 활처럼 꺾었다가 다시 희주의 머리채를 잡고 그녀의 고개를 뒤로 젖혔다.

　그 격렬한 몸부림에서 벗어나 내가 정신을 차린 건 윤기풍의
말 때문이었다.

　"쟤네들은 꼭 담배 피우면서 하더라고요. 짜증나게."

　"오래됐나요?"

　"글쎄요. 내가 여기 이사를 온 게 6개월 넘어가니까 그전부터
그랬겠죠?"

　희주와 남자는 침대에 나란히 누웠고 희주가 남자에게 내가
사준 전자 담배를 건넸다. 남자는 입을 잔뜩 벌리고 웃더니 침대
에 걸터앉아 담배를 물었다. 희주는 그 앞에서 무릎을 꿇었고 남
자의 다리 사이로 얼굴을 파묻었다. 몸에 전류가 흐르는 개구리
처럼 남자의 다리는 꿈틀거렸다.

　"여긴 왜 왔어요?"

　"왜 왔는지 몰라서 물어요?"

　"그럼 마음대로 하세요."

　나는 오셀로처럼 말했다.

　"그럼 우린 공범이 되는 건데 괜찮겠어요?"

　나는 고개를 끄덕였다.

　윤기풍이 태권도 기마자세를 취했다.

　"잠깐만요."

　내가 다급하게 말하자 윤기풍이 기마자세를 풀고 나를 쳐다보

왔다.

"유리창만 깨 줘요. 사람 다치게는 하지 말고. 그렇게 할 수 있죠?"

윤기풍이 고개를 끄덕이고, 아니 끄덕인 것 같았고 다시 자세를 잡았다.

나는 똑바로 1205호 창문을 쳐다보았다. 남자가 발코니에 있는 우리 두 사람의 모습을 알아챘는지 담배를 피우던 손으로 내 쪽을 가리켰다.

36

/

크립톤

그 순간 유리창이 산산조각 났다. 그런데 나비는 어떻게 됐을
까?

37
/
루
비
둠

한산했다. 회사 근처에서 일찍 점심 식사를 마친 후, 김 실장과
나를 포함한 남직원들은 지하철 1호선을 타고 의정부 망월사역
에 내렸다. 아, 그리고 윤기풍도 우리와 함께였다. 다만, 그가 우
리와 동행한다는 사실은 나만 알고 있었다.

그렇다고 내가 그의 계획에 동의한 것은 아니었다. 나는 나대
로의 계획이 있었다. 일단 두 사람이 아무도 없는 곳에서 만날
수 있게 해 주되 결코 절벽이 있는 곳은 아니어야 했다. 절벽까
지는 아닌 낭떠러지라면 그냥 둘이 있게 해 주기로 했다. 단, 암
석지대는 아니어야 하고. 그러니까 한마디로 장풍으로 밀어서
반쯤 죽여 놓는 것은 상관없지만, 정말로 죽여 버리는 것은 곤란

했다. 마음으로만 죽여야지. 아무리 오빠래도.

그리고 혹시 모르지 않는가. 혹여 김 실장에게 진실이 있을지. 희박한 확률이지만 무시할 순 없었다.

윤기풍은 빌딩 옥상에서의 김 실장과의 단독회담을 포기했지만, 그 또한 나름의 계획이 있었다. 그는 김 실장에게 공포감을 심어 주겠다고 했다. 언제 어디서 바람이 불어와 자기를 밀어 버릴지 모른다는 공포. 인도를 걷다가도 언제 갑자기 차도로 밀려 버릴지 모르는 공포. 혼자서는 절대 외진 곳을 다닐 수 없는 공포. "그 새끼가 평생 동안 죄책감 대신 장풍의 공포를 안고 살아가게 해 주겠다."고 윤기풍은 서늘하게 말했다.

"여섯 시간 넘게 걸리는 코스니까 부지런히 걸어야 정상 지나서 도봉산역까지 도착할 수 있어. 빨리 올라가자고. 다들 체력에는 문제 없지?"

"네."

맥 빠진 목소리가 김 실장의 심기를 건드렸다.

"지금 모기들 모아 놨어? 문제 없지?"

"네!"

김 실장 같은 사람들은 다그치면 문제가 다 사라지는 줄 안다. 그래서 문제가 혹시 생기면 왜 그때 문제가 있다고 말하지 않았느냐고 부하 직원들을 힐난하겠지. 그러나 그날은 김 실장이 뭐라고 하든 아무런 상관이 없었다. 곧 장풍을 맞게 될 인간이니까

다 이해해 줄 수 있었다.

도봉산을 오른 뒤 한 시간 반이 지났을 무렵이었다.

"실장님, 제가 따로 드릴 말씀이 있는데요."

일행이 잠시 목을 축이며 바위에 걸터앉아 쉬고 있을 때 나는 김 실장에게 접근했다. 김 실장은 "뭔데?"라고 나에게 물었다가, 내가 말하기 곤란한 표정을 짓자 자리에서 일어나 직원들에게 말했다.

"이 대리하고 얘기 좀 할 테니까, 나머지 사람들은 먼저 가! 그런데 너무 빨리 올라가면 우리가 따라잡기 힘이 드니까 천천히 올라가야 돼. 나 고생 시키려고 일부러 후다닥 가면 안 된다!"

김 실장은 컨디션이 좋아 보였다. 결국 나와 김 실장만 남았다. "얘기해 봐. 무슨 비밀 얘기를 하려고?"라는 김 실장의 채근 섞인 말을 듣고서 나는 올라오면서 봐 두었던 등산로에 연한 외딴 길로 그를 이끌었다.

"어떤 사람이 실장님을 꼭 뵈어야겠다고 해서요."

"누가? 여자야?"

김 실장은 그 상황에서 왜 여자가 자기를 찾는다고 생각했을까? 죽은 경리직원의 원혼이라도 근처에 있었던 것일까? 나는 아무 대답을 하지 않고 소로의 끝까지 앞장서 걸었다. 휑한 공간이 나왔고 그곳에는 비석을 세운 봉분이 하나 있었다. 주변은 소나무가 빼곡했다.

김 실장의 표정이 약간 달라졌다.

"아무도 없잖아. 누군데? 이 대리, 나하고 장난치나?"

김 실장이 나에게 바짝 다가오자 체격에서 오는 위압감이 느껴졌다.

"어! 저 사람이야?"

윤기풍이 무덤 뒤에서 걸어 나와 모자와 선글라스를 벗었다.

"너는……."

김 실장은 의외로 싱긋 웃었다.

"오랜만이네. 이 대리하고 둘이 아는 사이였어?"

"아닙니다. 저분이 아까 올라올 때 저한테 부탁을 하셔서요."

장풍이 없다면 순발력이다.

김 실장은 수긍했는지 고개를 끄덕였다.

"해결해야 할 일이 있지 않겠습니까. 신수가 훤하시네요."

"해결할 일? 그때 나한테 덜 맞았나 보네. 못 보던 사이 운동이라도 좀 했나 보지?"

나는 김 실장 옆에 선 채로 가만히 있었다. 고개를 숙인 채 땅바닥만 쳐다보았다. 잔디와 이름 모를 풀이 얽힌 사이로 개미들이 제 길을 따라 바쁘게 지나다녔다.

"직원분은 자리를 잠깐 비켜 주세요. 여기 계시면 험한 꼴 봐야 하니까 좋을 게 없잖아요?"라는 윤기풍의 말이 내가 있어야 할 자리를 정해 주었다.

나는 김 실장 곁을 빠져나와 왔던 길로 되돌아갔다. 그리고 등산로와 소로가 연한 지점에 멈추었다. 윤기풍이 나오면 또 한번 소로를 따라 들어간 뒤 김 실장의 상태를 확인해야 했다. 아마 장풍에 맞아 떡실신이 되어 있겠지. 그리고 그 모습을 본 나는 후다닥 달려 나오면서 외칠 것이다. 뭐라고 외쳐야 할까? 도와주세요? 여기 사람이 다쳤어요? 거기 누구 없소? 다 어색하다.

신은 이미 내가 이 상황에서 해야 할 대사를 정해 놓았을 텐데, 나는 신의 대본이 기억나지 않았다. 인생은 애드리브인 것일까?

그때 큰바람이 불었다.

어느 밤이었습니다. 누가 현관문을 똑똑 두드리는 겁니다.

처음에는 제가 잘못 들은 줄 알았습니다. 그런데 계속 '똑똑' 하고 문을 두드리는 소리에 잠이 깨고 말았습니다. 스마트폰을 더듬어 시계를 보았더니 새벽 세 시. 이 한밤중에 도대체 누구일까?

옷을 주섬주섬 챙겨 입고 "누구세요?"라고 불러 보았는데 아무런 대답이 없었습니다. 평소라면 인터폰 화면을 확인했을 테지만, 잠결이라 무심코 현관문을 열고 말았습니다.

키가 2미터는 됨직한 웬 사람이 피자 박스를 들고 서 있더군요. 너무 놀라서 자그마한 목소리로 잘못 배달 온 것 같다고 말했더니, 수령인이 저로 돼 있다는 겁니다. 그래서 수령인 정보를 확인해 보니 실제로 제 이름이 선명히 적혀 있었습니다. 두 손으

로 공손히 박스를 받아들고 그 자리에서 박스를 열어 보았죠. 찰
시루떡이었습니다.

"감사합니다."

윤후명 심사위원장님께서 축하를 건네셨을 때, 감사하다는 말
씀을 연거푸 드리는 것 외에는 다른 말이 떠오르지 않았습니다.
성석제 작가님, 정홍수 평론가님, 신수정 교수님, 강영숙 작가님
등 위원장님을 비롯한 심사위원님들께 감사와 존경의 말씀을 드
립니다. 보내 주신 지지를 영광과 부담으로 알고 더욱 작품에 매
진하겠습니다.

'수림문화재단' 설립자이신 고(故) 동교 김희수 선생님과 유진
룡 이사장님, 신경호 상임이사님, 또 큰 관심으로 격려해 주신 동
강 하정웅 광주시립미술관 명예관장님(前 재단이사장)께 특별한
감사의 말씀을 드리고 싶습니다. 수림문화재단의 아름다운 건물
을 방문하여 훌륭한 미술 작품을 감상했던 기억이 떠오릅니다.
그 멋진 시간이 이런 인연으로 이어져서 더욱 감개무량합니다.

공동 주관사이며 든든한 지원을 보내 주시는 '연합뉴스' 조성
부 사장님, 김진형 국제·업무 상무님, 송병승 국장님, 조보희 부
국장님, 권혁창 부장님, 김민기 차장님, 이훈석 차장님 등 연합뉴
스 관계자분들께 또한 감사의 인사를 올립니다.

그리고 제 몸과 정신의 기둥이신 최국채 연구관님과 김선두 여사님. 가장 먼저 감사인사를 드려야 하는데, 워낙 큰 상을 받다 보니 이렇게 정신이 없습니다. 감사하고 사랑합니다.

또 감사할 분들이 많이 계시지만, '문학'이라는 공간으로 한정하여 특별히 감사드리고 싶은 두 분이 있습니다. 두 분이 제게 심어 주신 '고양감(高揚感)'이 제가 문학을 꿈꿀 수 있었던 원동력이었습니다.

먼저 중학교 은사이신 안맹숙 선생님입니다. 3년 내내 저를 지도하시고 그 많은 대회 일정을 챙기셨습니다. 어린 당시에는 수업 빼먹는 재미로 글을 썼지만, 이제 보은(報恩)처럼 선생님의 안목을 빛낼 수 있게 되어서 얼마나 기쁜지 모릅니다.

다른 한 분은 이탄 김형필 교수님입니다. 교수님은 아마 저를 기억하지 못하실 겁니다. 저는 학부 때 경영학을 전공했는데, 마음은 콩밭에 가 있어서 전공과 무관한 한국어교육과 수업을 일부 들었고, 그중 하나가 김형필 교수님의 '한국시 작품론'이었습니다. 과제물로 제출한 시를 살펴보시던 교수님께서 저를 호명하시더니 "자네, 우리 과 학생인가?"라고 물었습니다. 제가 아니라고 답하자 앞에 나와서 제출한 시를 낭독해 보라고 하셨고, 저는 학생들 앞에서 어색하게 제가 쓴 시를 낭독했습니다. 낭독이 끝나고 교수님께서 "시를 배우지 않아도 시를 쓸 줄 아는 사람이 있다."라고 말씀하셨습니다. 그 말씀이 제가 언젠가 문학을 하리라는 운명과 같은 예감이 되었습니다.

'수림문학상' 당선 통보를 받고 교수님께도 인사를 드려야겠다, 한 학기 수업 들었는데 과연 기억하실까, 이런 생각과 함께 인터넷 검색을 해 보았습니다. 그런데 2010년에 작고하셨다고 언론 기사에 나와 있었습니다.

두 분이 아니었다면, 지금쯤 직장생활 잘하고 있지 않았을까, 생각합니다. 대신 수림문학상을 받는 감격과 영광도 없었을 것입니다. 감사합니다!

2019년 11월
수송동에서
최 영

제7회 수림문학상 심사평

올해 수림문학상의 응모작 편수는 206편으로 그 문학적 열기가 만만치 않았다. 시간이 갈수록 이 상에 대한 독자들의 관심이 지대해지고 있다는 방증일 것이다. 다섯 명의 심사위원들은 약한 달여 기간 동안 응모작을 꼼꼼히 읽은 뒤 「로메리고 주식회사」, 「화이트 타운」, 「등대가 있는 마을」, 「별빛은 거기 없다」, 「오피스」, 「노란 밤」 등의 6편을 본심에 올렸다. 본심은 다시 2주간의 숙독 과정을 거친 뒤 8월 22일 네 시 수림문화재단에서 열렸다. 한 편 한 편 의견을 나눈 끝에 결국 「화이트 타운」, 「노란 밤」, 「로메리고 주식회사」 등의 3편이 최종 논의의 대상으로 좁혀졌다.

「화이트 타운」은 우리 시대의 최대 화두라고 할 아파트 재건축을 둘러싼 양 진영의 극심한 갈등을 기본 축으로 소수자들의 연대 가능성을 탐구하고 있는 소설이다. 재건축 과정에 대한 구체적인 디테일과 사회파적 관심을 하나로 묶어 내는 응모자의 내공이 오랜 기간에 걸친 습작의 열정을 짐작게 하기에 모자람이 없었다. 그러나 소설의 서브플롯으로 설정되어 있는 출생의 비밀 모티프가 주 서사와 겹도는 대목이 없지 않을 뿐더러 최근의 소설적 트렌드에 견주어 다소 올드하게 느껴진다는 평도 없지 않았다. 무엇보다도 선악이 분명한 인물 설정은 이 소설의 최대 단점으로 다가오며 소설적 흥미를 경감시킨다는 이야기가 많았다. 힘을 빼고 담담하게 우리 사회의 한 단면을 사실적으로 묘파해 낸다면 좀 더 의미 있는 이야기가 될 수 있을 것으로 보인다.

「노란 밤」은 사진을 전공한 설치 미술가 청년의 청춘 방황기라고 할 만했다. 예술가라고는 하지만 20대 초반 잠깐 주목을 받은 이래 여러 알바를 전전하며 간신히 생활을 영위하고 있는 화자는 어린 시절 집을 나간 엄마, 동성 애인과 안티구아로 떠난 아버지 등 독특한 가족 관계를 배경으로 연상의 애인과의 가벼운 연애에 집착하고 있는 인물이다. 어떻게 보면 최근의 여타 소설들과 구별되지 않는 이 인물을 잊을 수 없는 인물로 만들어 주고 있는 것은 이 소설의 남다른 스타일이었다. 세련된 문장과 독특한 감수성으로 대표되는 이 소설의 스타일은 쉽게 만나볼 수 없는 자질이라고 할 만했다. 그러나 이 소설은 장편소설에 요구되는 소설적 육체를 형성하려는 의지가 미약해 보였다. "여자였던 시절을 기억한다"라는 헌사 역시 최근의 트렌드 이상의 진정성을 지니고 있다고 보기 어려웠다. 젠더의 경계를 넘나드는 남녀 주인공들의 쿨한 대사가 '힙한' 감성 이상의 울림을 줄 수 있으려면 다소 어눌하고 촌스러워 보이더라도 현실의 실감이 가미되지 않을 수 없다는 사실을 다시 한번 확인하는 순간이기도 했다.

올해의 당선작으로 결정된 「로메리고 주식회사」가 처음부터 심사위원 전원의 동의를 얻었던 것은 아니었다. 재미있게 잘 읽힌다는 평에도 불구하고 이 소설은 바로 그 점이 오히려 믿기지 않는다는 이야기 역시 없지 않았다. 10년 동안의 고시낭인 생활을 접고 뒤늦게 '로마와 아메리카'의 합성어인 '로메리고' 손해사정회사에 입사한 화자의 한 달가량 기간에 걸친 사회생활 적응기가 남다른 흥미를 전해 주는 것은 사실이지만 그 입담에 비해 소설의 주제적 측면이 약한 것 아니냐는 평이 없지 않았던 것이다. 그러나 돌이켜보면 흔히 짐작할 수 있는 이런 종류의 이야기를 이 정도로 흥미롭고 따뜻하게 그려내기도 쉽지 않은 것이 사실이다. 오늘날 한국 사회에서 회사원으로 살아간다는 것이 어떤 의미를 지니고 있는지 이 소설은 때로는 풍자적으로, 때로는 눈물겹게 그 이면을 한 겹 한 겹 벗겨 나간다. 웃음과 눈물이 뒤범벅된 화자의 고투를 뒤따라가다 보면 어느새 그것은 그만의 것이 아니라 우리 모두의 실존적 고투에 다름 아니라는 자각에 이르게 된다. 이 순간 이 소설은 우리 사회의 피라미드 최하층에 자리 잡고 있는 '미생'들의 씁쓸한 초상화로 기능한다. 이 얼굴을 부인할 수 있는 사람들은 그리 많지 않을 것으로 보인다. 우리 자신조차 미처 모르고 있던 우리의 얼굴을 발굴해 낸 이 작가의 예리한 안목에 갈채를 보낸다. 넉넉한 입담이 현실의 우여곡절에 대한 풍부한 해석으로 자리하길 기대하며 당선을 축하한다.

심사위원 윤후명·성석제·정홍수·신수정·강영숙
(대표 집필 신수정)